# アマリとナイトブラザーズ

B.B.オールストン　訳=橋本恵

下

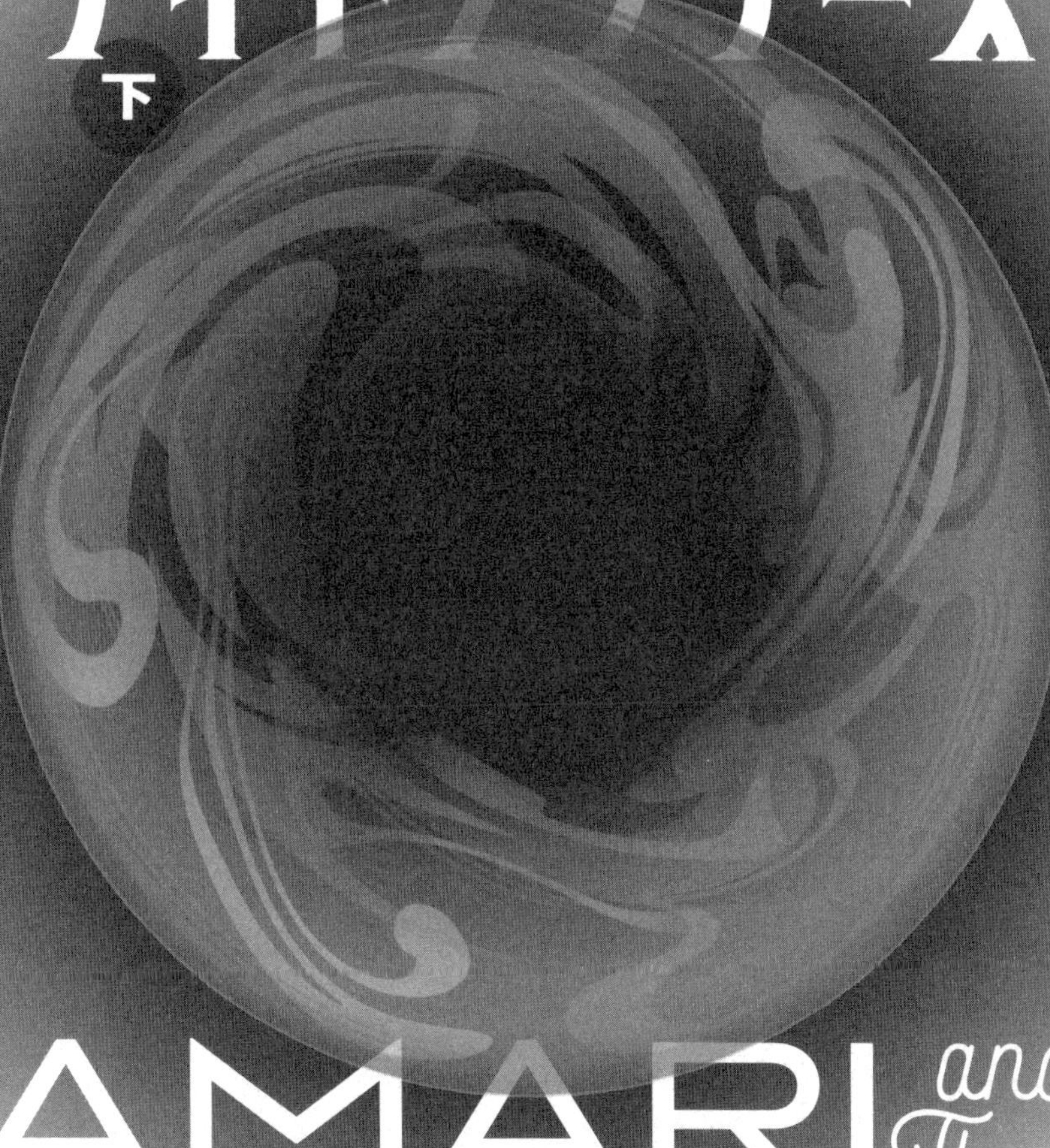

AMARI and The NIGHT BROTHERS

# アマリとナイトブラザーズ
〈下〉

もくじ

# おもな登場人物

## ピーターズ家

**アマリ・ピーターズ(12)**

黒人のアフロヘアの少女。やや短気だが、努力家。兄のクイントンを心から慕っている。超常現象局《ちょうじょうげんしょうきょく》のサマーキャンプに参加し、自分がじつは魔術師だと知る。兄を探しだすため、訓練生としてジュニア捜査官をめざす

**クイントン・ピーターズ(22)**

アマリの兄。超常現象局の超常捜査部所属の特別捜査官。半年前から行方不明

## 超常捜査部《ちょうじょうそうさぶ》

**ヴァンクイッシュ**

この五十年間でもっとも有名な捜査官のペア、クイントン・ピーターズ(アマリの兄)とマリア・ヴァン・ヘルシングのニックネーム

**ヴァン・ヘルシング**

超常捜査部の部長。超常界の名家ヴァン・ヘルシング家の当主

**ララ、ディラン**

ヴァン・ヘルシング部長の双子。超常捜査部のジュニア捜査官をめざす訓練生

**マリア・ヴァン・ヘルシング**

ララとディランの姉。特別捜査官として、アマリの兄クイントンとペアを組む

**マグナス**
特別捜査官。クイントンとマリアの直属の上司。現在は訓練生の指導教官。アマリの数少ない味方のひとり

**フィオーナ**
マグナスとペアを組んでいる捜査官。長身で赤毛の美女。現在は訓練生の指導教官。アマリの数少ない味方のひとり

**エルシー・ロドリゲス**
魔術科学部のジュニア研究員をめざす訓練生。天才レベルの発明力を持つ。アマリのルームメイトで大親友。アマリの数少ない味方のひとり。ドラゴン人間

**ナイトブラザーズ**
世界を恐怖におとしいれた二名の史上最強の魔術師、セルゲイ・ウラジーミルとラウル・モロー。

**セルゲイ・ウラジーミル**
ヴァン・ヘルシング家の先祖エイブラハム・ヴァン・ヘルシングにより、七百年ほど前に心臓を杭でつらぬかれて死去

**ラウル・モロー**
ウラジーミル亡きあと、姿をくらましていたが、ヴァンクイッシュによって捕獲された。現在は、ブラックストーン刑務所に収監中

# AMARI
# NIGHT BROTHE

BY B.B.ALSTO

# 18
# テクノ術師と呪文書《じゅもんしょ》

目の前でほほえんでいるのは、なんと、ディラン・ヴァン・ヘルシングだ！　ディランが片手《かたて》をふると、ピンク色の髪《かみ》の少女は跡形《あとかた》もなく消えた。

「やあ、アマリ、先に言っておけばよかったね」

「えーっ、ウソでしょ」

「ウソじゃない。おどろいた？」ディランはくすくす笑っている。

「で、でも……なんなの……いったい……なんで？」

「なんでだと思う？」

たずねるまでもない、と言わんばかりに、ディランがニヤリとする。

「えっ、ええっ、まさか……あなたも魔術師《まじゅつし》なの?!」

ディランが手の中に息を吹《ふ》きこむと、三匹《びき》の燃えるように赤いチョウがパッとあらわれた。三匹《びき》のチョウは煙《けむり》を吐《は》きながら、あたしの頭のまわりを飛びまわって、ふっと消えた。

頭の中に大量の疑問《ぎもん》がわいてくる。無意識のうちに、次々《つぎつぎ》と質問をぶつけていたらしい。

「おいおい、アマリ、一度にひとつずつにしてくれよ」とディランに言われて初めて気づき、はずかしくて真っ赤になった。

「あっ、ごめん。でも、なんでマジシャンガールなんて、女の子のふりをしたの？」

「カムフラージュのひとつだよ。きみを信用していいのか、わからなかったから。ぼくが魔術師《まじゅつし》だって超常現象局《ちょうじょうげんしょうきょく》にまだばれてないから、このままかくしておきたいんだ。ぼくが魔術師《まじゅつし》だと知ったら、きみが局に報告するかどうか、わからなくて」

ディランもはずかしいのか、赤くなっている。

「ふうん……でもあたしとちがって、水晶球《すいしょうだま》にふれても、魔力《まりょく》は表に出なかったよね。なんで？」とたずねると、ディランはにこやかに答えた。

「幻想《げんそう》を作ったからだよ。ごくふつうの訓練生に見えるようにね。幻想術《げんそうじゅつ》をきちんと使えるようになるまで、何か月もかかったよ」

そういえば水晶球《すいしょうだま》にふれたあと、席にもどってきたディランは、ものすごくほっとした顔をしていたっけ。あのときは自分の超常力《ちょうじょうりょく》がわかってほっとしたのかと思ったけど、本当は幻想術《げんそうじゅつ》で切りぬけられたから、ほっとしていたのか。

「じゃあ、ブギーパーソンは？　なんで、あなたのにおいがわからなかったの？」とたずねると、ディランはニッと笑って答えた。

「幻想《げんそう》は視覚《しかく》だけでなく、どんな感覚もだませるんだ。あのときは視覚《しかく》じゃなくて、嗅覚《きゅうかく》をだます幻想《げんそう》を作って、自分をつつみこんだんだよ。超常現象局《ちょうじょうげんしょうきょく》にいると、どんな超常体《ちょうじょうたい》に出くわすかわからないだろ。だから自分の魔術師《まじゅつし》のにおいは、つねにかくすようにしてるんだ」

「へーえ、すごいね！」

「きみの幻想《げんそう》に比べたら、たいしたことないさ。きみの幻想《げんそう》は、水晶球《すいしょうだま》の中に煙《けむり》がたちこめて、水晶球《すいしょうだま》の表面にひびが入ったように見せたじゃないか」

「でもあれは、たまたまだから」

「そう、そこなんだよ！　とほうもなく強力な魔術師《まじゅつし》でなければ、あそこまで大きな幻想《げんそう》を無意識のうちに作れるはずがないんだ」

そう言われても、もやもやするだけだ。魔力計《まりょくけい》とモローにつづいてディランまで、あたしは強い魔力《まりょく》を持っていると言う。でも自分では、そんな実感はこれっぽっちもない。

「きみに比べたら、ぼくなんて、ごくふつうレベルの幻想術師《げんそうじゅつし》だよ。ぼくが本当に強いのは、テクノ術師《じゅつし》としてなんだ」ディランがさらに言った。

「テクノ術師《じゅつし》って、なに？」

「アマリ、画面を見てみなよ」

ディランがニコッとすると、あたしの携帯電話《けいたいでんわ》がバイブした。携帯電話《けいたいでんわ》をポケットからとりだし、画面を見て、息をのんだ。ディランから新着メッセージが届《とど》いていたのだ。

〈送信者：ディラン　すごいだろ？〉

「えーっ、ウソでしょ！　ケータイをさわらなくても、できるんだ。すっごーい！」あたしは、笑わずにはいられなかった。

「だろ？　うちの父さんや超常現象局《ちょうじょうげんしょうきょく》の人たちは、魔力《まりょく》を呪《のろ》いみたいに言うけどさ。そんなことはないよ。強大な魔力《まりょく》を授かると人間は邪悪《じゃあく》になる、とかなんとか言われたんだろ？」

あたしは、だまってうなずいた。ディランがさらに言う。

「まあ、ナイトブラザーズは、だれからも魔力《まりょく》を授かってないけどね。やつらは、魔術師《まじゅつし》に生まれついたんだ」

「そういえば、あたしも魔術師《まじゅつし》に生まれついた可能性が高いって、モローが言ってた」

このあたしが生まれたときから魔力《まりょく》を持っていたなんて、そんなバカな。

「じゃあ、本当なんだね？　きみがモローに会いにブラックストーン刑務所《けいむしょ》に行くって、父さんが局長に言っているのを立ち聞きしたんだけど？」

「うん。モローは、超常現象局《ちょうじょうげんしょうきょく》を破壊《はかい》する大きな計画があるって言ってた。ブギーパーソンも、魔術師《まじゅつし》の計画を知ってるって言ってたし……。ねえ、ディラン、前に教えてくれたよね？　ヴァンクイッシュを拘束《こうそく》しているモローの弟子が、局に取引を持ちかけたって。その取引の目的は、モローの解放だけじゃなくて、とほうもない破壊力《はかいりょく》を持つ品もねらってるんだって。モローは、自分たちからうばわれた物だって言ってたよ」

ディランはなにか言いかけたが、口をつぐんでしまった。

「ディラン、なに？　その品がなにか、わかる？」

「うん……わかるかも。一部の魔術師《まじゅつし》の間で、ナイトブラザーズは独自の呪文書《じゅもんしょ》を作ったって言われてるんだ。その呪文書《じゅもんしょ》は黒本って呼《よ》ばれてて、魔術師《まじゅつし》が使える最強の呪文《じゅもん》が書いてあるらしい。ナイトブラザーズの片《かた》われのウラジーミルは、おそらく、史上最強の呪《じゅ》文師《もんし》だったんだろうね」

「呪文師《じゅもんし》って？」

「幻想術師《げんそうじゅつし》やテクノ術師みたいな魔術師《まじゅつし》の種類だよ。呪文師《じゅもん》は新しい呪文《じゅもん》を編みだすんだ。だから、ナイトブラザーズはあんなに強大になれたんだよ。ウラジーミルとモローは、まさに最強の組み合わせ。ウラジーミルが次々《つぎつぎ》と呪文《じゅもん》を編みだして、モローがそれを使いこなすんだ。ウラジーミルがこの世を去ったあと、黒本は超常捜査部《ちょうじょうそうさぶ》の大金庫に鍵《かぎ》をかけて保管されているらしい……もし本当に、黒本という呪文書《じゅもんしょ》が存在《そんざい》してるのならね」

クロウ局長やフィオーナ捜査官《そうさかん》の態度を見るかぎり、黒本はまちがいなく存在《そんざい》するとみていい。

「その黒本の中に、超常現象局《ちょうじょうげんしょうきょく》を破壊《はかい》しかねない呪文《じゅもん》が書いてあるのかな？」とたずねると、ディランは、さあね、と肩《かた》をすくめた。

「でもさ、アマリ、ひとつだけ言えることがあるよ。黒本の呪文《じゅもん》は、ふつうレベルの魔術《まじゅつ》師《し》には、とても手に負えないってこと。黒本の呪文《じゅもん》を使うだけでも、強大な魔術師《まじゅつし》でないと無理だろうね。きっと、生まれつきの魔術師《まじゅつし》レベルじゃないと。たとえば、モローとか……」

あたしは、ディランの目を見つめて言った。

「……あたしみたいな、ね」

ディランがうなずいて、椅子《いす》に腰《こし》かける。あたしも椅子《いす》にすわって、身ぶるいした。

「ねえ、ディラン、生まれつきの魔術師《まじゅつし》って、なにがそんなに特別なの？」

ディランは椅子《いす》の背《せ》にもたれかかって答えた。

「そもそも生まれつきの魔術師《まじゅつし》は、めったにいないんだよ。ぼくが知ってるのだって、ナイトブラザーズだけだし。言ってみれば、自然界がきみを魔術師《まじゅつし》として選んだみたいな感じかな。ぼくみたいなほかの魔術師《まじゅつし》は、ほかの魔術師《まじゅつし》から魔力《まりょく》を授からないと、魔術師《まじゅつし》になれないんだ」

「でも、あたしが生まれつきの魔術師《まじゅつし》だって、どうして言いきれるの？　あたしが知らないうちに、だれかから魔力《まりょく》を授けられたってことはないの？」

「それは考えにくいよ。師弟の呪文《じゅもん》は、いったんかけられたら、ぜったい忘《わす》れない。ものすごく強烈《きょうれつ》な呪文《じゅもん》で、弟子は師匠《ししょう》の魔術師《まじゅつし》と永遠に結びつくんだから。師匠《ししょう》と弟子は、基本的に同じ魔力《まりょく》を分かちあうんだ」

「じゃあ、ディランはだれから魔力《まりょく》を授かったの？」

ディランはため息をつき、手で髪《かみ》をすいてから答えた。

「アマリ、きみを信じて、これからもうひとつ、特大の秘密《ひみつ》を打ちあけるけど、いい？

こんな話をするのは、魔術師《まじゅつし》は悪人と決まってるわけじゃないことを、きみにわかってもらいたいからなんだ」

「うん、ぜったい、だれにも言わない。指切りげんまんしてもいいよ」

指切りげんまんをしてから、ディランが切りだした。

「ぼくの先祖のエイブラハム・ヴァン・ヘルシングが、ウラジーミルの心臓《しんぞう》を杭《くい》でつらぬいたことは知ってるよね？ それはウラジーミルがエイブラハムに気を許していたからこそ、できたことなんだけど、それにはわけがあって……。エイブラハムは、じつはウラジーミルの魔術師《まじゅつし》の弟子のひとりだったんだ」

「ええーっ！ 本気で言ってる？」あたしは、すわったまま身を乗りだした。

「もちろん、本気だよ。それ以来、ヴァン・ヘルシング家の魔術師《まじゅつし》は、魔術師《まじゅつし》ではない親族には秘密《ひみつ》のまま、代々《だいだい》子孫に魔力《まりょく》を引きついできたんだ。ぼくのおじさんが魔力《まりょく》を授けられて、そのおじさんが死ぬ前にマリアに魔力《まりょく》を授けた。で、マリアは特別捜査官《とくべつそうさかん》になった直後、ぼくに魔力《まりょく》を授けて——」

「ちょ、ちょっと待って！　マリアも魔術師《まじゅつし》だって言ってる？」

「うん、そうだよ。だからぼくは、水晶球《すいしょうだま》を幻想術《げんそうじゅつ》でごまかせたんだ。うちの家系《かけい》の魔術《まじゅつ》師《し》は、七百年近く、そうしてきたからね」

ディランの話を理解するのに、少しかかった。

「つまり……超常現象局《ちょうじょうげんしょうきょく》にいる魔術師《まじゅつし》は……あたしたちが初めてってわけじゃない……」

「まさか！　でも、ヴァン・ヘルシング家の魔術師《まじゅつし》はだれひとり、重大な犯罪を重ねたりしなかった。ふつうの人となにも変わらなかったよ。まあ、あえて言うと、魔力《まりょく》を利用して仕事の効率を上げてたけどね。なのに魔術師《まじゅつし》はとことんきらわれるから、魔術師《まじゅつし》という身分を死ぬまでかくさなきゃならないなんて、最悪だよ」

「お兄ちゃんは、相棒《あいぼう》のマリアが魔術師《まじゅつし》だって知ってたの？」

「知らなかったと思うよ。なにがあろうと、明かしてはならないことになってるから」

それだけ、特大級の秘密《ひみつ》ということだ。ディランが打ちあけてくれたのは、すごくうれしい。あたしはまわりが言うような化け物になるわけじゃないと、ディランは言ってくれた。その言葉を、心の底から信じたい。でも、魔術師《まじゅつし》は犯罪をおかすことで知られているのも事実だ。それに、モローは――。

「じゃあ、悪い魔術師《まじゅつし》たちは、どうして悪の道に走るの？」

「さあ。ナイトブラザーズが悪事を重ねたせいで、魔術師《まじゅつし》はすべて悪だと決めつけられて憎《にく》まれるうちに、キレたんじゃないかな。きみだって、ララや訓練生たちにあんなことをされて腹《はら》が立つだろ？　それもあって、ぼくは危険《きけん》を承知《しょうち》できみにメッセージを送ったんだ。超常界《ちょうじょうかい》が魔術師《まじゅつし》について一方的に吹《ふ》きこむ話を、きみが信じてしまったら……。そう思うと、いてもたってもいられなかった。ぼくときみは、超常現象局《ちょうじょうげんしょうきょく》の人たちとはちがう。でもそれは、ぼくたちが特別な存在《そんざい》だからなんだよ」

「ディラン、そんなにいろいろ、どこで知ったの？」あたしは、ほほえみながら質問した。

「ララを見てれば、うちは金持ちだってわかるだろ。ぼくはその金で、くだらない買い物旅行なんかしないで、魔術師《まじゅつし》に関する本を手当たりしだいに買ったんだ。うちの両親は、ぼくが反抗期《はんこうき》の真っ最中だと思ってるよ。っていうか、そうであってほしいと思ってる。父さんなんて疑心暗鬼《ぎしんあんき》になっちゃってさ。きみと口をきくな、だって。だからララがそばにいるときは、気軽に話しかけられないんだ。ララがそくざに父さんに告げ口するから」

ディランはジャケットから一冊《さつ》の小さな本をとりだして、つづけた。

「この呪文書《じゅもんしょ》は、去年、ある収集家《しゅうしゅうか》のオークションで手に入れたんだ。世界有数の幻想術《げんそうじゅつ》師《し》のひとり、マダム・バイオレットの本だよ」

ディランが呪文書《じゅもんしょ》をわたしてくれた。見た目は、革製《かわせい》のしゃれた日記帳っぽい。黒いビロードのひもの先に、小さな金色の鍵《かぎ》までついている。呪文書《じゅもんしょ》を持っているなんて――。それだけでドキドキする。

ディランが真剣《しんけん》な顔になって、さらにつづけた。

「アマリ、きみに打ちあけた秘密《ひみつ》は、ぼくにとっても、ヴァン・ヘルシング家の代々《だいだい》の魔《ま》術師《じゅつし》にとっても、重大な秘密《ひみつ》なんだ。自分たちの正体は、いくら身内でも、魔術師《まじゅつし》でない者には明かすことさえ禁じられている。もしうちの両親がぼくとマリアの正体を知ったら、とんでもない騒《さわ》ぎになるね。だから、きみのことを信じていいか、確かめさせてくれ」

あたしは目をふせて、考えた。あたしは自分と同じ魔術師《まじゅつし》の友だちが、ずっとほしかった。いま、その理由がようやくわかった。魔術師《まじゅつし》がどういう目にあうか、わかってくれる仲間がほしい。

「あたしのことは、信じてくれてだいじょうぶ」あたしはにっこりと笑いながら言った。

自分の部屋にもどったときには、夕食の時間が終わろうとしていた。たぶんエルシーはまだ食堂にいる。もしママがここにいたら、さっさと食堂に行って腹《はら》になにか入れろときっと言う。第一の適性検査が明日にせまっているから、なおさらだ。でもいまなら、ディランからわたされた呪文書《じゅもんしょ》の中身を確かめられる。せっかくのチャンスを逃《のが》したくない。魔力《まりょく》のせいでさんざんな目にあってきたけど、自分の魔力《まりょく》でどんなことができるのか、知りたくてたまらない。だからこそ、ホテルからここまで、走るようにして帰ってきたのだ。

ベッドに勢いよく腰《こし》かけて、呪文書《じゅもんしょ》の金色のとめ金についている小さな鍵穴《かぎあな》に、さっそく鍵《かぎ》をさしこんだ。ところが、なにも起こらなかった。何度ためしても、いっこうに本は開かない。ひょっとして、ディランにだまされた？　またしてもディランを疑《うたが》いたくなったけど、ディランは危険《きけん》を承知《しょうち》で、あたしに特大の秘密《ひみつ》を明かしてくれたのだ。この本を開く別の方法が、きっとあるはず。それでも、いろいろためしてもいっこうに開かなくて、呪文書《じゅもんしょ》を投げだしたくなった。そのとき指が、本の背《せ》のわずかなでっぱりに軽くふれた。本を照明に近づけると、小さな金色のボタンだとわかった。ボタンをおすと、あっさりとめ金がはずれ、呪文書《じゅもんしょ》がひとりでに開き、最初のページがあらわれた。

『おみごと！　幻想術師《げんそうじゅつし》の訓練の最初の教訓。それは、ぜったい信じないことです。何事も、けっして見たまま聞いたままに信じてはなりません。何事も評価するときは、見た目どおりだと証明されていないかぎりは、疑《うたが》ってかかるように。この教訓を活《い》かすために、新人の幻想術師《げんそうじゅつし》が最初に習うのは、他者が作った幻想《げんそう》を打ち消す、とても単純《たんじゅん》な呪文《じゅもん》です。それは〈ディスペル〉。

　このページを最後まで読んだら、本を閉《と》じてください。そして小指と薬指のみをのばし、本の前で手をふって、〈ディスペル〉と呪文《じゅもん》を唱えてください。』

　ディランがピンク色の髪《かみ》の少女の幻想《げんそう》を打ち消すときにつぶやいたのも、たぶんこの呪《じゅ》文《もん》だ。本を閉《と》じ、人さし指と中指を親指でおさえ、小指と薬指をのばした。その手をゆっくりと本の上で動かし、呪文《じゅもん》を唱えた――「ディスペル」。

すると、寒い日にあたたかいココアを飲んだときみたいに、胸《むね》全体がほわっとあたたかくなった。ベッドの上で呪文書《じゅもんしょ》がふるえだし、黒革《くろかわ》の表紙に真っ赤な点がいくつもうかびあがる。なおもふるえる呪文書《じゅもんしょ》のはしが二倍に広がり、厚みもどんどんましてくる。ようやくふるえが止まると、呪文書《じゅもんしょ》は大きな赤い革《かわ》の本になっていた。表紙全体に金色の文字がならんでいる。

『幻想術師《げんそうじゅつし》になりたいあなたへ　当代随一《とうだいずいいち》の幻想術師《げんそうじゅつし》、マダム・バイオレットの呪文《じゅもん》と黙想《もくそう》』

そのとき、背後《はいご》からララの声がした。「やっぱり、なにかたくらんでたのね！」

あたしはぎょっとして、ベッドから落ちそうになった。ふりかえって初めて、部屋のドアがわずかに開き、ララがすきまからのぞいていることに気がついた。しかも、それだけじゃない。携帯電話《けいたいでんわ》で動画を撮《と》ってる！　廊下《ろうか》を走って部屋にもどるあたしを見て、つけてきたにちがいない。

「どこまで見たの？」のどをごくりと鳴らしてから、声をかけた。

ララは部屋に入ってきて、ドアをけって閉《し》めると、呪文書《じゅもんしょ》に向かって突進《とっしん》した。あたしはとっさに呪文書《じゅもんしょ》を胸《むね》にかかえ、ドアへと走ったけれど、超常力《ちょうじょうりょく》をつけたララにはとても勝てない。ララはうすら笑いをうかべ、あたしの腕《うで》から軽々《かるがる》と呪文書《じゅもんしょ》をうばった。ララの超人的《ちょうじんてき》な運動能力は、超人的《ちょうじんてき》な腕力《わんりょく》とセットになっているらしい。ララは呪文書《じゅもんしょ》を顔の前に持ちあげて、首を横にふりながら言った。

「あーあ、とんでもないこと、やっちゃったわねえ。あんた、ここから追いだされるわよ。ねえ、わかってる？　逮捕《たいほ》されちゃうかもよ」

「お願い、ララ、だれにも言わないで」

うかつにも、ララに見つかるなんて！　もし追いだされたら、記憶《きおく》を消される。お兄ちゃんを見つけるチャンスも消えてしまう。

「それには、ひとつ条件があるわ」ララがニヤリとして言った。

「条件って？」あたしは意気消沈《いきしょうちん》した。

「ジュニア捜査官《そうさかん》の訓練をやめて」

「それは無理！」

あたしは首を横にふって断った。超常捜査部《ちょうじょうそうさぶ》に入れなかったら、お兄ちゃんをどうやって探《さが》せばいい？　ジュニア捜査官《そうさかん》になれなかったら、超常現象局《ちょうじょうげんしょうきょく》の捜索《そうさく》に加われない！

ララは肩《かた》をすくめ、ドアによりかかった。

「あのねえ、ジュニア捜査官《そうさかん》のポストは四つしかないの。あんたのバカな兄さんがやたらと受けがいいせいで、あんたにポストをひとつうばわれるなんて、じょうだんじゃない。やめるか、追いだされるか、どっちかね。あんたが決めて」

そう言われても、選択《せんたく》のしようがなかった。

# 19 第一の適性検査

最初の適性検査が明日にせまっているので、いますぐやめろ、とララはゆずらなかった。たぶん落第するから、適性検査はすごくこわい。それでも自分の実力を知るせっかくのチャンスだから、本音を言えば受けてみたい。最初のころ、超常捜査部《ちょうじょうそうさぶ》はお兄ちゃんの行方を探《さぐ》る手がかりでしかなかった。それでもほんの数日間で、あたしはかなりのことをやってのけた。エルシーといっしょに独自の調査を開始したし、魔術師《まじゅつし》のモローと面会したし、そのときのやりとりを利用して、ディランから黒本のことも聞きだせた。やっと本物の捜査官《そうさかん》らしくなってきたところだったのに――。

超常捜査部《ちょうじょうそうさぶ》のヴァン・ヘルシング部長や、あたしが失敗すればいいと思っている人たちの鼻をあかせたら、どれだけ胸《むね》がすっとするだろう。エルシーやフィオーナ捜査官《そうさかん》のように、あたしを応援《おうえん》してくれる人のことを思うと、とちゅうで脱落《だつらく》するのは後ろめたい。今回だけは、負け犬の気分を味わいたくなかったのに――。

おそい時間だったけど、マグナス捜査官《そうさかん》にジュニア捜査官《そうさかん》の訓練をやめることを伝えるために、エレベーターのルーシーで超常捜査部《ちょうじょうそうさぶ》へと上がった。とんでもないヘマをしたのだからしかたない。ララがあの録画を父親のヴァン・ヘルシング部長にメッセージで送ったら、あたしは一発で終わりだ。

オフィスのある場所は覚えていたので、メインホールの右側の壁《かべ》にそって進み、廊下《ろうか》に入った。ところがマグナス捜査官《そうさかん》のオフィスのドアは、鍵《かぎ》がかかっていた。よりによって不在だなんて、ついてない。そのとき、どこか背後《はいご》から、マグナス捜査官《そうさかん》のしわがれた笑い声が聞こえてきた。その声をたどっていくと、フィオーナ捜査官《そうさかん》のオフィスだった。あーあ、マグナス捜査官《そうさかん》だけでなく、フィオーナ捜査官《そうさかん》にも、やめると告げることになるなんて。まさにダブルパンチ。フィオーナ捜査官《そうさかん》のオフィスのドアをノックしたら、マグナス捜査官《そうさかん》がドアをあけた。

「いまは、ちょっと手がはなせないんだ。どうした？」

ここに来るまでの練習では、マグナス捜査官《そうさかん》の目をしっかりと見て、「路線を変更《へんこう》しようと思ってます。なので、ジュニア捜査官《そうさかん》の訓練は終わりにします。事務手つづきをお願いします」と、どうどうと告げるつもりだった。けれど、いざ本人を目の前にすると、思うように言葉が出ない。

「あの、そうですよね……じつは……」

「なんだ？　さっさと言ってみろ」

「別の部署《ぶしょ》に変更《へんこう》したいんです」

深呼吸《しんこきゅう》をして切りだすと、ドアが大きく開いて、フィオーナ捜査官《そうさかん》があらわれた。

「まだ一度も適性検査を受けないうちに、あきらめるなんて言わないでよ」

力強い青い目で、ひたと見すえられた。今日は赤毛をきれいに丸め、きれいにアップしているせいか、見学ツアーのときほどのド迫力《はくりょく》はない。エメラルド色のドレスが、とてもよく似合っている。あまりにちがう様子にとまどって、部屋の中をのぞいたところ、フィオーナ捜査官《そうさかん》の机《つくえ》の上にキャンドルとふたり分の食事がならんでいるのが見えた。

「あのう、お邪魔《じゃま》でしたか？　デートとか？」

「だとしたら、悪いか？」

マグナス捜査官《そうさかん》がすっと背筋《せすじ》をのばして言う。

「いえ、べつに。ただ、よくがんばったなあって。美女と野獣《やじゅう》……みたいな？」しまった、思ったことをぽろっと言っちゃった！　フィオーナ捜査官《そうさかん》が笑いをかみ殺し、マグナス捜査《そう》査官《さかん》が赤くなりながら言う。

「まあ、その、見た目の大きなギャップはだな、ほかで補《おぎな》っているつもりだぞ。おれの悪《あく》魔《ま》のごとき魅力《みりょく》とか、非の打ちどころのない性格とかで」

「あなたの心を読んで、急に心変わりをした理由をつきとめてもいいんだけど……」

フィオーナ捜査官《そうさかん》が、あたしを見つめたまま言った。うわっ、心を読まれたら、局内で魔術《まじゅつ》を使ったことがばれる。やばい、最悪！　うまく切りぬけなくちゃ！　フィオーナ捜《そう》査《さ》官《かん》が話をつづけた。

「ううん、やめておくわ。そのかわり、今夜は休んで、じっくりと考えて。ね？　重大な決断だから、決めるのはもう少し考えてからにして。朝になっても考えが変わらないなら、私《わたし》が必要書類にサインするから」

「でも、もう決めたんです」

「いいから、いまは言うことを聞いて。この間、部長たちの前であなたの肩《かた》を持ってあげたのは、どこのだれだったかしら」

「はい……わかりました」

そこまで言われたら、引きさがるしかない。あたしはため息をついて、うなずいた。


今夜のお泊《と》まり会のために二部屋の訓練室が女子用、男子用としておさえてあり、ロッカールームでパジャマに着がえることになっていた。お泊《と》まり会の目的は、明日の本番にそなえて緊張《きんちょう》をほぐし、ほかの訓練生と仲間意識を育むことらしい。女子の訓練室に入った瞬間《しゅんかん》、ララがベッドを飛びおり、つかつかとよってきて、腰《こし》に両手をあてて言った。

「で、どうなった？」

「明日の朝まで待つようにって。気持ちが変わらないかどうか、確かめたいって」あたしは、目を合わせることもできなかった。

「気持ちを変えたら、ただじゃおかないわよ」

ララはむっとしてそれだけ言うと、足をふみならして自分のベッドにもどっていった。

あたしは、だれからも遠い位置のベッドを選んだ。今夜はララの相手をする気分じゃないし、ララのまわりのベッドはすでにほかの女子が占領《せんりょう》している。ララは太陽、ほかの女子は小さな惑星《わくせい》みたい。ララたちは、明日の適性検査の内容について、興奮《こうふん》ぎみにしゃべっていた。ララは父親の机《つくえ》の上で適性検査のルールを見たと断言し、基本的には巨大《きょだい》な障《しょう》害物《がいぶつ》競走で、ところどころにミニステーションがあり、そこで超常界《ちょうじょうかい》のちょっとした問題に答えることになっている、と説明している。それを聞いて、少し気が軽くなった。適性検査に失敗して家に帰される初の月長石《げっちょうせき》バッジ生、という情けない立場になる前にやめておくのは、やはり正解だ。

女子たちがララにヒントをせがむ声を聞きながら、枕《まくら》に頭をつけて、携帯電話《けいたいでんわ》をとりだし、イヤホンをつないだ。目を閉《と》じると、いつのまにか、うとうとし——。

とつぜん、目が覚めた。ほんの数分しかたっていない気がする。だれかに、ほおをはじかれた。ディランがそばにしゃがみこんでいる！　あたしはぎょっとして起きあがり、そのまま動けなくなった。なに？　なにが起きてるの？　ここは、訓練室じゃない。こぢんまりとした図書室で、あたしは床《ゆか》にじかにすわっている。左側には、ほこりをかぶった机《つくえ》がひとつ。あとは、周囲におんぼろの書棚《しょだな》がならんでいる。

「よかった。ようやく眠《ねむ》ったんだね」ディランが腰《こし》を上げながら言った。

「眠《ねむ》ったって……起きたんだけど？」あたしは、めまいを覚えながらたずねた。

「いや、眠《ねむ》ったんだよ。いま、ぼくたちは覚醒夢《かくせいむ》を共有してる。たぶん、これが第一の適性検査だ」

ええっ、そうなの？　そういえばフィオーナ捜査官《そうさかん》とマグナス捜査官《そうさかん》は、とにかく朝まで待てと言っていた。ふたりとも、あたしを第一の適性検査の前に脱落《だつらく》させたくなかったんだ。あーあ、だまされた。でも、あえて引きとめられたのは、ひょっとして、あたしに合格する可能性があるから？　ううん、ダメ。合格しちゃダメ。ララにあの動画で脅《おど》されるかぎり、それは無理。

「ねえディラン、あたしたち、適性検査の相棒《あいぼう》なの？」

ディランが答える前に、あたしたちの間にとつぜん、赤い炎《ほのお》の球がひとつあらわれた。その球はぐんぐんふくらみ、白く輝《かがや》き、とうとう破裂《はれつ》して、火の文字のメッセージがあらわれた。いっしょに読もうと、ディランがこっちへ回ってくる。

『ジュニア捜査官《そうさかん》の第一の適性検査へ、ようこそ。

地下室に行き、盗《ぬす》まれた物をとりもどすこと。

ヒント：それは、きみが見つける物の中で、一番価値《かち》が高い物だ。それを選択《せんたく》した理由を説明してもらうので、覚悟《かくご》しておくこと。ひとつひとつの決断がすべて評価されるので、そのつもりで。では、幸運を祈《いの》る！』

火の文字は、もうもうとした煙《けむり》となって消えた。

「それを選択《せんたく》した理由を説明してもらうので、覚悟《かくご》しておくこと、か」

ディランが読んだばかりの文章をくりかえす。

「選択肢《せんたくし》はひとつじゃないから、かな？」とたずねたら、ディランに声をあげて笑われた。

「そうでなきゃ、たいした挑戦《ちょうせん》にならないよ。まずは、きみのさっきの質問の答えを見つけないとね。ぼくたちは適性検査の相棒《あいぼう》なのか、それとも一対一の対決なのか？」

「ディラン、一対一の対決に決まってるよ。各ペアの敗者を落とせば、次の適性検査に進む十六名が自動的に決まるし」

相棒《あいぼう》として組んで挑戦《ちょうせん》しろなんて、超常捜査部《ちょうじょうそうさぶ》が言うとは思えない。

「そうだね。でも本物の捜査官《そうさかん》は、必ずペアで動くんだよ」

あたしは、くちびるをかんだ。なるほど、説得力のある意見だ。

「じゃあさ、アマリ、相棒《あいぼう》じゃないってわかるまでは、協力したほうがいいんじゃないかな」

「そうだね」

相棒《あいぼう》じゃないと早くわかって、ディランを勝たせてあげて、さっさと適性検査が終わりますように――。

「まずは周囲の観察から始めたほうがよさそうだね。この部屋にいるのは、なにか理由があるはずだから」ディランがあたりを見まわしながら言った。

「あたしには、本しか見えないけど」

「いいかい、アマリ、細かいところまで観察するんだ……」

ディランは天井のすみを指さし、「たとえば、あのクモの巣はどうかな？」と言って、鼻をひくつかせた。

「アマリ、ここ、ほこりっぽくないか？　ひょっとして、空き家？」

「でも、だれかが水をやっているはずよ」

あたしは、白とスミレ色のきれいな花が咲《さ》きほこる植木鉢《うえきばち》を指さした。

「なるほど、良いところに目をつけたね。だれかがいるって頭に入れて、地下に向かおう。じゃあ、ぼくが先に行ってもいい？」

「もちろん。超常界《ちょうじょうかい》に関しては、ディランのほうが経験者だもの」

ディランはきしむドアを引いて開け、頭をつきだした。

「ここは、廊下《ろうか》のはしだな。見たところ、だれもいない」

「見たところって……ホントにいない？」

けれどディランは、すでに暗闇《くらやみ》の中へ進んでいた。こうなったら、ついていくしかない。

あたしもディランを追って廊下《ろうか》に出た。どこもかしこも暗い。ゆいいつの明かりは、廊下《ろうか》の右側の、開いているふたつのドアからもれてくる光だけ。どっちかのドアが地下への入り口でなければ、どこにあるのよ？

ディランといっしょに、暗闇《くらやみ》の中をそろそろと進んでいった。足をふみだすたびに、床《ゆか》板《いた》がギシギシときしむ。二回、前方から話し声らしきものが聞こえてきた。そのたびに先頭のディランが立ちどまり、あたしも立ちどまって様子を見る。二回ともすぐに静かになったので、そのまま廊下《ろうか》を進んだ。永遠のように感じられる時間をかけて、ようやくひとつ目のドアにたどりついた。

「部屋はふたつとも調べたほうがいい。不意打ちはいやだからね」

入り口の手前でディランが止まり、声をかけてくる。

「うん、そうだね」

「武器の部屋だ」

ディランがドアのすきまから中をのぞきこんで、ささやいた。

いっしょに中にすべりこんで、ドアを閉《し》めた。ガラスのわれた大きな窓《まど》から陽光が照りつけ、熱風も吹《ふ》きこみ、部屋はオーブンのように暑い。窓《まど》の外は、だだっ広い砂漠《さばく》が地平線までのびている。見わたすかぎり、切りたおされた一本のサボテン以外なにもない。

「武器を選んだほうがいいのかも」

ディランが武器の棚《たな》から一本の短剣《たんけん》をつかみながら言う。

武器の棚《たな》には、先端《せんたん》に突起《とっき》のついたこん棒《ぼう》や斧《おの》が数本と槍《やり》が一本。金属のフックには剣《けん》が二本。石弓もひとつある。かっこいい斧《おの》をつかんで、二回ふってみた。うわっ、軽い！

ふと、おそろしい考えが頭をよぎった。

「ねえディラン、これって、武器で戦えって意味？」

「さあ、どうだろう。ぼくも、きみと同じくらい、なにも知らないんだよ」

ディランは本当になにも知らないのかも。それでも短剣《たんけん》をプロの戦士のように指の間で器用に回せるんだから、使い方は知っているらしい。

「アマリ、そろそろ行くよ」

あたしはうなずき、ディランのあとからドアの外に出た。廊下《ろうか》が、さっきよりもさらに暗くなった気がする。たぶん明るい武器室から出てきたせいだ。ディランは足もとできしむ床板《ゆかいた》の音をものともせず、早足で進んでいる。短剣《たんけん》を手に入れたので、自信がついたのだろう。あるいは、あたしと同じくらい、こんな不気味な場所からさっさとぬけだしたいとか？

ふいにディランが息をのんで止まった。理由はきかなくてもわかる。暗闇《くらやみ》の中に、ふたつのぎらつく赤い目がうかびあがったのだ。

ふたつ目のドアからもれる光の中に、ぼろぼろの服を着た巨体《きょたい》が進みでた。頭は不自然な角度に曲がっていて、片腕《かたうで》がなく、片足《かたあし》が変なふうに曲がっている。巨体《きょたい》はぎくしゃくとした動きで、こっちへ向かっていた。うなり声が、廊下《ろうか》にひびきわたる。

ディランが短剣《たんけん》をかまえたそのとき、あたしはある物に気づき、ディランの腕《うで》をつかんでとめた。

「ストップ!」

「おい、なんだよ?」

巨体《きょたい》がよろめきながら、あたしたちのすぐそばを通りすぎていく。

「ほら、ディラン、見て」

武器室からもれる陽光に、巨体《きょたい》が片手《かたて》に持った花束が照らしだされている。あたしはそれを指さして、さらに言った。

「いくら相手がこわくても、おそっていい理由にはならないよ。さっき図書室で植木鉢《うえきばち》を見たでしょ? あの巨体《きょたい》の正体はわからないけど、花びんに花をさしに行くんじゃない?」

「なるほど……。ありがとう。正しい判断だったよ」

暗闇《くらやみ》の中で、ディランの声がした。

「あたしが先に行ったほうがいいかもね」あたしは、ほほえみながら言った。

「うん、そうだな」ディランが笑い声を上げる。

あたしは先頭に立って、ふたつ目の開いているドアの前に立った。ここからも砂漠《さばく》が見える。

「ここはからっぽね」

「アマリ、本当に？」ディランがとなりに来る。

答える前に、すすり泣く声がした。目をこらすと、窓《まど》の真下の影《かげ》の中に少女がひとり、かくれているのがわかった。

「助けて……お願い」

その子が声をかけてくる。

ん？　たしかこの子は、あたしたちと同じジュニア捜査官《そうさかん》の訓練生。名前は、たしかステファニー。ステファニーの横には、一本の剣《けん》がおいてある。ステファニーがさらに話しかけてきた。

「わたし、もう、ジュニア捜査官《そうさかん》になりたくない。廊下《ろうか》で、あの化け物を見たでしょ？わたし、いっしょに行ってもいい？」

「だめだ」ディランがきっぱりと断る。

「えっ、ディラン、なんで？　あの子、あんなにおびえてるのに？」

「きみの相棒《あいぼう》はどこだ？」

ディランはあたしの質問には答えず、ステファニーに質問した。

「やめたいと言ったら、先に行っちゃったの。おれの適性検査を、おまえに台無しにされてたまるかって」

「じゃあ、きみはずっとこの部屋にいたのか？」

「うん。こんな仕事、選ばなきゃよかった。わたし、どうかしてたのよ」

ステファニーがうなずいて答える。

ディランったら、いいかげんにして！　あたしがステファニーを助ける！　けれどステファニーのそばへ行こうとしたらディランにどなられ、たった二歩しか進めなかった。

「アマリ！　近づくな！」

「だって、助けてあげないと」

「その剣《けん》をどこで手に入れたのか、きいてみろ」

あたしはギョッとした。たしかに剣《けん》は、武器室に行ってなければ手に入らない。なのにステファニーは、ずっとこの部屋にいたのかというディランの質問にうなずいた——。ステファニーの顔にじわじわと邪悪《じゃあく》な笑みが広がり、牙《きば》がむきだされる。

牙《きば》を見た瞬間《しゅんかん》、あたしは魔術師《まじゅつし》モローの長い犬歯を思いだして、動けなくなった。そこへステファニーが突進《とっしん》してくる。ぎりぎりのところでディランがステファニーをつきとばし、ステファニーは陽光の中につっこみ、そのままとけ、灰《はい》となって消えた。

「ディラン、ありがとう……。どうしてわかったの？」

あたしは目を閉《と》じ、気持ちを落ちつかせた。

「さっきのテストは、見た目こそこわいけど無害なものが出てきただろ。だから、次のテストはその反対だって考えただけだよ」

なぜあたしは気づかなかったんだろう？　これまでのところ、ディランとのペアは、とてもうまくいっている。もしかしたら、それがミソなのかも。ふたりで協力しろってことなのかも。

とたんに気が重くなった。ディランは、あたしを信用してくれている。そのあたしが足を引っぱって、ディランまで失敗することになっていいの？

あたしはずっと、本当の友だちがほしい、自分をかばってくれる仲間がほしいと強く思っていた。試験でペアを組む子は、そういう友だちって言える？　ううん、ちがう。とにかくいまは、ベストをつくそう。この試験を終えたら、いつでもやめられるんだから。

廊下《ろうか》のつきあたりの暗闇《くらやみ》に、階段《かいだん》がかくれていた。ディランといっしょに、できるだけ足音をしのばせて、おりていく。おりきった先には、石造りの暗い部屋があった。奥《おく》の壁《かべ》の真ん中に背《せ》の高い赤いドアがあり、そこに向かって手前から奥《おく》へ、台が一列にならんでいる。

ディランがそわそわとあたりを見まわしながら、短剣《たんけん》をかまえた。あたしも斧《おの》をにぎりしめてディランの横につき、警戒《けいかい》しながら台の列へと近づいた。なにかが飛びだしてくる？　なにかの罠《わな》？　けれど、なにも起きない。

「アマリ、なんか、やけに……」ディランが緊張《きんちょう》して閉《と》じていた口を開いた。

「簡単《かんたん》すぎる？」

「うん、あまりにも簡単《かんたん》だ。台の上の宝物《たからもの》のうち、どれが一番価値《かち》が高いか見きわめろって言うなら、別だけど」

台の列をざっとながめた。台は全部で四つ。奥《おく》に行くにつれて、少しずつ高くなっている。一番手前の台には、大きな木の船をおしつぶす一頭の巨大《きょだい》なシー・ドラゴンの絵がおいてあった。巨大《きょだい》なシー・ドラゴンは放電し、火花をちらしている。絵に近づいたあたしのとなりに、ディランも来た。

「海獣《かいじゅう》だな。七大ビーストのひとつだよ」

そのままディランは、二番目の台へ近づいた。その台には陶器《とうき》の鉢《はち》がひとつおいてあり、鉢《はち》には太古のものらしき模様《もよう》がびっしりと描《えが》いてある。

「ディラン、それ、大昔の物っぽいね」

「アマリ、大昔の物だとしたら、海獣《かいじゅう》の絵と比べて価値《かち》が高いのかな？　低いのかな？」

ディランの視線《しせん》が、一番目と二番目の台を行ったり来たりする。

「うーん……どうなんだろうね」

「わかるかよ、そんなの」ディランがいらだって、首を横にふる。

三番目の台には、きらめくダイヤモンドのブレスレットがひとつおいてあった。四番目の台には、宝石《ほうせき》がちりばめられた金の王冠《おうかん》がおいてある。

あたしは、四番目の台を見つめた。ダイヤモンドのブレスレットがあれば金持ちになれるかもしれないけれど、王冠《おうかん》があれば女王になれる。でもそれじゃあ、さすがに単純《たんじゅん》すぎない？　もっとよく見てみようと三番目のブレスレットの奥《おく》へ進んだ瞬間《しゅんかん》、背《せ》の高い赤いドアの奥《おく》でなにかがドアに激突《げきとつ》し、その音が部屋全体にひびきわたった。ふりかえると、ディランも目を丸くしてドアを見つめていた。

「アマリ、もう一歩、近づいてみて」

言われたとおり、四番目の王冠《おうかん》へ一歩近づくと、バーン！　また骨《ほね》の髄《ずい》までひびく音がした。王冠《おうかん》に近づくたびに、なにかがドアにぶつかる。

「アマリ、王冠《おうかん》をつかめ！」ディランが叫《さけ》んだ。

四番目の台の王冠《おうかん》にかけより、台の上からひったくった。と、赤いドアがいきおいよく開き、大量の水が一気に流れこんできた。あたしは水に足をさらわれ、三番目の台までおし流された。ディランはどこ？　どこよ？　あっ、いた！　ディランはなにかにつかまろうと、両腕《りょううで》をばたつかせながら流されていき、そのまま壁《かべ》にぶつかって消えてしまった。

覚醒夢《かくせいむ》から目が覚めたにちがいない。ここからは、あたしひとりだ。

大量の水に流されたとき、斧《おの》は落としたけれど、王冠《おうかん》はまだ持っている。あたしの覚醒《かくせい》夢《む》は終わってないから、王冠《おうかん》を持つだけでは不十分なのだろう。じゃあ、階段《かいだん》をのぼって地下室を出ればいい？　赤いドアの奥《おく》の部屋は、大量の水に満たされている。けれどもう、その水は流れてこない。まるで水が魔術《まじゅつ》でとどまっているみたいだ。

そのとき、巨大《きょだい》な黒い影《かげ》がひとつ、水中にあらわれた。あたしはぎょっとして、王冠《おうかん》をにぎりしめた。あれは、なに？

水の部屋から、きらめく灰色《はいいろ》のうろこがぬっとあらわれた。灰色《はいいろ》のうろこは、お兄ちゃんの古いネイチャー誌《し》で見たことがある。あれは水ニシキヘビ。頭が車くらいバカでかいから、きっと水ニシキヘビの王だ。巨大《きょだい》な水ニシキヘビが黄色い目をぎらつかせ、シューシューと音を立てて、牙《きば》をむく。

あきらめちゃダメ。知恵《ちえ》をしぼって、なんとかしないと。でも、どうすればいい？　斧《おの》をとりもどせば撃退《げきたい》できる？　四番目の台の裏《うら》まではっていった。そこなら、ヘビとの間に台をおける。斧《おの》を探《さが》して、あたりを見まわした。斧《おの》さえあれば、あの巨大《きょだい》なヘビと戦える……わけがない！　アマリのバカ！　こうなったら逃《に》げるしかない。ヘビのおぞましい息の音が、また部屋中にひびきわたる。

あたしは階段《かいだん》に向かって、全速力でかけだした。けれど、ヘビは追ってこない――。

その瞬間《しゅんかん》、稲妻《いなずま》に打たれたような衝撃《しょうげき》を受けた。あっ、わかった！　取ってくるのは王《おう》冠《かん》じゃない！　あたしは階段《かいだん》のすぐ手前で立ちどまり、王冠《おうかん》を手放した。階段《かいだん》の最初の段《だん》に足がふれた瞬間《しゅんかん》、まわりの世界が消える。

気がつくと、覚醒夢《かくせいむ》のサングラスをかけたまま、訓練室のベッドの中で目覚めていた。

「気分はどう？」

女性捜査官《そうさかん》の声がした。名札によると特別捜査官《とくべつそうさかん》らしい。

「眠《ねむ》いです……。あたし、合格したんですか？」

「あなたは一番長く持ちこたえた。その場合、ふつうはとても良い結果に結びつくわよ」

「あのう、ディランは？　無事ですか？」

女性捜査官《そうさかん》はうなずき、立ちあがって言った。

「さあ、これで全員目が覚めたから、ロッカールームで制服に着がえてちょうだい。着がえおわったら、ブリーフィング・ホールに移動して、フィオーナ捜査官《そうさかん》とマグナス捜査官《そうさかん》から結果発表よ。言っておくけど、適性検査はまだ終わってないから、おしゃべりはいっさい禁止ね」


「よし、女子も来たな。舞台《ぶたい》に上がって、相棒《あいぼう》のとなりに立ってくれ」

ブリーフィング・ホールの舞台《ぶたい》の上で、マグナス捜査官《そうさかん》が声をあげた。

舞台《ぶたい》のはしのほうにディランがいたので、そのとなりに立った。どうだった、とディランが目で問いかけてきたけれど、あたしは、さあ、と肩《かた》をすくめることしかできなかった。

あたしの判断が正解か、それともただのヘマか、どっちかということしかわからない。

フィオーナ捜査官《そうさかん》が咳《せき》ばらいをし、舞台《ぶたい》の中央に進みでた。

「全員そろったから、まず言っておくわ。みんな、どんな結果になろうと、自分に自信を持ってちょうだい。今回の適性検査の目的は、みんなをまどわせ、直感をためし、チームとして行動する能力を見ること。直感とチームワークは一流の捜査官《そうさかん》の基礎《きそ》よ。適性検査中のあらゆる行動が評価の対象となるけど、一発アウトの失格要件は三つある。第一の失格要件は、とてもシンプル。図書室をふたりでいっしょに出たかどうかね。危《あぶ》なかったケースはかなりあったけど、この要件を満たせなかったのは二組だけ。これから名前を読みあげる者は舞台《ぶたい》をおりて、入り口で女性捜査官《そうさかん》から指示を受けるように」

失格した訓練生たちがいなくなると、フィオーナ捜査官《そうさかん》はちゃめっ気のある笑顔であたしたちを見て、つづけた。

「さて次は武器を手に入れるチャンスをあたえ、さらに武器を使いたくなる状況《じょうきょう》を用意した。各チームの超常界《ちょうじょうかい》に関する知識レベルに応じて、ミスター・ゾンビがじつは脅威《きょうい》ではないことをしめすヒントのレベルを調整させてもらったわ。たとえば二名とも超常界《ちょうじょうかい》にくわしくない場合は、ミスター・ゾンビにピンクに水玉模様《もよう》のパジャマを着せ、花束を運びながらハッピーバースデーを鼻歌で歌わせた……」

いっせいに笑い声があがる。

「それでも、数名が失格となった」

フィオーナ捜査官《そうさかん》はそう言って、名前を読みあげ、さらに四名の訓練生が舞台《ぶたい》から去った。フィオーナ捜査官《そうさかん》は腕《うで》を組んで、さらにつづけた。

「失格要件のなかで一番効果的だったのは、訓練生がひとりきりで取りのこされた第二の部屋だったようね。まあ、ひきょうな手口だったけど、あなたたちの直感を見きわめ、状況分析《じょうきょうぶんせき》能力を見ることができたわ。この要件の難易度《なんいど》には差をつけていない。全員、同じ条件よ」

今度は八名の訓練生が失格となり、名前を読みあげられた。

「さて、朗報《ろうほう》よ。すでに目標の十六名にしぼられたから、舞台《ぶたい》にのこった者は全員、第一の適性検査に合格……」

あたしは心底ほっとして、フーッと息を吐《は》きだした。

「……したけど、まだ安心しないで。次の第二の適性検査は、最高傑作《けっさく》よ！　今回の適性検査で最高得点をとった二名はラッキーね。第二の適性検査では有利なスタートを切れるわよ。さて、今回の適性検査の目的は、盗《ぬす》まれた物をとりもどすこと。それは、あなたたちが見つける物の中で一番価値《かち》が高い物、というヒントをあげた。奇妙《きみょう》なことに、ほとんどのチームが王冠《おうかん》を持って地下室を出た。例外は一チームだけ。その例外チームは、ほかならぬディラン・ヴァン・ヘルシングとアマリ・ピーターズよ。このふたりだけちがう判断をしたとわかって、みんなはほっとした？　それともショック？」

ディランが目を見ひらいて、あたしのほうを見る。あたしは言いわけをしかけたが、おしゃべりは禁止だったと思いだして、やめた。王冠《おうかん》を地下室においてきたのは、本当にあたしだけ？

「これから順番にきいていくから、決断を下した理由を聞かせてちょうだい」

ほかのチームの答えは、どれも似たりよったりだった――「王冠《おうかん》はとても貴重《きちょう》だから」「王冠《おうかん》は権力《けんりょく》の証《あかし》だから」「王冠《おうかん》は国民全体の象徴《しょうちょう》だから」

とうとうフィオーナ捜査官《そうさかん》が、あたしとディランの前に来た。

「ヴァン・ヘルシングくん、あなたに決断の理由をききたいところだけど、あなた、最後までやりとげられなかったのよね？」

ディランが赤くなる。フィオーナ捜査官《そうさかん》があたしの前に進んで、質問した。

「階段《かいだん》をのぼる前に王冠《おうかん》を手放したのは、天才的なひらめき？　それとも、ややこしく考えたから？」

「ええっと……天才的なひらめき、ですかね」あたしは、咳《せき》ばらいをして答えた。フィオーナ捜査官《そうさかん》が、あたしとディランの周囲をまわりはじめる。

「じゃあ、つづけて。どのように考えたのか、ぜひ聞きたいわ」

「じつは、最初はわからなかったんです。でも王冠《おうかん》を持って逃《に》げようとしたら、水ニシキヘビが追ってこなかったので、なぜだろうと考えました。で、気づいたんです。水ニシキヘビが守っていたのは王冠《おうかん》じゃないって。ヘビが守っていたのは、水だったんです」

「へーえ、興味深い説ねえ。でも、なぜ水がそんなに価値《かち》が高いのかしら？」

「覚醒夢《かくせいむ》の舞台《ぶたい》が砂漠《さばく》だったからです。武器室にいたときに気づきました。外は荒《あ》れ果てた砂漠《さばく》で、生えているのはたった一本のサボテンだけ。しかもサボテンは水を得るために切りたおされていた。砂漠《さばく》に王様がいるとしたら、その王様は水を飲むためなら、喜んで王冠《おうかん》をさしだすだろうって考えました」

「あらま、とんでもない王様ね！　あなた、ずいぶん、お利口ちゃんじゃない。じゃあ、あなたが王冠《おうかん》をつかんだとき、なぜ水ニシキヘビはおそおうとしたのかしら？」

フィオーナ捜査官《そうさかん》が声をあげて笑いながらたずねる。あたしは自信を持って、笑顔で答えた。

「王冠《おうかん》は一番奥《おく》の台にのっていたので、王冠《おうかん》に近づけば、水ニシキヘビが守っている水の部屋にも近づきます。でも水ニシキヘビは赤いドアの向こうにいたので、あたしが近づいてくることとしかわかりません。あたしが王冠《おうかん》を取りに行ったのか、水の部屋に近づこうとしてるのか、わかるはずがないんです」

「だとしても、一番価値《かち》が高い物を取ってくるように命じられたはずよ」

フィオーナ捜査官《そうさかん》があたしの前で立ちどまり、あたしをひたと見すえて言う。

「はい、水を取ってきました。階段《かいだん》の一番下の段《だん》に足を乗せたとき、あたしはずぶぬれでしたから」

「大正解よ。おめでとう！　満点だわ。あなたのお兄さん以来の満点よ。特典として、あなたとディランは次の適性検査で、ほかのチームより三十秒先にスタートできる。もしチームを解消して別の人と組むのなら、それぞれの新チームに同じ条件を認《みと》めるわ」

フィオーナ捜査官《そうさかん》はウインクし、ひそひそ声でつけくわえた。

「アマリ・ピーターズ、ここでやめずに、つづけるわね？」

ディランがあたしをだきあげ、舞台《ぶたい》の上でぐるぐる回った。あたしは腕《うで》をばたつかせ、晴れやかにほほえみ、声を上げて笑いすぎて、腹《はら》がよじれそうになった。

「アマリ、すごいよ、最高だよ！　やったな！」

ようやくあたしをおろして、ディランが言った。

「うん、ディラン、やったね！」あたしは、顔を赤くしながらうなずいた。

そのとき、ララがわって入ってきた。

「いますぐ、例の動画をパパに送ってやるわ」

「例の動画って？」と、ディランがララにたずねる。

「あんたの相棒《あいぼう》が、局内で呪文書《じゅもんしょ》を使ってるところを撮影《さつえい》したの。現場をおさえたわ」

「へーえ、なら見せてみろよ」

ララは携帯電話《けいたいでんわ》をとりだし、画面を操作《そうさ》するうち、がくぜんとした顔になった。

「やだ、消えてる！　なんでよ。ここにあったのに！」

ディランが、あきれたように首を横にふる。

「どうせまた、でっちあげたんだろ。そうそう、ララ、あの本はぼくのものだよ。アマリは借りてただけだから。ぼくが呪文書《じゅもんしょ》を局内に持ちこんだって父さんに告げ口したら、だれが母さんのデュボア・コスメティクスのクレジットカードを限度額まで使ったか、ぼくが母さんにばらすぞ」

ララはぼうぜんとし、しばらくつっ立っていたけれど、やがてむっとし、足をふみならしてはなれていった。その背中《せなか》に、ディランが声をかけた。

「おーい、本はアマリに返してやれよ！」

ララもショックだったと思うけど、あたしのショックに比べたらかわいいものだ。

「ディラン、まさか……ララの動画を魔術《まじゅつ》で消したの？」

「こういうとき、テクノ術って便利だろ」

「うわあ、本当にありがとう。あーあ、もっと早く思いついていれば、こんなに悩《なや》まずにすんだのに」

だろうね、とディランが肩《かた》をすくめる。

「だってさ、相棒《あいぼう》は助けあうものだろ？」

もちろんだ！

# 20 魔術師《まじゅつし》は出ていけ

「十六名の優秀《ゆうしゅう》な訓練生諸君《しょくん》、おめでとう！」

ヴァン・ヘルシング部長が、カクテルのグラスを持ちあげながら言った。

「とくに一位で通過した我《わ》が息子ディランは、おおいにほめてやりたい。初の週末休暇《きゅうか》をひかえた今夜は、おおいに食べて、おおいに飲んで、おおいにはしゃいでもらいたい。よくがんばったから、それくらい当然だ。休暇明《きゅうかあ》けの月曜にはリフレッシュし、気持ちを切りかえ、すぐに訓練にとりかかれる状態でもどってきてくれ！　では、乾杯《かんぱい》！」

広い会議室に集まった訓練生たちが、歓声《かんせい》をあげる。

会議室のテーブルは、デザートでうめつくされていた。訓練生たちはムシャムシャと食べ、ゲラゲラと笑いながら、そのまわりに集まっている。ディランのまわりにも大勢集まっていて、ディランとハイタッチしたりしていた。このパーティーをセッティングしたジュニア捜査官《そうさかん》たちまでもがディランをたたえ、ララはちゃっかりディランの横にならび、さも自分が相棒《あいぼう》だったみたいに惜《お》しみない賞賛を浴びている。

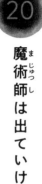

あたしはすっかり取りのこされて、腕組《うでぐ》みをして足もとを見つめながら、ドアのそばに立っていた。ディランをほめる訓練生たちはだれひとり、あたしをほめには来ない。でもまあ、あたしはフィオーナ捜査官《そうさかん》の前でただひとり正解を言いあて、全員にはじをかかせたから、しかたないか。とはいえ、ディランばかりほめられるのは、少ししゃくだった。ディランがあたしと同じ魔術師《まじゅつし》だとわかったら、みんなの態度は一変するはず。ディランも魔術師《まじゅつし》なんだよと、ばらしたくてたまらなくなる。ララとの問題を解決してくれたことは感謝しているし、ディランが魔術師《まじゅつし》という立場のあたしを助けようとしてくれるのもありがたい。それでも、魔術師《まじゅつし》じゃないふりができたらどんなにいいかと、つい思ってしまう。あたしが魔術師《まじゅつし》だとだれも知らなければ、こんな思いはしなくてすむのに。

やだ、あたしったら、なにを考えてるの？　あたしみたいな子が、好かれるわけがないのに。超常現象局《ちょうじょうげんしょうきょく》は私立校《しりつこう》となにも変わらない。ここでもあたしは、やっぱりよそ者——。

そんなことを考えていたら、上から声がふってきた。

「私《わたし》たちが認知《にんち》してない危険《きけん》でも、せまってるの？」

顔を上げると、目の前にフィオーナ捜査官《そうさかん》がいた。

「えっと、あの……はい？」

「だってあなた、ずーっとドアを守ってるんだもの。ひょっとしたら、私《わたし》たちが知らない危険《きけん》でもせまってるのかなって」

フィオーナ捜査官《そうさかん》が、ほほえみながら言う。あたしは、どぎまぎした。

「あっ、あの、早く部屋にもどりたくて、さっさと終わるのを待ってるだけです」

フィオーナ捜査官《そうさかん》は、ジュニア捜査官《そうさかん》のきれいな女子とカメラの前でポーズをとっているディランのほうをちらっと見て、言った。

「超常界《ちょうじょうかい》では、ヴァン・ヘルシング以上に有名な名前はないのよねえ」ため息をついて、つづける。「あの人たちが手柄《てがら》をひとりじめするのは、毎度のこと。もうなれたわ。とくにこの部署《ぶしょ》ではね。でも、くよくよしないで。私《わたし》たち捜査官《そうさかん》は、今回のスターがだれか、ちゃーんとわかってるから」

あたしが軽くほほえみかけると、フィオーナ捜査官《そうさかん》はあたしの肩《かた》をなでてくれた。そのとき、ディランが近づいてきた。やけにそわそわしている。

「アマリ、ちょっといいかな？」

フィオーナ捜査官《そうさかん》がこっちを向いたまま、会場のほうへ後ずさりながら言った。

「じゃあ、ふたりでお祝いして。アマリ、一位で通過できたのはだれのおかげか、ディランにしっかり言っときなさい」

あたしはうなずいてから、ディランを見て顔をしかめた。

「なんか用？」

あたしのそっけない口調に、ディランはドキッとしたようだ。

「あのさ、外の廊下《ろうか》で話せないかな？」

「なんで？　あたしと話をするところを、リッチなお友だちに見られたくないから？」

「えっ？　いや、そうじゃなくて――」

ディランはふたりのジュニア捜査官《そうさかん》がドアから外に出るのを待って、小声で言った。

「いっしょに捜索《そうさく》したいって、前に言ってたよね？」

袖口《そでぐち》からなにか光るものをちらっと見せて、つづけた。

「これは、特別捜査官専用《とくべつそうさかんせんよう》ホールにある、ヴァンクイッシュのオフィスの鍵《かぎ》なんだ」

えっ、お兄ちゃんのオフィスの鍵《かぎ》を持ってるって言ってる？

「アマリ、行こう」

ディランが、ほら、と合図して、あたしを廊下《ろうか》に連れだし、いっしょにU字型のメインホールへと向かった。ディランは歩きながらしゃべっている。

「みんなには、きみをうちの母さんのところへ連れていくって言っておいた。母さんは隠《いん》蔽工作部《ぺいこうさくぶ》の危機《きき》対応の主任でさ。重大な秘密侵害《ひみつしんがい》が生じるたびに、もっともらしい表向きの話をひねりだすんだ」

ディランはそう言って、にこやかに笑った。笑うと、顔がパッと明るくなる。「うちの母さんがきみに会いたがってるのは本当だよ。母さんは、クイントンの大ファンなんだ。ま、会うのは今日じゃないけどね」

「どうやって、だれにも見られずに、ヴァンクイッシュのオフィスに入るの？」あたしは大声を出さないように気をつけながら、質問した。

「今日の勤務《きんむ》当番の特別捜査官《とくべつそうさかん》は全員、さっきのパーティーにいたからだいじょうぶ。ちゃーんと人数を数えたよ」

ディランは声をあげて笑ってから、つけくわえた。

「姉さんのスペアキーは何か月も前から持ってたんだ。実際に使うのは今日が初めてだけどね」

メインホールに出ると、またディランが言った。

「落ちついていれば、だれもこっちを見たりしないよ」

そのとおりだった。ふたりの訓練生の行き先を気にする大人は、ひとりもいない。

U字型の壁《かべ》の右側を大金庫に向かって少し進み、細長いドアをあけて入った。見学ツアーでは紹介《しょうかい》されなかったドアだ。ここの廊下《ろうか》の壁《かべ》は金色のふち取りがしてあって、かっこいい。

「アマリ、ここが特別捜査官専用《とくべつそうさかんせんよう》ホールだよ。特別捜査官《とくべつそうさかん》は、ひとつの支局にわずか三十名のみ。もっとも危険《きけん》な任務に専念《せんねん》してるんだ」

きょろきょろしていると、優雅《ゆうが》な筆記体でVと刻《きざ》まれた、なめらかな木製のドアを見つけた。ディランがそっちへあたしを連れていく。

「超常捜査部《ちょうじょうそうさぶ》はヴァンクイッシュに敬意《けいい》をはらって、オフィスをそのままにしてるんだ」

筆記体のVの字を指でなぞった。ディランがいなければ、お兄ちゃんのオフィスに入るなんて、ぜったいありえなかっただろう。

「ねえディラン、局は手がかりをもとめて、もう中を調べたんだよね？」

「うん。まっさきに調べてたよ」

「とにかく、だれかに見られる前に入っちゃおうよ」

ディランがうなずき、鍵《かぎ》をドアにさしこむ。ドアがおしあけられた瞬間《しゅんかん》、鳥肌《とりはだ》が立った。

「アマリ、お先にどうぞ」

高ぶった神経を静めるために、二回深呼吸《しんこきゅう》をした。オフィスに入ったとたん、照明がチカチカしながら灯る。そこはオフィスというより、トロフィー保管室みたいだった。壁《かべ》という壁《かべ》に棚《たな》があって、写真や賞状やメダルなどが飾《かざ》ってある。エルシーがいたら、飛びあがって喜ぶだろう。ヴァンクイッシュのファンには、まさに夢の部屋だ。一枚《まい》のバカでかい写真も飾《かざ》ってあった。お兄ちゃんとマリアが、背《せ》の低いエルフをはさんでしゃがんでいる。そのエルフは頭が濃《こ》い葉におおいつくされていて、皮膚《ひふ》はまだらの木の幹みたいだ。

「そのエルフこそ、かの有名なマーリンだよ。めったに写真を撮《と》らせないんだけどね」

ディランがあたしについてきて、説明してくれた。

棚《たな》にそって部屋をまわり、大きな金色の名誉勲章《めいよくんしょう》のメダルにふれてみた。その横には年間最優秀捜査官《さいゆうしゅうそうさかん》の賞状が、ピカピカの銀の額縁《がくぶち》に入っている。さらに棚《たな》を見ていくと、つやのあるむらさき色のスカイスプリントが一足、ガラスケースの中に飾《かざ》ってあった。スカイスプリントの横にはドアと同じ優雅《ゆうが》な筆記体のVが書いてあって、下には小さなカードがあった――〈デュボア・エアー・ヴァンクイッシュ　限定版〉

「ヴァンクイッシュって名前のスカイスプリントが作られたの?」とたずねたら、ディランがニヤッとした。

「うん。ぼくも一足持ってる。手に入れるまで、さんざん列にならばされたよ」

あたしは、声を上げて笑ってしまった。

ほかにも〈超常界《ちょうじょうかい》の年間最優秀《さいゆうしゅう》市民〉とか〈超常界《ちょうじょうかい》にもっとも影響《えいきょう》をあたえた十人〉といった見出しのついた雑誌《ざっし》の前を通りすぎた。

「お兄ちゃんとマリアって、ものすごい大物なんだね」

「うん、本当に」と、ディラン。

「マリアがこの地位を手放したくなるなんて、信じられない……」

ディランは、肩《かた》をすくめて言った。

「特別捜査官《とくべつそうさかん》でいるのは、けっこうきついんだよ。多くのプレッシャーをかけられるし、全世界を守らなきゃならないし。超《ちょう》有名になると、おれたちより先に特別捜査官《とくべつそうさかん》に昇進《しょうしん》しやがってと、先輩捜査官《せんぱいそうさかん》たちからうらまれるようにもなるしさ。そのせいで、姉さんはかなり苦労したんだ」

「だから指導教官になろうとしたの？」

「というより、姉さんがクイントンと言い争うようになったからじゃないかな」

「お兄ちゃんとマリアの仲がこじれたってこと？」

あたしは立ちどまって、ディランを見た。

「きっとなにかあったんだよ。ある日をさかいに、ふたりの関係が急に変わったんだ。ものすごく奇妙《きみょう》だった」ディランがうなずいて答える。

「思いあたることはない？」

ディランが、さあ、と肩《かた》をすくめる。たしかに奇妙《きみょう》だ。

表紙にヴァンクイッシュが写《うつ》っているビデオゲームの巨大《きょだい》なポスターを見て、気になってディランにたずねてみた。

「ここって、オフィスなんだよね？」

「そうだよ。アマリ、上がれって言ってごらん」

「上がれ？」

その瞬間《しゅんかん》、頭上で照明がチカチカし、透明《とうめい》なエレベーターにでも乗っているみたいに、両足が地面からうきあがった。頭をそらすと、オフィスの家具が頭上にういているのが見えた。体がどんどん上がっていき、気がついたら空中で、お兄ちゃんの机《つくえ》のすぐ前に来ていた。

「うわあ！　なにこれ、空中オフィス？」あたしはバランスをとりながら言った。

「クイントンは、ちらかったオフィスで仕事をするのが大好きだったんだ。でも、うちの姉さんは整理整頓《せいとん》の鬼《おに》でさ。オフィスに魔力《まりょく》を持たせて空間を広げることに賛成しないなら、荷物をかたっぱしから廊下《ろうか》に放りだすって、クイントンを脅《おど》したんだ」

ディランがあたしの横にうきあがり、顔を輝《かがや》かせて説明する。

「ハハッ、お兄ちゃんらしいわ。だってね、小学校三年生のときの皆勤賞《かいきんしょう》の賞状を、いまだに寝室《しんしつ》の壁《かべ》に貼《は》ってるんだよ」

お兄ちゃんの机《つくえ》を、ざっとながめた。〈極秘《ごくひ》〉と書かれたファイルの高い山がひとつ。その山と銀色のノートパソコンとで、机《つくえ》の上はうまっている。ファイルの山があまりに高すぎて、その裏《うら》にあるふたつの写真立てが、ほぼかくれていた。

片方《かたほう》の写真立てには、大昔に撮影《さつえい》されたママの高校卒業記念アルバムの写真が飾《かざ》ってある。だれかに見られるたびに、ママはものすごくはずかしがった。石器時代の女性にしてはイケてるよって、よくお兄ちゃんといっしょにママをからかったっけ。

もう片方《かたほう》の写真立てには、歯並《はなら》びの悪い歯をむきだして、はじけるような笑みをうかべ、真っ赤な自転車に乗っている、幼《おさな》いころのあたしの写真が飾《かざ》ってある――。一目見ただけで、あたしは目を閉《と》じ、両手で顔をおおい、気がついたらわんわんと声を上げて泣いていた。ディランが、おずおずと肩《かた》をだいてくれる。ディランの前で赤ちゃんみたいに泣くのはよそうと必死にこらえたのに、結局大泣きした。ようやく落ちつくと、ディランが声をかけてきた。

「とても大切な思い出の写真なんだね？」

「うん。お兄ちゃんはなにがあってもぜったいあたしを助けてくれるって、初めてよくわかったときの写真なんだ」


あのときは、ママとパパが別れたばかりだった。パパは何か月も前から、あたしの誕生《たんじょう》日《び》には真っ赤な自転車をプレゼントすると約束していた。ママからは期待するなと言われていたけど、あたしはパパがあたしにウソをつくはずがないとかたく信じていた。けれどあたしの誕生日《たんじょうび》にパパは姿《すがた》を見せず、ママがパパに居場所をたずねる電話をし、そのまま大げんかとなった。とちゅうでママがうっかりスピーカーボタンをおしてしまい、とつぜんパパの酔《よ》っぱらった声が聞こえてきた。

「どうせあいつは、おれの子じゃねえんだろ。本当の親父に、ふざけた自転車を買ってやれって言ってやれよ！」


ママはガシャンと電話を切り、あたしをまっすぐ見つめて言った。

「あのね、アマリ、パパはそんなつもりじゃ……」


けれどあたしは聞いていなかった。自分の部屋にかけこみ、この世の終わりみたいに、大声をあげて泣きわめいた。

その晩《ばん》、ママが眠《ねむ》ったあと、お兄ちゃんはあたしを自分の部屋に連れていき、いっしょに部屋の真ん中で寝《ね》そべって話をした。お兄ちゃんと数えきれないくらい何度も夜中に話をしたけれど、これが最初だった。あのとき、お兄ちゃんはあたしに、いつだっておれはおまえの味方だぞって言ってくれた。やがてクリスマスになり、お兄ちゃんはひとつもプレゼントをもらわなかったのに、あたしは新品の真っ赤な自転車をプレゼントされた――。

「アマリ、ヴァンクイッシュは、ぼくたちが必ず見つけだそう。ぜったい見つけだせるって、信じつづけるんだ」

「うん、ディラン、信じるよ」あたしはうなずき、ほほえもうとした。

ディランがお兄ちゃんのノートパソコンの前にすわって、電源《でんげん》ボタンをおす。あたしは、ディランのとなりにしゃがんだ。

「アマリ、うまく立ちあがるように祈《いの》ってくれ」

あたしは、真剣《しんけん》にお祈《いの》りした。けれど画面に表示されたのは、〈パスワードを入力してください〉という点滅《てんめつ》する文字だった。

「こういうとき、テクノ術師の魔術《まじゅつ》を使えないの？」

「こんなに高性能なパソコンに？　最低でも一時間はかかる。そんなよゆうはないよ」ディランは首を横にふって言った。

あたしは、くちびるをかんで考えた。お兄ちゃんが電子メールのパスワードを電子メール以外に使っている可能性は？

「ディラン、席、つめてもらえる？　ちょっとためしてみたいから」

ディランははしによって席を少しあけてくれたが、パスワードを打ちこもうとしたあたしをいったん止めた。

「アマリ、いちおう言っとくけど、ここのパソコンは機密《きみつ》あつかいになってる。もし一度でもパスワードをまちがえたら、セキュリティーにひっかかる。だから……無理はしないように」

「う、うん、無理しない」あたしは、のどをごくりと鳴らした。

「ほかに正解はないか、よーく考えて。だいじょうぶ、アマリ、きみならできる」

お兄ちゃんのパスワードで思いつくのは、これしかない。キーボードをひとつずつ、慎重《しんちょう》にたたいて、〈アメージング・アマリ〉と入力した。あとは、えいやっと、エンターキーをおすだけだ。エンターキーの上で指がとまる。するとディランの手がのびてきて、ポンとエンターキーをおした！　ハズレだったら、おしまいだ。覚悟《かくご》して目をつぶり、息をとめる。と、ディランの声がした。

「入れた！　アマリ、さすが！」

心の底からほっとした。画面には、スケジュールが表示されている。お兄ちゃんがずっと表示したままにしておいたのだろう。
『スケジュール　クイントン・ピーターズ
十一月十八日　正午：ＫＨに連絡《れんらく》
午後十一時：ホラスと面談』
「十一月十八日って……姉さんとクイントンが行方不明になった日だ」
ディランがハッとして息をのんだ。

寮《りょう》まで下りるエレベーターの中で、あたしはじっとしていられず、歩きまわっていた。いっしょにパーティー会場にもどろうとディランにさそわれたけど、エルシーに新情報を知らせるほうが先だ。エルシーなら、ＫＨがなにか、知ってるかも。だれかのイニシャル？　もしそうなら、その人がお兄ちゃんの居場所について、なにか知ってるかも。少なくともお兄ちゃんがなにをしていたのかくらいは知ってるかも。
『午後十一時：ホラスと面談』のほうは、はるかにわかりやすい。ホラスというのは、運《うん》勢宿命部《せいしゅくめいぶ》のホラス部長にちがいない。間が悪いことにホラス部長は月曜日にならないと、放浪諸島《ほうろうしょとう》での旅からもどってこない。月曜日が遠い未来のように感じる。お兄ちゃんはホラス部長とどんな用件で会ったの？　ホラス部長は、お兄ちゃんが行方不明になる前に最後に会った人？

エレベーターの中をぐるぐる回っている最中に、寮《りょう》に到着《とうちゃく》してドアが開いた。そのとたん、寮の廊下《ろうか》が訓練生でやけにこみあっているのを見て、びっくりした。寮監《りょうかん》のバーサの姿《すがた》は見あたらない。人ごみをかきわけて進むうち、まわりの視線《しせん》があたしに集まっていることに気づいた。あたしを見て、ひそひそ話をしながらつつきあっている子もいる。

変なものでも見るような視線《しせん》にはなれているけど、この視線《しせん》はそんなレベルじゃない。なに？　なにが起きてるの？

廊下《ろうか》を進むにつれて、ますます様子がおかしくなった。あたしのために、生徒たちが左右に分かれて通り道を作るようになったのだ。ひとりの女子がささやく声がした――「あの子、もう見たのかしら？」

ようやく最後の角を曲がると、ふたりの捜査官《そうさかん》とともにララと数人の取り巻《ま》きが集まっていた。全員、おびえた顔をしている。自分の部屋についたとたん、寮監《りょうかん》のバーサが部屋から出てきた。すぐ後ろにマグナス捜査官《そうさかん》もいる。マグナス捜査官《そうさかん》は見るからに激怒《げきど》していて、寮監《りょうかん》のバーサは首を左右にふりつづけている。

「なにかあったんですか？」

あたしが声をかけると、ふたりともこっちを見た。バーサはギクッとしている。

「アマリ、エレベーターに引きかえせ。こんなものは、見なくていい」

マグナス捜査官《そうさかん》が、あたしの肩《かた》を指さすようにして言った。

「こんなものって？」

あたしは、かまわず前に出た。バーサがドアを閉《し》めようとしたが、その前にあたしは見てしまった――あたしのベッドの奥《おく》の壁《かべ》に描《えが》かれた、黒人の少女の絵を。少女の目は×でふさがれ、心臓《しんぞう》には杭《くい》が刺《さ》さり、絵のすぐ下に〈魔術師《まじゅつし》は出ていけ〉と書いてあるのを。

吐《は》き気がこみあげてくる。あたしは拳《こぶし》をにぎり、ララに向かって突進《とっしん》した。

「こんなことして、楽しい？」

「わたしじゃない」と、ララが早口で言う。

「ウソつき！」

あたしは絶叫《ぜっきょう》し、ララをつきとばそうとした。けれどララは体をひねってよけ、逆にあたしをつきとばした。あたしは背中《せなか》を床《ゆか》に強く打ちつけ、息ができなくなり、せきこんだ。

ララが立ったまま、あたしをにらみつける。

「わたしがやったのなら、ちゃんとそう言うわよ。いい、だれもあんたにここにいてほしくないの。こうなるのは時間の問題だったのよ！」

だれかが「出ていけ、魔術師《まじゅつし》！」と叫《さけ》んだ。そこに数人がくわわり、すぐに廊下《ろうか》全体に「出ていけ、魔術師《まじゅつし》！」の大合唱がひびいた。どこを見ても、あたしをどなる子しかいない。全員がそう思っているなら、だれが犯人だろうと関係ない。情けなくて、みじめだ。

そのとき、マグナス捜査官《そうさかん》が両腕《りょううで》をのばし、両手を金属に変えた。その手をバーンと打ちつけると、廊下《ろうか》の声がやんだ。

「いいか、おまえら、一言でもしゃべったら、ここから片道切符《かたみちきっぷ》で追いだすぞ。二度ともどれないようにしてやる。おれにできないと思うか？　思うなら、やってみろ！」

さすがに、だれもしゃべらない。そのとき、人ごみをかきわけてエルシーがあらわれ、あたしの手をとった。

「アマリ、おいで。行こう！」

あたしは、一目散に逃《に》げだした。

# 21 アマリの花

「うちのアパートの前で、おろしてください」

あたしは運転手にそう言った。週末休暇《きゅうか》を自宅《じたく》ですごすエルシーのために、養父母がよこした大型セダンの運転手だ。

エルシーはまっすぐ自宅《じたく》にもどる予定だったのに、あたしを自分の車に乗せ、運転手にたのんで、あたしが落ちつくまで、しばらく走りまわってもらっていた。運転手は親切にも、寮《りょう》の部屋からあたしの荷物を取ってきてくれた。これから帰ることは、ママにメッセージで知らせないことにした。ママによけいな気をつかわせて、だいじょうぶかと心配させるだけだ。

はっきり言って、あたしはぜんぜん、だいじょうぶじゃない。壁《かべ》のあの絵は、あまりにひどい。両目を×でふさいで、心臓《しんぞう》に杭《くい》を刺《さ》すなんて。本当に吐《は》いてしまいそう。魔術師《まじゅつし》への憎《にく》しみで、あたしまで傷《きず》つける気？　後部座席《ざせき》の窓《まど》に頭をつけた。世の中に、あたしの居場所なんてあるの？

モローの声がよみがえってくる――。

我《われ》らの側につけ。アマリよ、同じ魔術師《まじゅつし》の側に来い。

「アマリ、つらいよね。でも全員が敵《てき》じゃない。わたしは敵《てき》じゃない」

エルシーの声がした。

あたしは無言で、窓《まど》の外をながめつづけた。外は雨がふりだしている。エルシーに怒《おこ》っているわけじゃないのに、無視《むし》するのは失礼だ。そう気づいて、あやまろうとしたら、エルシーに先をこされた。

「アマリ、わかってる。言わなくていいよ」

あたしはうなずいて、目を閉《と》じた。さっきの廊下《ろうか》での大合唱が、まだ耳にのこっている。

あたしがみんなとちがうという理由だけで――自分で選んだわけじゃないのに、ちがうものになってしまったせいで――はげしい憎悪《ぞうお》をぶつける大勢の顔が、いまも目に焼きついている。

「エルシー、あたし……もう、もどれないかも」

「そんな……クイントンはどうなるの。いまあきらめたら、向こうの思うつぼよ。アマリが自分の存在《そんざい》を恥《は》じるように仕向けてるんだから。アマリをわざとこわがらせて、やめさせようとしてるのよ」

「もういいよ、どうでも。お兄ちゃんのことは、別の方法を見つけるしかないよ」

「ここでやめたら、記憶《きおく》を消されちゃう。超常界《ちょうじょうかい》のことを知らなかったころのアマリに、もどっちゃうわよ」

ディランといっしょにお兄ちゃんのパソコンで見つけた手がかりのことが頭をよぎった。もし記憶《きおく》を消されたら、あの手がかりまで失ってしまう。けれど記憶《きおく》を消されたら、あたしを憎《にく》む人たちの記憶《きおく》も消えてくれる。

「アマリの意気地なし」

エルシーがぼそっと言う。あたしはカチンときて、エルシーのほうへさっと顔を向けた。エルシーは一瞬《いっしゅん》ひるんだけれど、あごを上げて、きっぱりと言った。

「もしアマリとクイントンが逆の立場だったら、クイントンはアマリのために戦ったはず。そうでしょ？」

「クイントンはあたしのお兄ちゃんだよ。エルシーのお兄ちゃんじゃない。なにも知らないくせに！」

「そうね。妹のあなたほどは知らないわ。でも、まちがったことは言ってない」

返す言葉がなかった。エルシーが正しいと、あたしも心の底ではわかってる。赤信号の手前で車がとまったとき、あたしは言った。

「うちの近所だよ」

エルシーが窓《まど》に顔をおしつけて外を見る。うちの近所を見て、エルシーはどう思うだろう？　窓《まど》の外では、店の外でたむろする男子たちに店主が文句を言っているところだった。男子は全員、黒いバンダナをつけていて、店主をバカにしたように笑っている。車が止まったとたん、全員の視線《しせん》がこっちに集まった。

「エルシー、じろじろ見ちゃダメ」

あたしはエルシーを窓《まど》から引きはなした。

「あの子たち、アマリの知りあい？」

「ううん、知らない。高級な車に乗ってるから、こっちを見てるだけ。こんな高級車がなにしに来たんだろうって」

念のため、エルシーの肩《かた》ごしに外を見て、知らない子ばかりじゃないことに気づいた。

「えっとね、ひとりだけ知ってる。はしのほうに、背《せ》の高い、やせた子がいるでしょ？あの子はジェイデン。お兄ちゃんに勉強を教わっていた子だよ。いまはウッドボーイズと遊びまわってるけど」

「ウッドボーイズって？」

「非行グループ。もしお兄ちゃんがここにいたら、すごーくがっかりするだろうなあ。ジェイデンのことは気にかけてたから」

前にバス停でジェイデンと話をしたことを思いだした。非行グループの連中とつるんで、ひどい目にあわないといいいんだけど。

「アマリも、気にかけてるみたいね」と、エルシーが言う。

「まあね。貧乏《びんぼう》で苦しい生活をしてるとさ、簡単《かんたん》に足をふみはずしちゃうんだよね。かつかつの生活を送ってる人って、本当にたくさんいるんだよ。そういう人たちだって、みんな、自分の居場所がほしいんだよ」

「アマリに、なにかできることがあるんじゃない？」

あたしは、首を横にふるしかなかった。

「あたしは、お兄ちゃんとはちがう。お兄ちゃんは、他人の心をつかむのが上手だった……。あたしにできる一番いいことは、お兄ちゃんをここに連れもどすこと。お兄ちゃんなら、どうしたらいいか、きっとわかるはずだから」

ほどなく、うちのアパートの前に来た。駐車場《ちゅうしゃじょう》に入りながら、エルシーにおんぼろアパートを見られるのが、きまり悪くなってきた。エルシーの養父母が運転手つきの車をよこせるくらい金持ちなら、ふだんのエルシーの暮《く》らしは、あたしよりララのほうに近いはず。エルシーの家にはあたりまえにある物が、うちにはぜんぜんないとわかって、バカにされたらどうしよう？

「ここです」

運転手にそう告げると、うちのアパートのすぐ前に車をとめてくれた。ドアノブに手をのばしたら、エルシーに声をかけられた。

「中に入っていい？」

「……うん、いいよ」胃《い》が口から飛びだしそう。

エルシーはアパートのうちの部屋の玄関《げんかん》に着くまで、ずっとニコニコしていた。玄関《げんかん》を開けて入ったら、とても片《かた》づいていた。あたしは家にいないし、ママは仕事に追われているので、ちらかす人がいないからだろう。あたしのあとから、エルシーが入ってくる。

「まあ、たいしたことないけど、マイホームだよ」

あたしは肩《かた》をすくめて言った。

エルシーはなんともいえない笑みをうかべ、目を見ひらいて見てまわり、ふと足をとめ、居間のあちこちに飾《かざ》ってあるお兄ちゃんとあたしの写真に見入った。あたしがひどい顔で写っている写真もある。ダメだ。緊張《きんちょう》しすぎて耐《た》えられない。

「エルシー、どう思う？」

「どうって……ここが、あたしのヒーローのクイントンが育った家なんだなあって。あたしの親友もここで育ったんだなあって。なんて言ったらいいかわからないけど、ここにいるだけで、すごーく特別な気分よ」

エルシーがこっちを向いて答える。

「えっと……親友？」

顔を赤くしながらたずねると、エルシーも赤くなった。

「あっ、あの……ごめんね。わたしが勝手に思ってるだけで……」

「ううん、そんなことない。親友でいいよ。ただ、あたし、女の子の親友なんて、いままでひとりもいなかったから……。っていうか、親友と呼《よ》べる人はお兄ちゃんだけだったんだ」あたしは、あわてて言った。

エルシーが写真立てを手にとった。プールで水をはねちらかす、お兄ちゃんとあたしの写真だ。

「あのクイントンがお兄さんっていうのは、どんな感じ?」

「どんなって……フツーだけど?」

あたしはそう答えてから、少し考えて、つけくわえた。

「あたしにとっては、ごくフツーのお兄ちゃんだよ。いつもあたしのめんどうを見てくれたお兄ちゃん。うちのお兄ちゃんより良いお兄ちゃんなんて、想像がつかないよ」

「わたしも、お兄さんかお姉さんがほしかったなあ。あたしを引きとってくれた両親はとてもいい人たちだし、本当によくしてもらってる。でもふたりとも、とてもいそがしくて。だからわたしは、想像ばかりふくらませちゃうのね。それって、なんか、悲しくない?」

「ぜんぜん、そんなことないよ。想像力が豊かだから、エルシーはあたしが知ってるなかで一番頭がいいんだよ。それに、あたしという親友もできたしさ。親友は、兄弟みたいなもんだよ」

そのとき、玄関《げんかん》で物音がした。もしママが帰ってきたなら、無断で他人を家にあげたりしてと、大騒《おおさわ》ぎされる。今週末、家に帰ると言ってないから、よけいまずい。けれど、入ってきたのは運転手だった。筋肉質《きんにくしつ》で大がらな男性だから、エルシーのボディーガードも兼《か》ねているにちがいない。

「お嬢《じょう》さま、もうしわけありませんが、いますぐ家に連れて帰るようにと奥《おく》さまに言われました。居場所をたずねられて、お答えしたら、大変お怒《いか》りになりまして……」

運転手はあたしを見て、うつむいてから、つづけた。

「町のこの界隈《かいわい》にいると、お嬢《じょう》さまに危険《きけん》がおよびかねないとお考えです。お嬢《じょう》さまをここにお連れしたせいで、クビにすると脅《おど》されました」

「ママなら、やりかねないわ。ごめんね、アマリ、そろそろ失礼するわ」

エルシーがため息をついて言う。

「うん、わかった。そうだよね」

運転手の言葉にひどく傷《きず》ついたけど、気持ちが顔に出ないように必死におさえた。

「アマリ、本当にだいじょうぶ？」

「う、うん。だいじょうぶ」

「アマリの携帯電話《けいたいでんわ》に、わたしの番号を登録しておいたわ。電話して。ね？」

エルシーがあたしをだきしめながら言う。

運転手がエルシーのために車のドアを開けるのを、窓辺《まどべ》でながめた。そのまま、ふたりとも去っていった。

寮《りょう》での悪夢のようなできごとから気をそらしたくて、荷物をひっかきまわして呪文書《じゅもんしょ》をとりだし、テーブルの上においてしばらくながめた。ここならだれかに見られるおそれはないし、ママは仕事でいない。なのに、この本を持っているのが悪いことに思えてならない。でもディランが言っていたように、自分が何者なのか、調べてみてもいいのかも。さんざんいやな思いをしたけれど、魔術師《まじゅつし》とはどういうものか、やっぱり知りたい。

呪文書《じゅもんしょ》をてきとうに開いてみた。片方《かたほう》のページにはかっこいい太陽のイラスト、もう片《かた》方《ほう》のページには呪文《じゅもん》が書いてある。

『〈ソリス〉 自分の体内から外に向けて、まぶしい陽光の幻想《げんそう》を作る呪文《じゅもん》です。胸《むね》の前で両腕《りょううで》を交差させ、「ソリス!」と叫《さけ》びながら、両腕《りょううで》を大きく広げましょう。』

えっ、それだけ? ひょうしぬけするくらいシンプルだ。立ちあがって、テーブルからはなれ、指示どおりに両腕《りょううで》を大きく広げて、「ソリス」と言ったら、ピカッとなにかが光ったのでぎょっとした。その光は一瞬《いっしゅん》で消え、聞きおぼえのある声がした。

「うまくいった?」

「ええっ、ディランだよね? どこにいるの?」

あたしは、きょろきょろとあたりを見まわした。

「じつはいま、きみの家のテレビの中にいるんだ。何度かメッセージを送ったし、きみの携帯《けいたい》に電話もしたんだけど、何度かけても留守電になっちゃうんで、クリエイティブなアプローチをしてみようかと思って。テレビの電源《でんげん》を入れれば、おたがい顔を見られるよ」

「えーっ、いったいどうやって、うちのテレビをつけたら、画面にディランの顔が映《うつ》しだされた。

リモコンをつかんでテレビをつけたら、画面にディランの顔が映しだされた。

「テクノ術師の魔術《まじゅつ》だよ。そっちに行ってもいい？」

ディランがニッと笑って答える。

「いつ？　いま？」

「うん」

「いいけど、でも――」

とつぜんディランが目の前にあらわれたので、あたしは仰天《ぎょうてん》し、ソファにたおれこんだ。

ディランが、前腕《ぜんわん》に巻《ま》いた金属製のバンドを指さして説明する。

「アマリ、この瞬間移動装置《しゅんかんいどうそうち》で移動したんだ。父さんのを借りてきた。父さんはたくさん持ってるから、ひとつくらい消えたってばれやしないよ」

そういえばミスター・ウェアも、あたしと面談したとき、瞬間移動装置《しゅんかんいどうそうち》を使ってあらわれたっけ。気持ちが落ちつくと、あたしはソファにすわり、クッションによりかかった。

「あのさあ、ディラン、この界隈《かいわい》に来たら、ご両親が怒《おこ》るんじゃないの？」

「かもね。でもふだんから、いちいち行き先を親に言ってないから、だいじょうぶ」

「へーえ、うらやましいなあ。うちのママは働きづめなんだけど、近所の人をうまく手なずけて、あたしをつねに監視《かんし》させてるの。おかげで、あたしが家をぬけだすたびに、ママの耳に入っちゃうんだ」

ディランはソファのあたしのとなりにいきおいよくすわり、部屋の中を見まわした。ディランが赤ちゃん時代のあたしの写真に目をとめたときは、はずかしくてちぢこまった。

「えっとね、ディラン……あたしが寮《りょう》の部屋でいやがらせをされたのは、もう、聞いてるよね」

「アマリ、なにも知らない連中のせいで、くよくよすることないよ。落ちこむな」こっちを向いたディランが、大まじめに言う。あたしは、あきれ顔で腕《うで》を組んだ。

「ちょっと、ずいぶん簡単《かんたん》に言ってくれるじゃない。ディランは正体がばれてないから、気楽でいいよね。みーんな、友だちになりたがるもんね」

「まわりに笑顔をふりまいて調子を合わせているけど、ぼくだって正体がばれたら、きみと同じあつかいを受けるに決まってるよ。いや、家柄《いえがら》が家柄《いえがら》だけに、当たりがきつくなるかも。言っとくけど、本当の仲間がだれか、ぼくはちゃーんとわかってるよ」

ディランがため息をつき、あたしと同じように腕《うで》を組んで、つづけた。

「あーあ、姉さんがここにいてくれたら、正体をかくしつづける日々《ひび》にどうおりあいをつけているのか、きけるのになあ」

魔術師《まじゅつし》という正体をかくしつづけるのも大変ってことか。それは、言われるまで気づかなかった。あたしの場合はばれているせいで、かくしつづけるしんどさはない。あたしが人気者になることはないけれど、ありのままのあたしを——たとえ魔術師《まじゅつし》であっても——好きになってくれる人も少しはいる。

「魔術《まじゅつ》でヴァンクイッシュをとりもどせたらいいのにね」と言ったら、ディランが軽くほほえんだ。

「うん、だよな。でもさ、ぼくたち、ジュニア捜査官《そうさかん》になるんだろ？　自分たちで見つければいいよ」

あたしは肩《かた》を落とした。いやな寒気が背筋《せすじ》を走る。

「でも、あの絵……。あたしは、まわりじゅうから、いなくなればいいって思われてるんだよ」

「だからって、あっさりあきらめるのか？　ヴァンクイッシュを見つけられるかもしれないのに？」

「その話はやめない？　お願いだから、ね？」

超常現象局《ちょうじょうげんしょうきょく》にもどるのが死ぬほどこわいのだと伝えたい。でも、どうしても、ディランにそうは言えなかった。ディランが心底がっかりした顔をしているので、目も合わせられない。

「わかったよ。じゃあ、さっきの呪文《じゅもん》の魔術《まじゅつ》を見せてよ」

ようやく、ディランが言った。

きみに比べたら、ぼくなんて、ごくふつうレベルの幻想術師《げんそうじゅつし》だよ――とディランが言っていたのを思いだし、はずかしくて、ほおが赤くなった。

「ちゃんとできたか、わからなくて」

「アマリ、もう一回やってごらん。ぼくが助けてあげるよ」

「ホントに？」

「うん、ホントに。きみは、すぐにあきらめたりしないだろ。ほら、やってみなよ」

ディランが言ったように、ぜったいすぐにあきらめないと、言いきれたらいいんだけど――。とにかくソファから立ちあがり、深呼吸《しんこきゅう》を一回すると、組んだ両腕《りょううで》を広げ、「ソリス」と呪文《じゅもん》を唱えた。今度は、指先がきらめくようになった。でも、それだけだ。ディランが、ゲラゲラと笑いながらひっくりかえる。

「ちょっと、笑わないでよ！」

文句を言いつつ、あたしも笑いをこらえていた。

ようやくまともに話せるようになったディランが言った。

「もう少しやる気を出して唱えればいいのに。さっきの言い方だと、失敗しろって言ってるみたいだよ。アマリ、きみの魔力《まりょく》は生きてるんだ。きみの迷いを感じとれるんだよ」

「うん、わかった」

もう一回、やってみた。今度は大声で、どなるように唱えた。「ソリス！」すると急に全身があたたかくなって、チクチクした。

「アマリ、できてるよ！　手を見てごらん」ディランは目を見ひらいている。

顔の前に両手を持ってくると、たしかに輝《かがや》いてる！　数秒後には、全身が強烈《きょうれつ》な光をはなつようになった。

ディランが片手《かたて》で目をおおいながら、「ディスペル！」と幻想《げんそう》を打ち消す呪文《じゅもん》を叫《さけ》ぶ。

「アマリ、一瞬《いっしゅん》、すさまじく光ったね」

「うわあ、すっごーい！」

「いまので、すごいと思ってる？　じゃあ、これを見てごらん」

ディランが呪文書《じゅもんしょ》の上で手をふると、最後のページが開いた。そこには〈終わり〉という文字と、その下に一冊《さつ》の黒い革表紙《かわびょうし》の本の絵が描《えが》いてあった。絵の本は、寮《りょう》の部屋で「ディスペル」と唱えて大きな赤い革《かわ》の本に変わる前の、黒い革表紙《かわびょうし》の呪文書《じゅもんしょ》だ。

ディランが薬指と小指をのばし、そのページの上で手をふって、「ディスペル」と呪文《じゅもん》を唱える。

すると本がふるえだし、いつのまにかそのページは最終ページではなく、本の真ん中あたりになっていた。さらに〈終わり〉の下に文字があらわれ、魔術《まじゅつ》でかくされていたページがあらわれた。

『白魔術《しろまじゅつ》の終わりと、黒魔術《くろまじゅつ》の始まり』

ディランがページをめくった。

『ここからのページを見つけたということは、白魔術《まじゅつ》をこえる魔術《まじゅつ》を使いたいという気持ちがあるのですね。ですが、ここから先に進むにあたって、重大な警告《けいこく》をしておきます。ここから先の黒魔術《くろまじゅつ》は、気弱な人には適しません。黒魔術《くろまじゅつ》の呪文《じゅもん》を唱えると、無傷《むきず》ではいられなくなります。唱えた瞬間《しゅんかん》、汚《けが》れなき心は失われ、二度ととりもどせなくなるのです。〈マグナ・フォビア〉幻想術師《げんそうじゅつし》がこの呪文《じゅもん》を唱えると、敵《てき》の心の中から最悪の恐怖《きょうふ》を引きだし、敵《てき》が現実だと信じこむ地獄《じごく》の幻想《げんそう》を作りだせるようになります。マグナ・フォビア《偉大なる恐怖症》という名のとおり、この呪文《じゅもん》は相手の精神に多大なる害をおよぼしかねません。ゆえに、軽々《かるがる》しく使ってはなりません。敵《てき》の目をひたと見すえ――』

「なんでこんなものを、あたしに見せるのよ?」

あたしは、呪文書《じゅもんしょ》をいきおいよく閉《と》じた。

「うん、わかるよ、おそろしい呪文《じゅもん》だと思うのは。でもね、アマリ、ぼくたち魔術師《まじゅつし》は、自分で身を守れるようにならなきゃいけないんだ。魔術師《まじゅつし》をきらう人間がどれだけむごいことをするか、きみも見ただろ。ぼくはただ、きみの身になにも起きてほしくないんだ。自衛のためなんだよ」

ディランが顔を紅潮《こうちょう》させて、あわてて言う。

「そんなの、どうだっていい。こんな呪文《じゅもん》、やりたくない！」

まさか自分の魔力《まりょく》で、他人の心の中から最悪の恐怖《きょうふ》を引きだせるなんて——。夢にも思っていなかった。こんなことができるなら、人間が魔術師《まじゅつし》をおそれたって、しかたないんじゃないの？

「アマリ、やるしかないんだ。万が一、ほかの魔術師《まじゅつし》におそわれたら、黒魔術《くろまじゅつ》で対抗《たいこう》しないと、自分の魔力《まりょく》をうばわれかねない。魔力《まりょく》をうばわれたら、まず助からないよ」

ディランがあたしを守ろうとしてくれているのはわかってるし、あたしが意固地なだけかもしれない。それでも他の魔術師《まじゅつし》になにかされるより、他人をそんな力であやつるほうが、あたしはだんぜんこわい。だから、きっぱりと断った。

「イヤなものは、イヤ！　他人を傷《きず》つける魔術《まじゅつ》なんて、知りたくない。あたしはモローや悪い魔術師《まじゅつし》たちみたいになりたくない。ディランも黒魔術《くろまじゅつ》は使っちゃダメだよ」

ディランは降参《こうさん》というふうに、左右の手のひらをこっちに見せた。

「ごめん、アマリ、ごめんよ。きみの言うとおりなんだろうな。ぼくは、ただ……じゃあ、このうめあわせをさせてくれよ。前からきみに見せたかったものがあるんだ。それには、父さんの瞬間移動装置《しゅんかんいどうそうち》を使わなきゃならないんだけど」

「うーん、どうしようかな……」

偏見《へんけん》かもしれないけれど、あたしのディランを見る目は、これまでとは少し変わっていた。そうでないと言ったら、ウソになる。

「アマリに幻想術《げんそうじゅつ》の使い方を教えたいんだ。呪文書《じゅもんしょ》にのっていないことを教えてあげるよ」

「それって、白魔術《しろまじゅつ》なのよね？　黒魔術《くろまじゅつ》ならお断りよ」

あたしは、呪文書《じゅもんしょ》に書いてあった魔術《まじゅつ》の名前を思いだしながら言った。

「うん、百パーセント、白魔術《しろまじゅつ》だ。約束する」

ディランにきつく当たりすぎたかも。これまでずっと、あたしを助けようとしてくれただけなのに。

「わかった。教えて」

「じゃあ、ぼくの腕《うで》につかまって。初めての瞬間《しゅんかん》移動は少し変な感じがするから、そのつもりで」

あたしはうなずいて、ディランの腕《うで》に自分の腕《うで》をからめた。変な感じといっても、そこまでひどくはないよね？

ディランが金属製のバンドに手をのばし、軽くたたく。ふいにリビングがぼやけ、体が落ちていくような妙《みょう》な感覚を覚え――直後に、かたい物の上に立っていた。すずしい風が顔をなでていく。めまいをおさえるために、何度か目をパチパチさせた。ふらつきがおさまると、目の前に湖があるのがわかった。大きな湖で、月光を浴びてきらめいている。

「ここは……どこ？」

瞬間《しゅんかん》移動したせいで、ひざがまだ少しガクガクしている。

ディランが肩《かた》ごしにふりかえった。ディランの視線《しせん》の先には、森の中にそびえる屋敷《やしき》があった。

「ヴァン・ヘルシング家の湖畔《こはん》の家だよ。はるか昔から所有してるけど、いまはもう、ぼくしか来ない。さあ、アマリ、おいで！」

ディランが屋敷《やしき》のほうへ走っていく。なにを見せてくれるんだろうとワクワクしながら、あたしもついていった。玄関《げんかん》を通りぬけ、がらんとした広いリビングに入った。ディランの案内で、その奥《おく》のドアへと向かう。

「ぼくはきみほど強い幻想術師《げんそうじゅつし》じゃないけど、幻想術《げんそうじゅつ》は気に入ってるんだ。幻想術《げんそうじゅつ》を絵にするのが趣味《しゅみ》なんだよ」

「あたしに見せたいものって、幻想《げんそう》の絵？」

ディランはうなずき、ドアをおしあけた。そこには下りの階段《かいだん》があって、階段《かいだん》をおりきったところに別のドアがある。

「二か月くらい前から取り組んでるんだ。アマリも良ければ、なにか描《えが》くといいなと思って」

「えっ、あたし、絵はちょっと……」

「そんなの、気にすることないよ。どうやるか、教えてあげるから」

ディランが、階段《かいだん》の下のドアを開ける。その瞬間《しゅんかん》、あたしは息をのんだ。

ディランは、ネオンでできた幻想《げんそう》のきらめく広い森を作りあげていた。青やピンクやむらさきの葉が輝《かがや》き、高さがまちまちの木々《きぎ》がならんでいる。

「地下室のほぼ全体を森にしたんだ。アマリ、おいで。案内してあげるよ」

きょろきょろとあちこちを見ながら、ディランについて曲がりくねった細い道を進んだ。赤と金色のハネをもつチョウが、顔のそばをひらひらと飛んでいった。あたしたちがそばに近づくと、きらめく銀色の毛のリスたちがいっせいに木々《きぎ》をのぼっていく。なにもかもがリアルで目をうばわれ、動物たちの物音まで聞こえると気づくのに少し時間がかかった。まさか幻想術《げんそうじゅつ》でこんなことまでできるなんて、想像もしていなかった。

「全部、ディランひとりで作ったの？」

「うん。なかなかやるだろ？」ディランがこっちをふりかえって、ほほえむ。

「うん、すごーい！」

森がとぎれ、地下室の石の床《ゆか》があらわになった場所まで来た。

「ぼくが作った森はここまでだよ。きみが記念になにか植えるなら、ここがいいかなと思って」

「あたしがここに来た記念ってこと？　森を作る呪文《じゅもん》とかあるの？」

ディランは声をあげて笑って、首を横にふった。

「呪文書《じゅもんしょ》には自動で幻想《げんそう》を作る方法が書いてあるけど、自分で描《えが》くこともできるんだよ」

ディランが人さし指をのばして、あたしの肩《かた》に白く光る鳥を一羽描《えが》いた。と、その鳥はさえずりながら軽く飛びはね、森へ飛んでいった。

「うわあ、鳴き声まで本物みたい」

「ちゃんと練習すれば、人間のどんな感覚でもだませるようになるよ。作りだした幻想《げんそう》は音を出せるし、においも出せるし、さわることだってできる。さすがに食べたことはないけど、食べられそうな気がするよ」

「ディラン、やり方を教えてくれる？」

ディランによると、幻想《げんそう》を作るコツは、頭の中のイメージに集中し、それが指からあふれだすように想像することらしい。まずは生物ではない小さな物から始めようと言うので、ディランのシャツにボタンをひとつ、幻想《げんそう》で作ろうとしてみた。三十分ほどかかったけれど、頭の中のイメージどおりのボタンをようやく作れた。自分で幻想《げんそう》を描《えが》くのは、自動の幻想《げんそう》より、はるかにむずかしい。

「アマリ、できたじゃないか！　じゃあ、今度はいっしょにやってみようよ」

ディランはあたしを森の通り道まで連れていき、コンクリートのわれ目から生えてきた、小さな緑の新芽の幻想《げんそう》を描《えが》いた。

「これ、きみによく似てるね」

「なんで？」

「だってアマリは、出身や素性に負けずに生きてきただろ。少なくとも、まだ負けてない。ひたすら戦ってるよね」

あたしは、ほおに血がのぼるのを感じた。ディランもあたしも、しばらくだまっていた。ふいにあたしの手が勝手に動き、指がくるっと動いた。するとディランの新芽の幻想《げんそう》がぐんぐんのびて、透明《とうめい》ガラスの花をつけた。その花はディランの森のネオンを浴びて、虹《にじ》のようにきらめいていた。

「アマリ、きれいじゃないか！」

「どうして、こんなことができたのか……自分でもわかんない」

あたしは自分の手を見つめながら言った。

「魔力《まりょく》って、身をゆだねると、ひとりでに力を発揮《はっき》してくれることもあるんだ……。なあ、この花、アマリの花って名づけないか？」

「うん、いいね」あたしは、ほほえんだ。

## 22

# 襲撃《しゅうげき》

ディランの腕《うで》に巻《ま》いた金属製のバンド——瞬間移動装置《しゅんかんいどうそうち》だ——でアパートまで送ってもらったら、リビングから話し声がするのでぎょっとした。

背《せ》の高い白人の男性が、あたしに背《せ》を向けて、キッチンチェアにすわっていた。ダークブルーのジャケットをはおっていて、その背中《せなか》に黄色い文字で「警察《けいさつ》」とでかでかと書いてある。ママはリビングの奥《おく》で、ソファにうなだれてすわっている。ママが顔を上げて、あたしたちに気づく前に、あわててディランを玄関《げんかん》のほうへおしやった。

「ディラン、いますぐ帰って」

「わかった。じゃあ、週明けの月曜にまた会えると思って、いいのかな？」

ディランがひそひそ声で言う。

「それは、まだ、ちょっと……。とにかく、お願いだから、帰って」

「わかった。ぜったい、もどってきてくれよな」

ディランは瞬間移動装置《しゅんかんいどうそうち》のバンドを軽くたたいて、パッと消えた。

あたしは目をつぶり、壁《かべ》に頭をもたれさせた。ふう、危《あぶ》なかった！　それにしても、こんな早い時間に、ママは家でなにをしてるの？　警察《けいさつ》が家に電話してきたとか？　警察《けいさつ》がなにか発見した？　大量の疑問《ぎもん》が頭の中で暴れまわるので、廊下《ろうか》のはしまでそっと近づき、聞き耳を立ててみた。

「……奥《おく》さん、おつらいとは思いますが、警察《けいさつ》が息子さんを見捨《みす》てたとは思わないでください。ただ、現時点では手がかりがなにもないだけなんです。警察《けいさつ》は、次々《つぎつぎ》と起こる新しい事件に対処《たいしょ》しなければなりませんしね。なにか新しい情報をつかんだら、すぐに息子さんの捜索《そうさく》を再開しますので、ご安心ください」

「わかりました」

ママはそう言って、うなずいた。あんなふうにソファにちぢこまっていると、ママがすごく小さく見える。打ちひしがれたママを見るのは、つらくていやだ。いっぽうの刑事《けいじ》は、ふんぞりかえっていた。

「あのですね、奥《おく》さん、自分は二十年間、パトロール警官《けいかん》として、さらに刑事《けいじ》として、この地域《ちいき》を受け持ってきて、息子さんと同じケースをそれこそ何度も見てきましたよ。生活に苦しむ母親を見るに見かねて、なんとかしようと思いたち、まっとうとは言えない行為《こうい》に手を染《そ》める。でも母親をがっかりさせたくなくて、そのことは秘密《ひみつ》にして、仕事についたと主張する……。この話の結末がどうなるか、おわかりで？」

「ええ、わかります。でも前にも話したとおり、クイントンはちゃんと働いていたんです」

「働いていたと、まだおっしゃる？　じゃあ、職場を見に行ったことは？　給与《きゅうよ》小切手を見ました？　小切手のひかえでもいいから、見たことがあります？」

ママがうつむいて、顔をしかめる。もう、たくさん！　あたしは足音を立ててリビングに入った。

「ママのことは、そっとしといて！」

刑事《けいじ》もママも、びっくりして飛びあがった。

「アマリ？　ここでなにをしてるの？」とママに質問されたけど、あたしは刑事《けいじ》に集中していたので、ママの声はほとんど耳に入らなかった。

「ママはもう質問に答えましたよね。なら、さっさと帰ってください」

「つらいのはわかるよ。とくに、私《わたし》のような警察《けいさつ》関係者に言われるとねえ。しかし――」

「そんなの、どうでもいい！　他人の家にずかずかと上がりこんで、なんにも知らないくせに、あんまりじゃないですか。この地区の出身だからこうなったって、勝手に決めつけないで。お兄ちゃんは良い人です。最高の人なんです。お兄ちゃんについて、好き勝手に言わないで！」

「アマリ！」と、ママが叫《さけ》ぶ。

「はいはい、わかったよ」

刑事《けいじ》は立ちあがりながらそう言うと、あたしを無視《むし》し、ママに向かって話した。「トラブルを起こすつもりは、なかったんですよ」

「ありがとうございました、刑事《けいじ》さん」ママは息をふるわせながら呼吸《こきゅう》していた。

刑事《けいじ》が出ていくと、あたしはリビングのドアをいきおいよく閉《し》めてやった。ママは顔を手でおおって泣いている。あたしは、となりにすわって声をかけた。

「さっき言ったこと、本気だよ。キャンプで聞いたお兄ちゃんの話を、ママにもぜーんぶ、聞かせてあげたい」

「リーダー養成キャンプでクイントンがしたことなんて、いまは関係ないのよ」ママは首を横にふっている。

ママに本当のことをわかってもらうには、どうすればいい？　超常現象局《ちょうじょうげんしょうきょく》について説明しようかと思ったけど、作り話と思われるに決まってるし、魔術《まじゅつ》をやって見せたら、ママがパニックを起こすだけだ。魔術《まじゅつ》を使ったことがばれたら、超常現象局《ちょうじょうげんしょうきょく》がどう判断するかもわからない。それでも、さめざめと泣くママを見るのはつらすぎる。なんとかしないと――。そのとき、ママが言った。

「アマリ、刑事《けいじ》さんにあんなふうに食ってかかるのは良くないわ。刑事《けいじ》さんは助けようとしてくれてるだけなのよ」

えっ？　あたしは耳を疑《うたが》った。

「あの刑事《けいじ》、でたらめばかり言ってたんだよ。それくらい、ママだってわかってるよね」

「さあ、どうかしらね……。クイントンがなにをしていたのか、ママにはもう、ぜんぜんわからない。わかるのは、この地域《ちいき》のほかの若《わか》い子と同じように、トラブルに巻《ま》きこまれたってことだけよ」ママの声は、ざらついていた。

「ちょっと、ママ！」あたしはショックを受けて、なにも言えなくなった。

ママが立ちあがり、不機嫌《ふきげん》な顔で廊下《ろうか》に出ていった。ママの寝室《しんしつ》のドアが閉《し》まる音が聞こえる。

そのとき初めて、ママだけでなくあたしも泣いていることに気がついた。でも、悲しくて泣いたんじゃない。猛烈《もうれつ》に腹《はら》が立っていた。お兄ちゃんを家族から引きはなし、返そうとしない相手に腹《はら》が立つ。おじけづいて、お兄ちゃんの捜索《そうさく》をあきらめかけていた自分にも腹《はら》が立つ。もっと強くならなきゃダメ！　ほかの子にどれだけいやな思いをさせられても、こんなふうに傷《きず》ついたママを見るよりはまし！　あたしが、なにがなんでも、お兄ちゃんを家に連れもどす。お兄ちゃんは昔から思っていたとおりの子だと、いや、それ以上の子だとママにわかってもらうためにも、ぜったい連れもどしてみせる！

あの刑事《けいじ》がいなくなってから二時間たったけど、あたしはまだ腹《はら》が立っていて、すぐには眠《ねむ》れそうにない。そこで携帯電話《けいたいでんわ》にイヤホンをさしこんで、アパートの屋上に行った。

夜空は曇《くも》っていて、いつも以上に暗い。用心しながら屋根のはしぎりぎりに腰《こし》かけ、足をぶらぶらさせた。危《あぶ》ないからもっと安全なところまで下がれ、と注意するママの声とお兄ちゃんの声が頭の中にこだましたけど、たまには言うことをきかなくたっていい。

そのとき、「アマリ?」と声をかけられ、ふりかえると、ジェイデンが屋上に上がってくるところだった。

「ジェイデン、こんなおそい時間に、屋上になにしに来たの?」

「母さんの新しいボーイフレンドがおれにいてほしくないみたいなんで、ふたりが眠《ねむ》るまで、ここにいようと思って。そっちこそ、なんで? アマリは、デキる子向けのなにかをしてるんじゃないの?」

ジェイデンはほほえみながら、あたしのとなりにすわった。

「あたしは、デキる子なんかじゃないよ」

あたしは、ふきだした。デキる子なんかじゃないことは、超常現象局《ちょうじょうげんしょうきょく》の訓練生たちにいやと言うほど思い知らされている。

「そんなことないよ。アマリは、この地区の伝説なんだから」

じょうだんでしょ、という意味をこめて片方《かたほう》のまゆをつりあげたら、ジェイデンはハハッと笑ってつけくわえた。

「マジだって。この地区の人たちは、ピーターズ家が大好きなんだよ。クイントンだけじゃなくてアマリのことも。アマリはいつか大統領かなにかになるって、みんな思ってる」

「ちがうよ。あたしが話題になるのは、お兄ちゃんがいるからでしょ。お兄ちゃんとあたしじゃ、月とすっぽん。あたしは、なんでもできるお兄ちゃんとはちがうもの」

「じゃあさ、小学校のとき、かたっぱしから表彰《ひょうしょう》されたのは、なんだったの？　お金持ちの子が通う私立《しりつ》の奨学金《しょうがくきん》だって、だれでももらえるわけじゃないだろ？」ジェイデンが、なにを言ってるのかぜんぜんわからない、という顔であたしを見る。

「ジェイデンったら、やめてよ」あたしははずかしくて、少し赤くなった。

「まあ、アマリの気持ちはわかるけどさ。あのクイントンがお兄さんっていうのは、けっこうつらいよな。世界第二位のバスケット選手になれても、一位は必ずお兄さんって感じだろ。何年たっても負けてばかりで、いやになっちゃうよな。でもほかのみんなは、自分には手がとどかない夢をアマリがかなえているのをちゃーんと見てる。アマリはすごいヤツだって、わかってるよ」

あたしはびっくりして口をあけた。でも言葉が出てこない。そのときジェイデンの携帯《けいたい》電話《でんわ》が鳴って、ジェイデンが思いきり不機嫌《きげん》な顔になった。腰《こし》をうかせて、ため息をついている。

「おれ、ウッドボーイズからぬけようとしてるんだ。ホントだよ。ぬけたら、アマリとクイントンがまた助けてくれるんだろ？」

「もちろん」

あたしはうなずいた。ジェイデンも笑顔でうなずくと、階段《かいだん》をおりていった。

ジェイデンがいなくなっても、ジェイデンの言葉は頭の中にのこっていた。いままであたしは、いつもお兄ちゃんと自分を比べてきた。お兄ちゃんにはかなわないって、ずっと思ってた。お兄ちゃんは、なんでもこなせる。努力なんかしなくても、すぐになんでも――。あっ、そうか！　それが、お兄ちゃんが水晶球《すいしょうだま》から授けられた超常力《ちょうじょうりょく》だ！　お兄ちゃんの超常力《ちょうじょうりょく》は、超《ちょう》天才レベルの記憶力《きおくりょく》。だからなんでも一回見ただけで覚えてしまうと、ヴァン・ヘルシング部長も言ってたっけ。なぜ超常力《ちょうじょうりょく》のことに、いままで気がつかなかったんだろう？　これまであたしが比べてきたのは、自分がぎりぎりまでがんばった結果と、お兄ちゃんの超常力《ちょうじょうりょく》がなせる結果だ。そりゃあ、見劣《みおと》りするに決まってる！

そのとき、携帯電話《けいたいでんわ》が鳴った。てっきりエルシーからの電話だと思って画面を見たら、非通知の電話番号で、発信者番号は〈サプライズ〉とだけ表示されている。なに、これ？　ディラン？　テクノ術師の魔術《まじゅつ》ってやつ？　応答ボタンをおして出た。

「もしもし？」

最初はなんの音もしなかったが、すぐにロボットの音声が流れてきた。

「すべての魔術師《まじゅつし》の敵《てき》よ、我《われ》らの要求が満たされない場合に起こりうることは、すでに警《けい》告《こく》した。さあ、報いを受けよ」

電話が切れた。報いって、なに？　画面にパッと映像《えいぞう》が表示された。高いところから撮《さつ》影《えい》したビデオ映像《えいぞう》だ。携帯電話《けいたいでんわ》の映像《えいぞう》に目をこらすと、だれかの屋敷《やしき》の前庭を全速力で走る巨大《きょだい》な生き物たちが見えた。そいつらは、ブラックストーン刑務所《けいむしょ》でモローに見せられた巨大《きょだい》な怪物《かいぶつ》によく似ている。そう、ハイブリッドだ。

ハイブリッドたちは屋敷《やしき》まで来ても、いっさいスピードを落とさず、玄関《げんかん》につっこんで、窓《まど》をいっせいに割《わ》った。あっ、ここは！　屋敷《やしき》に見覚えがある。前にララのＳＮＳで見た、ヴァン・ヘルシング家の邸宅《ていたく》だ！　ビデオの映像《えいぞう》が切りかわり、ハイブリッドたちに破壊《はかい》される屋敷《やしき》が次々《つぎつぎ》とあらわれる。

ようやくビデオが終わると、あたしは立ちあがって、自分のＳＮＳを開き、マジシャンガール18にメッセージを送った。ディランに連絡《れんらく》する方法はそれしかない。

〈たったいま、あなたの家が襲撃《しゅうげき》されているこわいビデオが届《とど》いた。無事？〉

ディランからの返事を待ちわびて、屋上をせわしなく行ったり来たりしていたら、先にエルシーから電話がかかってきた。

「アマリ、大変よ！　ヴァン・ヘルシング家の人たちが無事か、知ってる？」

「ううん……待って。あの映像《えいぞう》、エルシーにも届《とど》いたの？」

「うん。うちのママにも、超常体管理部《ちょうじょうたいかんりぶ》のママの同僚《どうりょう》にも届《とど》いてる。たぶん超常現象局《ちょうじょうげんしょうきょく》の全員に送信されてるわ」

# 23 双頭《そうとう》のヘビ

ディランから連絡《れんらく》があったのは、翌日《よくじつ》になってからだった。超常現象局《ちょうじょうげんしょうきょく》からビデオ通話をかけてきたディランは、額にひどいあざがひとつできていた。あたしは無意識のうちに、顔をしかめていたらしい。

「治療《ちりょう》してもらう前のぼくを見せてやりたかったよ」と、ディランに言われてしまった。

「ディラン、だいじょうぶなの？　ご家族は無事？」

「ララと母さんは今年のミステリーサークル芸術祭のツアーに出かけてたんで、襲撃《しゅうげき》されたとき、家にいたのはぼくと父さんだけだったんだ。父さんを探《さが》して走りながら、ハイブリッドたちを撃退《げきたい》しようとしたんだけど、逆にやられちゃって……。それでも、父さんと命からがら逃《に》げのびたよ」

「良かった、無事で！　変な電話とビデオ映像《えいぞう》が届《とど》いたときは、なにがどうなってるのか、わからなくて」

するとディランがまじめな表情になった。

「どうしても考えちゃうんだよ。もしいつものように、週末、家族が家にそろっていたら、どうなっただろうって。全員、逃《に》げられたかなって。ララの部屋は、家の正面側にあるし……。アマリ、モローの弟子たちは、ぼくの家族をねらってきたんだ。姉さんにつづいて、またしても」

「そうだよね。ひどいよ」

ララとは仲が悪いけれど、けがをすればいいのにとまでは思わない。

「父さんによると、レガシーの家ばかりおそわれたんだって。うちなんて、まだいいほうだよ。けが人が大勢出て、助からなかった人もいる。ビリー・ポゴは超常力《ちょうじょうりょく》のおかげで超《ちょう》ラッキーな幸運に恵《めぐ》まれたから助かったけど、ご両親は亡《な》くなった。この夏、ビリーはもう、キャンプにもどってこない」

ディランの言葉の意味がわかるにつれて、身ぶるいした。ママを失うなんて想像できない。ディランが重々《おもおも》しい口調でつづけた。

「ぼくはこの手で、やつらを食いとめたい。アマリ、たのむ、ぼくがジュニア捜査官《そうさかん》になれるように力を貸すって約束してくれ。きみとぼくは、最高のペアになれる」

「うん、ちゃんと局にもどるから心配しないで。だって、お兄ちゃんとマリアをとりもどすんだもの……このあたしが」

するとディランは、かすかにほほえんだ。

「じゃあ、ぼくたちは第二のヴァンクイッシュ……ヴァンクイッシュ2・0にならないか？　この間は、ものすごくいいペアになれたし」

「うん。これからは情報をつかんだら、必ず教えあおうね」あたしは、うなずいた。


日曜日には、ママはだいぶ立ち直っていた。キャンプにもどる月曜日、あたしもママも刑事《けいじ》が来たことにはふれず、あたしがリーダー養成キャンプですごく活躍《かつやく》している話ばかりした。おかげで、ママは少し元気になったみたいだ。

ママの車がバンダービルト・ホテルの並木道《なみきみち》に入ったときには、あたしが自分のグループで一番になった話をした。私立校《しりつこう》のころのように、今回のキャンプにぜんぜんなじめないことは、あえてだまっていた。話してもママを心配させるだけ。それでなくてもママは職場のシフトをふやし、今朝だって午前のシフトをこなしてきたのでつかれている。

「アマリ、ママは鼻が高いわ。このキャンプで好成績をおさめれば、将来《しょうらい》の道が大きく開けるわよ」

「だよね、ママ」

もっと明るく返事するつもりだったのに、ホテルを見ただけで体がふるえた。

心の準備はしてきたけれど、訓練生たちとまた会うと思うとかなりこわい。とくにあのハイブリッドの襲撃《しゅうげき》の直後だ。超常現象局内《ちょうじょうげんしょうきょくない》に魔術師《まじゅつし》がいるのをこころよく思っていないなかった訓練生たちは、いま、なにを考えているんだろう。

「アマリ、もしなにかあるなら、ママに話してくれるわよね？」

ママがちらっとこっちを見る。

「べつに、なんにもないよ。ちょっと眠《ねむ》いだけ」

あたしはそう答え、これみよがしにあくびまでしてみせた。もしママの体調が万全だったら、ウソだと見破られたかも。でもママは、あたしみたいにつかれたふりをしなくても、本当につかれていたので、うなずいただけだった。

「そう、それならいいわ。自分の部屋にもどったら、ちゃんと休むのよ。アマリはママの宝物《たからもの》なんだからね」

「ママだって、あたしの宝物《たからもの》だよ」

車よせで車がとまった瞬間《しゅんかん》、ホテルを見上げた。よし、行くしかない。

ホテルのロビーを通りぬけ、超常現象局《ちょうじょうげんしょうきょく》のエレベーターに乗るまで、うつむいていた。

エレベーターでは、二体のミイラと乗りあわせた。ミイラたちが足をひきずりながらおりると、エレベーターのルーシーにたのんで少しの間止まってもらい、考える時間を作ってもらった。

第二の適性検査は、来週の金曜日。となると、それまでの十二日間で、お兄ちゃんとマリアについて情報をかき集めるしかない。いつものように不安になってきたとき、ふとジエイデンの言葉が頭をよぎった。そうだ、あたしは、自分とお兄ちゃんを比べすぎていたんだった。第一の適性検査は好成績で通過できたから、第二の適性検査だって通過できる。お兄ちゃんたちのことだって見つけだせるかも。そろそろ、自分のことを信じてみてもいい。そこで、これまでにわかったことを整理してみた。

モローの弟子はお兄ちゃんとマリアの身柄《みがら》とモローの身柄《みがら》の交換《こうかん》をもくろみ、おそらく黒本――ナイトブラザーズが作った強大な力を持つ魔術師《まじゅつし》のみが使える、とほうもない破《は》壊力《かいりょく》を持つ呪文書《じゅもんしょ》だ――も手に入れようとした。ところが超常現象局《ちょうじょうげんしょうきょく》が取引をこばんだので、超常現象局《ちょうじょうげんしょうきょく》を怪物《かいぶつ》のハイブリッドで攻撃《こうげき》しはじめた。金曜の晩《ばん》の屋敷《やしき》の襲撃《しゅうげき》もそうだ。

お兄ちゃんはモローの弟子が望むものを見つけたから拉致《らち》された、とモローは言っていた。それは、お兄ちゃんが探《さが》してはならないものらしい。

ララによると、マリアはお兄ちゃんとのペアを解消したあとも、お兄ちゃんを手伝っていた。お兄ちゃんとマリアは、いったいなにを見つけたの？

では、手がかりは？　ゆいいつの手がかりは、お兄ちゃんのノートパソコンのスケジュールだ。お兄ちゃんたちが行方不明になった日の欄《らん》に、「ＫＨに連絡《れんらく》」と「ホラスと面談」と書いてあった。お兄ちゃんの面談相手のホラス――運勢宿命部《うんせいしゅくめいぶ》のホラス部長だ――は、ありがたいことに今日、放浪諸島《ほうろうしょとう》の旅からもどってくるらしい。〝ＫＨ〟がなにかわからない以上、わかるほうの手がかりをたどるしかない。

「ルーシー、運勢宿命部《うんせいしゅくめいぶ》に連れていって」

「運勢宿命部《うんせいしゅくめいぶ》は、予約を取ってからでないと行けません。予約を入れますか?」

「そうだね……。一番早くて、いつホラス部長と話せそう?」

「来週の中ごろですね。いまのように先が見通せない時期は、占《うらな》いの依頼《いらい》がふえるので」

「ええっ、来週まで待たなきゃならないの?」

「はい、そうなりますね」

「そうなんだ……。じゃあ、ホラス部長には緊急《きんきゅう》だって伝えておいて」

ルーシーが寮《りょう》の階に到着《とうちゃく》すると、あたしは一呼吸《こきゅう》おいて、不安をふりはらった。廊下《ろうか》にいる生徒たちの無言の視線《しせん》がつき刺《さ》さる。自分の部屋に着くまで、まっすぐ前を向いていた。ところがドアノブに手をかけた瞬間《しゅんかん》、声が飛んできた。

「なんで、ここにいるのよ?」

ドアノブから顔を上げると、ララとキルステンがこっちに向かってくるところだった。

「あなたたちと同じ理由よ。ジュニア捜査官《そうさかん》になって、お兄ちゃんを探《さが》しだすの。できれば、あなたのお姉さんもね」

するとララが、あたしに指をつきつけた。

「お姉ちゃんはピーターズ家に助けてほしいなんて、ぜんぜん思ってないから。わかった? あんたは、バカな兄さんのことだけ探《さが》せばいいの」

あたしはあきれかえり、なにも言わずに首をふって、ドアのほうへ向きなおった。すると今度はキルステンが、腕《うで》を組みながら言った。

「ハイブリッドの襲撃《しゅうげき》は仕返しなんでしょ。だれかが壁《かべ》にあんな絵を描《か》いたから」

「なに言ってんの？　あの襲撃《しゅうげき》に、あたしはいっさい関係ないから」あたしは、ふたりのほうをふりかえって言った。

「へーえ、よく言うわ」と、ララがバカにしたように言う。

「ふたりとも頭がどうかしてるんじゃないの」と言いかえしたら、キルステンがせまってきた。

「せいぜい気をつけるのね、この化け物め」

「化け物って……どういう意味？」

あたしは、思わず一歩下がっていた。

「言葉どおりの意味よ」と、ララが答える。

そのとき、廊下《ろうか》の向こうから寮監《りょうかん》のバーサが声を張りあげた。

「そこの三人！　やめなさい！」

でも、このまま終わらせるわけにはいかない。脅《おど》されてたって、もう、ふるえあがるもんか！　あたしはふたりの目をまっすぐ見て、きっぱりと言った。

「あんたたちなんて、こわくない」

「こわがったほうが身のためよ」と、ララが吐《は》きすてるように言う。

あたしは、せいいっぱい胸《むね》を張った。それでも、やはりぞっとした。

エルシーは寝《ね》ぼけ眼《まなこ》で、消灯時間の直前に寮《りょう》にもどってきた。お母さんといっしょに徹《てっ》夜《や》でハイブリッドの襲撃《しゅうげき》のけが人を看病《かんびょう》したことは、メッセージで連絡《れんらく》をもらったので知っていた。エルシーはニコッとして、あたしをさっとだきしめ、ベッドにたおれこむと、もう眠《ねむ》っていた。

ディランから聞いた黒本の話やお兄ちゃんのパソコンで見つけた情報について、エルシーに伝えるチャンスがなかったので、今日こそ伝えようと思っていたけれど、いまのエルシーは体を休めるほうが先だ。エルシーには、あとで伝えよう。

あたしは消灯時間がすぎても、ベッドの上にあぐらをかいて、『特筆すべき捜査官《そうさかん》たち』という本を読んでいた。巻末《かんまつ》近くのものすごーく長いヴァンクイッシュの項《こう》を読んでから、数ページもどってマグナス捜査官《そうさかん》の項《こう》やフィオーナ捜査官《そうさかん》の項《こう》を読んでいたら、部屋のドアをだれかがノックした。かすかな音で、ノックというより、指先で軽くたたいたみたいだ。ベッドからおりて、少しだけドアを開けると、白い花冠《かんむり》をつけたかわいらしい女子が、ドアの細長いすきまからこっちをのぞいていた。

「こんばんは、アマリ。あなたを運勢宿命部《うんせいしゅくめいぶ》にお連れするわ。幸運と不運を占《うらな》うために」

その子は、幸運、と言うときはにっこりと笑い、不運、と言うときはがっくりとうなだれた。

「えっ？　予約は来週まで取れないと思ってたんですけど」

「あなたの予約は特別に最優先《さいゆうせん》してよいと、局長からじきじきにお話があったの。あなたがここにいても、局が凶《きょう》運と絶望感にさいなまれることはないのを確かめたい、とのことで……。よくある話よ。たいしたことないわ」

たいしたことはないって、どこが？

「はあ、わかりました。あたしもホラス部長におききしたいことがあるんですけど、質問できますよね？」

「ええ、もちろん。ショーを中断させないために、ショーが終わってからになると思うけど。さあ、着がえて。レインコートもお忘《わす》れなく」

「レインコート？　なぜ、そんなものがいるんですか？」

「雨よけに決まってるじゃないの！」

いきなりの展開《てんかい》についていけず、くらくらしながらドアを閉《し》めた。ワードローブをのぞくと、お気に入りのジーンズと、去年お兄ちゃんが買ってくれた真っ黒なTシャツが用意されていて、その下に真っ黒のスニーカーもあった。あたしの月長石《げっちょうせき》バッジがつけられた、あざやかな黄色のレインコートまでそろっている。この一式を着ればいいらしい。急いで着がえて廊下《ろうか》に出て、案内役のジュニアの占《うらな》い師を初めてじっくりと見た。あちこちがキラキラ光る、すてきな白いドレスを着ている。

「すてきなドレスですね」

「でしょう？　自分でぬったの。秘訣《ひけつ》は、クリスマスのイルミネーションを生地に織りこむことよ」

占《うらな》い師はくるっと回り、ひざを曲げておじぎした。

「わたしの名前はジャヌアリー。お目にかかれて光栄よ」

あたしもひざを曲げておじぎしたけれど、ヘンテコなおじぎにしかならなかった。

「じゃあ、アマリ、行きましょうか」

寮《りょう》の廊下《ろうか》を進むにつれて、部屋から次々《つぎつぎ》と人が出てきた。むらさきのビロードのマントと王冠《おうかん》をかぶった女子もいれば、ぶあつい毛皮姿《すがた》で大きなシカの枝角を頭にのせた男子もいる。

「みなさん、運勢宿命部《うんせいしゅくめいぶ》の占《うらな》い師さんなんですか？」とたずねると、ジャヌアリーはうなずいた。

「ええ。うちの部のドレスコードは、自分が一番幸せになる服。わたしたちの精神は自由なの」

そのとき、昼間はこんな服装《ふくそう》の子をひとりも見かけた覚えがないことに気づいた。

「運勢宿命部《うんせいしゅくめいぶ》のみなさんは、いつも夜に活動するんですか？」

「ええ。でも、めずらしいわけじゃないのよ。夜に活動する部署《ぶしょ》はかなりあるから。夢鑑《ゆめかん》定部《ていぶ》とか、死者部とか。たしか未解明事象収集部《みかいめいじしょうしゅうしゅうぶ》も。そうそう、超常医療部《ちょうじょういりょうぶ》は一日二十四時間あいてるわ」

サンタクロースのようなかっこうをした女子がかけよってきて、ジャヌアリーの両手をつかんで言った。

「ねえねえ、当てさせて。今夜の名前は……ストロベリーズ？」

「ふふっ、あなたっていつも、未来と過去をごっちゃにするのね。ストロベリーズ・ジュビリーは、わたしのきのうの名前。今夜はジャヌアリー・ウィンターフロストよ」

ジャヌアリーはくすくすと笑って答えている。

運勢宿命部《うんせいしゅくめいぶ》のジュニアの占《うらな》い師たちが、あたしとジャヌアリーのためにエレベーターをとめておいてくれた。魔術師《まじゅつし》は大きらい、という顔をしている子はいないかと気になってながめたけど、みんな、ほかの子の衣装《いしょう》のほうがはるかに気になるらしい。エレベーターのドアが閉《し》まるとき、ジャヌアリーは仲間の占《うらな》い師たちに、ありがとう、と言っていた。

エレベーターはルーシーだ。

「こんなにおそい時間に出歩くなんて、めずらしいですね」と、ルーシーがジャヌアリーに話しかける。

「アマリが、これから星明かりのシャーマンに会うの」

ジャヌアリーがそう説明すると、ルーシーは楽しげな甘《あま》い声になった。

「ホラス部長ですね。おたくの部長の声は、本当にうっとりしますねえ」

ジャヌアリーが赤くなり、ルーシーとともに声をあげて笑う。やがて、バンダービルト・ホテルに入った、とルーシーが告げたので、あたしはびっくりした。

「あの、外に出るんですか？」

レインコートは、そのせい？

「イエスでもあり、ノーでもあるわ」と、ジャヌアリーが答える。

「運勢宿命部《うんせいしゅくめいぶ》に到着《とうちゃく》します」

ようやくルーシーが、終点についたとアナウンスした。

ドアがあいた先は、だだっ広い円形の部屋だった。ホテルの上に乗っかっている巨大《きょだい》な金色のドームにちがいない。ドームの中は、ふたつに分かれていた。右側の壁《かべ》には、色とりどりの花が咲《さ》きほこる緑の草原と、毛むくじゃらのかわいい動物たちの絵が描《えが》いてあった。笑顔のカップルに矢を向けるキューピッドや、笑いながらおどる子どもの絵もある。かたや左側の壁《かべ》は、怒《いか》りに満ちた緑の目が無数にうかぶ暗闇《くらやみ》で、体をくねらす醜《みにく》いモンスターたちの絵ばかり。左側に描《えが》かれた人間は悲しんだり、おびえたり、怒《おこ》ったりしている者ばかりだ。たぶん右側は幸運の絵、左側は不運の絵なのだろう。自分の運勢が幸運の側になることを祈《いの》るしかない。

部屋の中央に、一本の巨大《きょだい》な白い柱がそびえていた。その柱を中心にして、部屋全体にカーブした机《つくえ》が同心円状にならんでいる。ジャヌアリーに柱へと案内されながら、通路ぞいで占《うらな》いをしている占《うらな》い師たちをちらちらと見た。

柱の向こう側へ回ると、すぐに〈部長室〉という札のかかったドアが見つかった。ジャヌアリーもあたしも、そのドアの前で立ちどまった。オフィスにしては、がらんとしている。机《つくえ》も椅子《いす》もないし、壁《かべ》にもなにもない。色黒の大がらな男性がひとりいるだけだ。その男性は紺色《こんいろ》のローブをはおり、紺色《こんいろ》の帽子《ぼうし》をかぶっていた。短くて、つばのない、丸みを帯びた帽子《ぼうし》で、銀色の星がいくつも刺繍《ししゅう》されている。男性はこっちに背《せ》を向けて、銀色の房飾《ふさかざ》りがついた大きな青いじゅうたんの上にすわっていた。その男性――ホラス部長だ――が、深みのある重々《おもおも》しい声をとどろかせて、あいさつした。

「こんばんは。運勢宿命部《うんせいしゅくめいぶ》へ、ようこそ」

うわあ、遠くの雷《かみなり》みたいな、深みのあるすてきな声！　あたしは、ほほえみながら言った。

「ありがとうございます、おまねきいただいて」

ホラス部長が立ちあがり、ローブの衣擦《きぬず》れの音を立てながら、こっちを向いた。きれいに整えられたヤギひげの上で、金色の目がキラリと光る。

「ジャヌアリー、アマリを案内してくれてありがとう。天候を調べてもらえるかね？」

「かしこまりました」

ジャヌアリーはそう答え、立ちさる前にちらっとあたしを見て言った。

「ホラス部長はいつも、わたしの名前をピタリと言いあてるの」

ホラス部長が金色の目であたしを見つめ、入りなさい、と腕《うで》をふった。

「靴《くつ》をぬいで、じゅうたんにすわってもらえるかな」

言われたとおりにし、おたがいにあぐらをかき、向かいあってすわった。こうして面と向かうと、いっそう緊張《きんちょう》する。

「えっと、あの……もし超常現象局《ちょうじょうげんしょうきょく》にいるのが不運だと判断されたら、あたし、追いだされるんでしょうか？」

「心配しなくていい。今夜の占《うらな》いは、ただの予防措置《そち》だ。クロウ局長は心配性で、ふだんとちがうことが起きるたびに、災厄《さいやく》の前ぶれだと思いがちなのだよ。まあ、超常現象局《ちょうじょうげんしょうきょく》が襲撃《しゅうげき》されるようになったタイミングで、魔術師《まじゅつし》が局にあらわれたとなれば、局長が答えを知りたがるのは当然といえよう」

「じゃあ、あたしがここにいるのは災厄《さいやく》の前ぶれだと、思っていらっしゃるわけじゃないんですね？」

「それは、これから明らかになることがしめされてからの話だ」

あたしが期待した否定《ひてい》の答えじゃなかった。でも肯定《こうてい》もしていない。

「外は、どしゃぶりの雨です」

背後《はいご》でジャヌアリーの声がした。

「うむ、完璧《かんぺき》だ」

ホラス部長は笑みをうかべると、立ちあがってのびをして、あたしに声をかけてきた。

「出かける準備はいいかね？」

「えっと、あの……はい」あたしも立ちあがった。

「ではじゅうたんの真ん中で、私《わたし》のとなりに立ってくれ」

ジャヌアリーが壁《かべ》にうまっていた引きだしから一本の長い銀色の棒《ぼう》をとりだし、ホラス部長のほうへ投げると、部長がそれを片手《かたて》でつかんだ。ジャヌアリーは引きだしをもとにもどすと、壁《かべ》にぴったりと体をつけた。まるで、通り道の邪魔《じゃま》にならないように――。頭の中で、情報の断片《だんぺん》がつながっていく。あたしは、足もとの美しい青いじゅうたんを見下ろした。

「ちょ、ちょっと待って。まさか、これ、空飛ぶじゅうたんじゃ――」

「行くぞ！」と、ホラス部長が叫《さけ》ぶ。

足もとのじゅうたんが動きだした。急にゆれ、くねりだし、ドアを通りぬけられるようにはしをおりまげ、一気に前へ飛びだしていく。あたしとホラス部長を乗せたじゅうたんは、こっちを見上げる大勢の占《うらな》い師たちの声援《せいえん》を受けながら、ドームの天井近くをぐるぐると回った。やがて天井のパネルが一枚《まい》スライドして天井が開くと、ホラス部長が棒《ぼう》を回転させて傘《かさ》に変え、手首を軽くふって傘《かさ》を開き、そのままドームから滝《たき》のような外の雨へとつっこんだ。どしゃぶりで、景色がほとんど見えない。高層《こうそう》ビルの窓《まど》の明かりがかろうじて見えるだけでも、じゅうたんがぐんぐん上昇《じょうしょう》しているとわかる。

あたしは、ホラス部長の腕《うで》につかまった。雨風が横から吹《ふ》きつけてくる。ホラス部長は、どしゃぶりの雨でも平気なの？

嵐《あらし》の中を上昇《じょうしょう》するうち、とつぜん雨がぴたっとやみ、気がつくと雲の上にいて、満天の星が広がっていた。レインコートの前を合わせていると、歯がガチガチと鳴った。上空はものすごく寒い。ホラス部長が傘《かさ》を閉《と》じ、はだしの足の横においてから、空を見上げて口を開いた。

「美しい夜だね」

「あ、あの……ずぶぬれで……凍《こご》えそうなんですけど」

あまりに寒くて、それしか言えない。

「私《わたし》もだよ。だがここに来た目的は、それほど時間がかからないと約束しよう」ホラス部長は、にこやかに笑った。

「ここに来た目的って、なんですか？」

「星座占《せいざうらな》いのためだよ。星座《せいざ》は、数億年もの年月をかけて作られている。時の流れとともに少しずつ、ゆっくりと動きながら、地球そのものの歴史を描《えが》いているのだよ」

ホラス部長は頭上の星を指さした。

「いま、星座《せいざ》はなんて言ってるんですか？」

「さあ、見当もつかないね」ホラス部長は声をあげて笑った。「とうに忘《わす》れられた言葉で書かれているので。しかしきみはとても若《わか》いから、きみの星座《せいざ》の解読は簡単《かんたん》なはずだ」

「あたしの星座《せいざ》、ですか？」

「アマリ、片手《かたて》を前に出してごらん」ホラス部長がうなずいて言う。

言われたとおりにすると、ホラス部長は空に向かって手をのばし、星をひとつつまんで、きらめく小さな光をあたしの手のひらに落とした。そのあとも次々《つぎつぎ》と空から星をつまみ取り、あたしの手のひらへ落としていく。とうとうあたしの手は、ちらちらと光る、あたたかい星の山にうもれた。

「これだけあれば、じゅうぶんであろう」

ホラス部長はそう言うと、棒《ぼう》を一回、力強く大きくふって、のこりの星を空からたたき落とした。光を放《はな》つほこりのように、星がいっせいに落ちてくるのを、あたしは目を丸くしてながめた。星が消えた頭上の空は真っ暗だ。

「あたし……本当に、星を手にのせているんですか？」

「星そのものではなく、星の魂《たましい》だよ。自然に存在《そんざい》するものはすべて、こちらとあちらの両方に存在《そんざい》する。こちらにいるのが肉体だとしたら、あちらにいるのは魂《たましい》。あちらにいるのが星だとしたら、こちらにいるのは星の魂《たましい》となる。わかるかね？」

「ええっと……よくわかりません」

「まあ、もっと深く知りたければ、来年の夏にぜひ、うちの部の適性検査を受けたまえ。月長石《げっちょうせき》の訓練生がうちの門戸をたたいてくれるなんて、何世紀ぶりであろうな」

ホラス部長は、低い声でくすくすと笑っていた。

「あたしが月長石《げっちょうせき》のバッジをもらえたのは、魔術師《まじゅつし》だから……ってだけですよね」

「そんなに卑下《ひげ》しなくてよい。伝え聞いた話だと、きみはかなり優秀《ゆうしゅう》ではないか」

あたしはうれしくて、ついほほえんだ。ホラス部長がつづける。

「では手始めに、きみの歴史を見るとしよう。きみの未来を理解するには、まず、きみの血の由来を知る必要がある。じゅうたんの上で、星くずをふたつに均等にわけてくれ」

言われたとおり、星くずの山をふたつ、ていねいに作った。

「では片方《かたほう》の山を集めて、できるかぎり高く投げてくれ。ジャンプしてもかまわない」

星くずの片方《かたほう》の山を両手ですくい、ひざを曲げ、できるだけ高くジャンプしながら投げた。星くずはいきおいよく飛んでいき、空にぶつかって花火のようにはじけると、こった髪型《かみがた》の女性を形づくった。つづいて、頭上に一本の槍《やり》をかかげてしゃがんでいる男性へと変わり、さらに変化して、崖《がけ》のふちで地平線を見つめる少年がうかびあがる。あたしは頭上で星の形が変わりつづけるのをだまって見ているつもりだったけど、がまんできずに質問した。

「あのイメージは、どういう意味なんですか？」

「すべて、きみの先祖だ。きみの先祖には、アフリカの大部族の王妃《おうひ》、罪なき人々《ひとびと》を守った強き戦士、冒険《ぼうけん》のスリルを追いもとめた有名な冒険家《ぼうけんか》がいる。性格と同じく偉大《いだい》さも、親から子へ、代々《だいだい》引きつがれるものなのだよ」

イメージはなおも変化し、ムチを持ったひとりの男の前でひざまずく少女がうかびあがった。つづいて、消防ホースの水を盛大《せいだい》に浴びせられても、ひるむことなく行進する男女がうかぶ。

「ふうむ……きみの血のなかには、立ち直る力もある。克服《こくふく》できそうにない困難《こんなん》に耐《た》えぬく意志の力があるのだな。きみの先祖はかつては奴隷《どれい》だったが、その子孫は平等の権利《けんり》のために戦った」

ひるむことなく行進する男女にほこりを感じ、あたしは胸《むね》を張った。

そのとき、星明かりの中に、赤ちゃんをだいてほほえんでいるママの顔がうかびあがった。さらに、すべてのきっかけとなった例のブリーフケースに、ほこらしげな顔で書類を入れるお兄ちゃんがうかんだときには、息がつまった。

「このふたりは、きみが一番よく知っている人たちだ。きみは、おおいに愛されてきたのだね」

「はい……あたしも、ふたりを愛してます」

泣きそうになって、あごがふるえた。

ホラス部長は、空一面にあたしの先祖たちの顔がいっせいにならぶまで、棒《ぼう》を回しつづけた。

「きみの一族の中に、魔術師《まじゅつし》はひとりもいない……」

部長が棒《ぼう》を頭上でふりまわすと、星々《ほしぼし》が消えた。

「アマリ、これがきみの魔力《まりょく》の歴史だよ。完全に空白。まるで魔力《まりょく》がとつぜん、きみから始まったかのようだ。うむ、じつに興味深い」

「じゃあ、本当なんですか？　あたしは本当に、魔術師《まじゅつし》に生まれついたんですか？」

「そのようだ。だが、それが将来《しょうらい》、きみにとって何を意味するのかは、わからない……。では、現在と将来《しょうらい》を見るとしよう。のこった星くずの山を投げてくれ」

さっきと同じように、星くずを高く投げた。今回も星くずは白い光となってはじけ、一羽のきらめく鳥のイメージを形づくった。

「あの鳥は、いま、ここにいるきみのイメージだ。羽を広げ、頭を上に向けているが、まだ飛んでいないことに注目してくれ。あのポーズは、きみが真の意味で特別な存在《そんざい》となり、高いところまで登りつめる可能性をしめ――」

　ホラス部長がふいに口をつぐみ、前に出た。空にうかんでいるのは、鳥だけじゃなかった。一匹《びき》のヘビの頭がうかびあがり、そのヘビがくねりながら鳥の脚《あし》にからみつき、とぐろを巻《ま》いていく。ホラス部長はそのイメージを食い入るように見つめていた。イメージが何を意味するのか知りたくて、あたしはホラス部長の様子をうかがった。空にはさらに、もっと大きな双頭《そうとう》のヘビも一匹《ぴき》あらわれていた。ふたつの口が牙《きば》をむきだすのを見て、あたしはぎょっとした。その双頭《そうとう》のヘビに向かって、鳥の脚《あし》にからみついた小さいヘビがひるむことなく牙《きば》をむきだす。

「こ、これは……良くない。双頭《そうとう》のヘビは、前にも見たぞ。放浪諸島《ほうろうしょとう》での旅の最中に、星くずで占《うらな》いをしたときに。だからこそ旅を切りあげて、帰ると連絡《れんらく》したのだ」

「あれは、なにを意味しているんですか？」

　ホラス部長は棒《ぼう》を空へつきあげ、何度も大きく弧《こ》を描《えが》いた。すると頭上の星がうずを巻《ま》き、一頭の巨大《きょだい》なゾウのイメージがうかびあがった。

「ゾウは、超常現象局《ちょうじょうげんしょうきょく》の象徴《しょうちょう》だ……」

　数秒後、さっきの双頭《そうとう》のヘビがあらわれた。ゾウの脚《あし》にからみつき、とぐろを巻《ま》いていく。双頭《そうとう》のヘビは少しの間、ゾウの脚《あし》にとどまっていたが、すぐにスルスルとのぼって、ゾウの首にかみつき、ゾウをひざまずかせた。

あたしは、ぞっとして身ぶるいした。ホラス部長がけげんそうに目を細め、あごをなでながら言う。

「ううむ……星座《せいざ》では、通常、ヘビは魔術師《まじゅつし》の象徴《しょうちょう》だ。星くずを投げた者に対し、大きな危害《きがい》をおよぼす可能性のある魔術師《まじゅつし》を指す場合が多いのだが……。星くずを投げたのはきみだから、あのヘビがきみということはなかろう。しかし双頭《そうとう》のヘビがなんの象徴《しょうちょう》なのかは、正直、私《わたし》にもわからない。いずれにせよ、きみと超常現象局《ちょうじょうげんしょうきょく》には、双頭《そうとう》のヘビという共通の敵《てき》がいることになる」

「双頭《そうとう》のヘビはモローとその弟子ってことは、ないですか？　超常現象局《ちょうじょうげんしょうきょく》を破壊《はかい》しようとしている連中ですし」

「まあ、それがもっとも論理的《ろんりてき》な結論《けつろん》になるだろうが、きみの星座《せいざ》にはわからない点が多すぎる。たとえば双頭《そうとう》のヘビに牙《きば》をむき、きみを守ろうとしている小さなヘビ……。あのヘビに相当する魔術師《まじゅつし》について、心当たりはないかね？」

あたしを守ろうとしている小さなヘビなら、ディランしかありえない。でもディランが魔術師《まじゅつし》だと明かすわけにはいかない。

「心当たりは……ありません」

「いずれにせよ、今夜ここで見たものについて、クロウ局長に伝えねば」ホラス部長は、まゆをひそめて言った。

「あたし、このあとも局にいられますか？」

「もちろんだ。きみが局にとって不吉《ふきつ》な存在《そんざい》だとしめすものは、いっさいなかった。それどころか星座占《せいざうらな》いは、きみの身の安全を守るべきだと強くうったえている。今後きみは、週末の休暇《きゅうか》に家に帰らないほうがいい」

「でも、もし適性検査に落ちたら、どうなるんですか？」

「そのときは、そのときだ。とにかく、思いきった手を打つ必要がある。アマリよ、双頭《そうとう》のヘビがなんの象徴《しょうちょう》かわからんが、そいつはきみに興味を持っている。きみは、大変危険《きけん》な立場におかれてしまったようだ」

ホラス部長の言葉について考えている間に、ホラス部長が棒《ぼう》を回し、星々《ほしぼし》が夜空のいつもの位置へちっていった。

「あの、地上にもどる前に質問してもいいですか？　うちの兄について」

「ヴァンクイッシュが行方不明になった晩《ばん》に、クイントンが私《わたし》に会いに来た理由を知りたいのだね」

ホラス部長は考えこみ、うなずいてから言った。

「はい。兄は、自分の将来《しょうらい》について知りたがったんですか？」

「将来《しょうらい》を読んでくれと言ってきたのは確かだが、クイントン自身の将来《しょうらい》じゃない……」

ホラス部長は、ため息をはさんでつづけた。

「だからこそ、断らざるをえなかった。緊急《きんきゅう》事態でないかぎり、ある者の将来《しょうらい》について、別の者に明かすことはぜったいにできない。個人的な内容だからね」

「じゃあ兄は、あたしの将来《しょうらい》について知りたがったんですか？」

「いや、アマリ、きみの将来《しょうらい》じゃない。相棒《あいぼう》の捜査官《そうさかん》、マリア・ヴァン・ヘルシングの将《しょう》来《らい》だ。クイントンは、マリアが超常現象局《ちょうじょうげんしょうきょく》をうらぎる可能性があるかどうか、知りたがったのだよ」

# 24 黒《くろ》鍵《かぎ》

翌朝《よくあさ》は早起きして、部長専用《せんよう》マンションのエレベーターホールでディランを待った。ヴァン・ヘルシング家のマンションの部屋番号を知らないので、ここで待つのが一番手っ取り早いと思ったのだ。あたしがディランを待っているのは、これからは情報をつかんだら教えあおうと約束したから。それでも一晩中《ひとばんじゅう》、気が重かった。あのマリアがうらぎり者？ ようやくディランを見つけてかけよったら、ディランが目を丸くした。

「えっ、アマリ？ どうしたの？」

「ここじゃ話せない。いっしょに図書室に来て」

「いいけど……。なにか良くない話？」

「いいから来て。大切な話があるの」

ディランといっしょにエレベーターで図書室まで下りると、自習室に飛びこんだ。

「アマリ、どうしたんだよ？」

「きのうの夜、ホラス部長といっしょに星座占《せいざうらな》いをしたの。そのとき、お兄ちゃんのパソコンで見つけた部長との面談について質問したの」

「で、部長はなんて?」

ディランがこっちへ身を乗りだしてくる。正直に話したところ、ディランはショックを受けていた。

「そんな……。なんで姉さんが……」

「前に言ってたよね。お兄ちゃんとマリアは、うまくいかなくなったって。ペアを解消しようとしてたんだよね。そうなったのは、マリアがかくしごとをしていることに、お兄ちゃんが気づいたせいだとしたら?」

あたしはディランと視線《しせん》を合わせて、さらに言った。

「マリアは魔術師《まじゅつし》なんだよ。もしモローのさそいに応じて、魔術師《まじゅつし》の側についたとしたら?」

ディランがあまりに傷《きず》ついた顔をするので、打ちあけたのはまちがいだったかも、と思ってしまった。

「アマリは、うちの姉さんがうらぎり者だと思ってるんだね?」

「それは、わからない。でも、お兄ちゃんがマリアに知らせずに行動したのは、ぜったいわけがあると思う」

「アマリ、先に行くよ」ふいにディランが立ちあがった。

「待って。まだつづきがあるの。ホラス部長はディランが魔術師《まじゅつし》だって知ってた」

「えっ、知ってる？　なんで？」ディランが体をこわばらせる。

あたしはもどかしくて首を横にふった。いろいろありすぎて、頭の中がぐちゃぐちゃだ。

「えっとね、言い方がまずかった。あたしが言いたいのは、ホラス部長があたしを守ろうとしている魔術師《まじゅつし》の存在《そんざい》を知ってるってこと。星座占《せいざうらな》いの最中に、あたしに向かって牙《きば》をむく双頭《そうとう》のヘビがあらわれたの。で、あたしのそばにも、あたしを守ろうとしている別のヘビが一匹《ぴき》いて……。ホラス部長によると、ヘビは魔術師《まじゅつし》の象徴《しょうちょう》なんだって」

ディランは、少し考えこんでから言った。

「もちろん、ぼくはきみを守るつもりだよ。それが相棒《あいぼう》の仕事だからね。だからこそ、クイントンがよりによって姉さんを疑《うたが》ったのが、どうしてもピンとこなくて……。この件は、ぼくにまかせてくれないか。アマリはひきつづき、クイントンがやろうとしていたことを探《さぐ》ってくれ。ぼくは、姉さんがうらぎり者じゃないってことを証明するよ」

「うん、そうだね。わかった」

ほかに答えようがない。ディランは立ちさろうとしたが、ふと足をとめて言った。

「アマリ、ホラス部長は、きみのそばにもうひとり魔術師《まじゅつし》がいるんじゃないかって、疑《うたが》ってた？」

「質問はされたけど、知らないって答えておいた」と答えたら、ディランの怒《いか》りは少しおさまったらしい。

「ぼくの秘密《ひみつ》を守ってくれたんだね？」

「ディランが秘密《ひみつ》を打ちあける気になったら、そのとき、自分から言えばいいよ」

あたしも、そういう選択《せんたく》ができれば良かったのに。ディランはおどろいた顔をして、赤くなった。

「ありがとう、アマリ」


訓練が再開され、捜査官《そうさかん》の使うもうひとつの道具、電流が流れるスタンスティックの使い方を、あたしのグループが習う番になった。マグナス捜査官《そうさかん》が金属棒《きんぞくぼう》みたいなスタンスティックをかかげて、あたしたちの前を行ったり来たりする。見た目は、おしゃれなペンみたいだ。

「まず知っておくべきことは、スタンスティックは護身のために使うってことだ。数週間後にジュニア捜査官《そうさかん》になったら、きみたちは相棒《あいぼう》とペアを組んで、シニア捜査官《そうさかん》か特別捜《とくべつそう》査官《さかん》の下についてもらい、先輩捜査官《せんぱいそうさかん》の行く先にどこへでも行くことになる。言うまでもないが、外で犯罪と戦うときは危険《きけん》がともなう。このスタンスティックには、自分に飛びかかろうとする二メートル半もの巨大《きょだい》なイエティをたおす威力《いりょく》がある。そこでだ、その威《い》力《りょく》をためしてみたい猛者《もさ》はいるか？」

「アマリがためしたがってます！」と、キルステンが勝手に声をあげる。

キルステンをにらみつけてやったけど、マグナス捜査官《そうさかん》はかまわず、あたしの前にやってきた。

「アマリ、ためしてみるか？」

スタンスティックで感電するか、それとも全員の前でおじけづくか、どっちがまし？

あたしは、ごくりとのどを鳴らしてから答えた。

「はい、やります」

一歩前に出ると、マグナス捜査官《そうさかん》からスタンスティックをわたされた。

「あのう、あたしは感電させる側なんですか？」

「そうだ」

ふふっ、それなら、やってやるわ！　先週、空飛ぶブーツのスカイスプリントの練習のとき、使い方が下手だの雑だの、さんざんマグナス捜査官《そうさかん》にからかわれたから、やりかえしてやる！

「いいか、体の前にこうして持って、このボタンを――」

マグナス捜査官《そうさかん》の指示どおりにボタンをおすと、マグナス捜査官《そうさかん》は太い腕《うで》を両わきにぴたっとつけて、板のように体をつっぱらせ、いきなりバカ笑いをしはじめた。あれ、なんでバカ笑い？　ためしにスタンスティックをあたしの腕《うで》にあててボタンをおしたら、瞬時《しゅんじ》いるような感じがして、笑いがこみあげてきた。数秒後には足の裏《うら》をこちょこちょとくすぐられているような感じがして、笑いがこみあげてきた。そのあとはスタンスティックを順番に回し、それぞれ自分の体を実験台にしてためした。マグナス捜査官《そうさかん》が説明する。

「護身用のスタンスティックには、ふたつの効果がある。ひとつは敵《てき》の動きを封《ふう》じ、攻撃《こうげき》できないようにすること。もうひとつは、敵《てき》を笑わせることで敵愾心《てきがいしん》をやわらげることだ。フィナーレではペアを組んで、スカイスプリントとスタンスティックで戦ってもらう。では、スカイスプリントを取ってきて、装着《そうちゃく》するように」

備品室へ標準仕様のスカイスプリントを取りに行こうとしたら、ディランに「アマリ！」と呼《よ》びとめられた。こっちこっち、とあたしに向かって手をふっている。マリアがうらぎり者かもしれない、という話をして以来、ディランとはろくに口をきいていなかったので、びっくりした。ディランは、自分のジム用バッグをしきりに見ている。

「ディラン、なに？」

「あのさ、週末に買い物をしてきたんだ」

ディランはバッグから黒い箱をひとつとりだした。箱のふたには、デュボア、と銀色の文字ででかでかと書いてある。

「これ、アマリにわたすチャンスがなかったんで……どうかな」

あたしは仰天《ぎょうてん》しすぎて、なにが起きているのか、すぐにはわからなかった。

「ええっと……あたしにくれるの？」

ディランがふたを取ると、ビロードがしかれた箱の中に、めちゃくちゃかっこいいスカイスプリントが一足入っていた。白いブーツで、幽霊《ゆうれい》みたいにかすかにきらめいていて、タグには〈魅惑《みわく》のデッドコレクション〉とある。あたしは信じられなくて、ウソでしょ、と首をふることしかできなかった。

「ディラン、あたし……うれしい」

「だってさ、標準仕様のオンボロじゃ、遠くに飛べないだろ。アマリが失敗したら、相棒《あいぼう》のぼくも失敗するわけだし」ディランは顔が真っ赤になっている。

「そっか。そうだよね」

どうか、お願いだから、マリアがうらぎり者ではありませんように——。


次の週はほぼ一日おきに報告が届《とど》き、超常現象局《ちょうじょうげんしょうきょく》のどこかの支局か、あるいはレガシーのどこかの家が、ハイブリッドに襲撃《しゅうげき》されたとわかった。エルシーによると、訓練生のサマーキャンプを中止しないのは、超常現象局《ちょうじょうげんしょうきょく》の本部が一番安全な場所だかららしい。

あたしは、まわりについていくだけで必死だった。朝起きて、授業を受け、午後はフィナーレのための勉強をし、夜はたいていエルシーと自習室にこもってモローやＫＨや黒本について話しあったが、ほとんど成果はなかった。

エルシーは、黒本についてずっと調べてくれていた。魔力《まりょく》を持つ品に関する本をすべて図書室から借りたうえ、魔術科学部《まじゅつかがくぶ》の女性部長の個人コレクションからも数冊《さつ》借りてきてくれたけど、黒本にふれている本はほとんどなく、たとえふれていても、すでに知っている情報が書いてあるだけだった。

お兄ちゃんのことが恋《こい》しくてたまらない夜は、消灯時間までの数分間、エルシーといっしょにヴァンクイッシュの古い雑誌《ざっし》を見た。そうしていると、お兄ちゃんのそばにいるような気になれた。気分が良い夜は、エルシーがあたしを実験台にして開発中の大胆《だいたん》な発明をためすか、あるいはエルシーにドアをふさいでもらって、あたしが魔術《まじゅつ》の練習をした。

手で幻想《げんそう》を描《えが》く腕前《うでまえ》は、どんどん上がっていた。エルシーの焦《こ》げ茶色の巻《ま》き毛をあざやかなピンク色に変えたこともある。もとにもどす方法がわからないふりをしたら、エルシーはキャーと叫《さけ》んで、卒倒《そっとう》しそうになった！　いまでは幻想《げんそう》を動かせるようにもなった。自然な動きにするには神経を極度に集中する必要があるので、けっこうきつい。ゆいいつのマイナス面は、ディランの秘密《ひみつ》を守るために、呪文書《じゅもんしょ》を手に入れた経緯《けいい》や幻想《げんそう》を描《えが》く技術をだれに習ったかをエルシーに打ちあけられない点だった。エルシーにかくしごとをするのは、すごくイヤだ。

ひょっとして、あたしのオーラにその気持ちが出ちゃってる？　たとえそうだとしても、エルシーはなにも言わないでいてくれた。

第二の適性検査を受ける週にひとりで食堂に行ったら、エルシーの実習パートナーのジェマからメモをわたされた。エルシーからのメモで、図書室で待っている、と書いてある。すぐに図書室に行くと、エルシーが飛んできて、自習室に連れていかれた。

「エルシー、なにか見つけたの？」

「これは、ぜったい手に入らないと思ってた本。『ラスプーチンの危険《きけん》な道具と装置《そうち》目録』よ。もうね、うちの部長に貸してもらうために、ごまをガンガンすりまくったわよ！」

エルシーはこれみよがしにため息をついた。「これは、魔術師《まじゅつし》ラスプーチンの手書きの目録なの。この中に黒本の新情報がなかったら、お手上げよ」

「エルシー、見てみようよ」あたしはくちびるをかんで、エルシーの横にすわった。

エルシーが慎重《しんちょう》にページをめくっていき、ようやく黒本の記述を見つけた。が、ざっと目をとおして、がっかりした顔をした。

「新しい情報はないわ」

あたしも残念だったけど、エルシーはあたし以上にくやしがっていた。血眼《ちまなこ》で探《さが》してくれたのを知っていたので、あたしはエルシーを魔術《まじゅつ》で元気づけたくて、例の呪文書《じゅもんしょ》をとりだした。するとエルシーがひもの先についている金色の鍵《かぎ》を見て、急に背筋《せすじ》をのばして言った。

「あっ、鍵《かぎ》！　わたしったら、なんてバカなの。まったく……」

エルシーはまたラスプーチンの目録を開き、パラパラと黒本の項目《こうもく》の先までめくり、別の項目《こうもく》のページを開いた。

『黒鍵《くろかぎ》――黒本を開くのに必要な鍵《かぎ》。ウラジーミルの死後、超常現象局《ちょうじょうげんしょうきょく》は、捕獲《ほかく》を逃《のが》れたモローと弟子たちから黒本を守る任務を課せられた。だが黒本と黒鍵《くろかぎ》を同じ人間に所有させるのを良しとせず、第一回の超常議会《ちょうじょうぎかい》で黒鍵《くろかぎ》を匿名《とくめい》の鍵主《かぎぬし》にあずけることが決定され、その鍵主《かぎぬし》に黒鍵《くろかぎ》を表に出さずに守りつづける任務を託《たく》した。この任務は代々《だいだい》引きつがれ、新たな鍵主《かぎぬし》はその名誉《めいよ》にかけて、けっして身分を明かしてはならない。

黒本と黒鍵《くろかぎ》は、いかなる場合でも、両方を所有してはならない。ゆえに超常議会《ちょうじょうぎかい》は超常《ちょうじょう》現象局《げんしょうきょく》に対し、黒鍵《くろかぎ》を探《さが》しだす行為《こうい》を禁じた。もし黒鍵《くろかぎ》を探《さが》しだしたら、超常現象局《ちょうじょうげんしょうきょく》は重要な誓約《せいやく》を破ったことになり、局は永久に解体され、局員たちはそくざに超常界《ちょうじょうかい》から追放される』

エルシーがそのページを指さして、目を見ひらいた。

「アマリ、クイントンのスケジュールに書いてあったKHはキーホルダーの略。きっと黒《くろ》鍵《かぎ》を持っている鍵主《かぎぬし》って意味よ。つまりヴァンクイッシュはそれを、っていうか、その人を探《さが》しだしたのよ」

「そっか……。だからモローの弟子はお兄ちゃんを追いかけたんだね。もし本当に黒本をとりもどす重要な計画があるとしたら、黒鍵《くろかぎ》も必要だから」

あたしはくちびるをかんで考えながらうなずいた。エルシーが、声を落としてささやく。

「アマリ、まずいことになったわよ。もしヴァンクイッシュが鍵主《かぎぬし》を探《さが》しだしたってばれたら、誓約《せいやく》を破った罪で、超常現象局《ちょうじょうげんしょうきょく》が閉鎖《へいさ》されちゃう」

「じゃあ、とりあえず、エルシーとあたしだけの秘密《ひみつ》にしとこうよ」

「ディランは？　どうする？」

「うーん……どうしようね」

マリアがモローの弟子かもしれない以上、ディランに明かすのは考えものだ。


エルシーもあたしもこれ以上の手がかりはないし、第二の適性検査が二日後にせまっているので、ここからは適性検査に集中することにした。もしあたしたちが鍵主《かぎぬし》の正体を知っていたら、その人に注意をうながせるのにと思うとくやしい。とにかくいまは、お兄ちゃんがモローの弟子になにもしゃべっていないことを願うしかない。魔術師《まじゅつし》がどんな手を使って相手の口をわらせるかなんて、考えたくない。

エルシーとあたしが見つけた情報について、ディランに打ちあけようとしたことが二度あった。けれど、ディランはあたしをさけている気がする。スカイスプリントの訓練のときだって、あたしじゃなくてララとばかり組んでいる。こんなことになるなら、マリアのことは言わなければよかった。

最近はすべての部署《ぶしょ》の訓練生が目の色を変えて勉強し、必死に訓練を重ねている。のんびりランチを食べに食堂に来る子なんて、まずいない。あたしだってエルシーがいなければ、食堂に行かずに勉強したと思う。けれどエルシーは、食事をぬくなど言語道断、というのがモットーで、あたしにも食事をぬかせる気などさらさらなかった。『超常現象局《ちょうじょうげんしょうきょく》の各種制服ガイド』を読みたいからランチはパスする、とエルシーのさそいを断ったときは、なんとエルシーにだきあげられ、強引に食堂まで運ばれた。

いまも食堂でタコスを食べ終えようとしているあたしに、エルシーは魔術科学部《まじゅつかがくぶ》の捜査《そうさ》官支援課《かんしえんか》が開発中の〝新型ノミ手投げ弾《だん》〟について、えんえんと解説していた。捜査官支援課《そうさかんしえんか》は超常捜査部《ちょうじょうそうさぶ》の捜査官用《そうさかんよう》にユニークな道具を開発している部署《ぶしょ》で、エルシーの希望配属先だ。

「あのね、アマリ、ノミを使った手投げ弾《だん》って言うと聞こえは悪いけど、そんなひどい武器じゃないの。あたしが使うノミは、イエティをくすぐって降伏《こうふく》させるの。考えてみると、スタンスティックとよく似てるわ」

あたしはなにも言わず、エルシーにほほえみかけた。あたしが第一の適性検査で一位になったとしても、魔術科学部《まじゅつかがくぶ》でのエルシーに対する高評価とは比べものにならない。魔術《まじゅつ》科学部《かがくぶ》の訓練生が受ける第二の適性検査がどんなものでも、エルシーなら楽勝だ。そんなことを考えていたら、ふいに声をかけられた。

「アマリ、ちょっといいかな？」

あたしとエルシーがそろってふりかえると、ディランが立っていた。

「う、うん、いいけど」

ディランといっしょにすいているテーブルに移動すると、ディランが切りだした。

「アマリ、そのう……じつは友だちが、別の友だちから聞いた話なんだけどさ。別の友だちってのは、お兄さんがジュニア捜査官《そうさかん》なんだ。で、その人が、第二の適性検査は宝探《たからさが》しだって、フィオーナ捜査官《そうさかん》がうちの父さんに話しているのを聞いたらしいんだ。超常現象《ちょうじょうげんしょう》局内《きょくない》での宝探《たからさが》しだって。合格するには超常現象局《ちょうじょうげんしょうきょく》についてしっかり把握《はあく》するしかないって、フィオーナ捜査官《そうさかん》は断言したらしいよ」

「ディラン、それ、本当なの？　第一の適性検査の内容についてララも断言したけど、まちがってたよね」

「あれはララがみんなの注目を集めたかっただけだよ。今回は、まちがいない」

「ディラン、このこと、何人くらいが知ってるの？」あたしは、くちびるをかんで考えながらたずねた。

「ジュニア捜査官《そうさかん》の訓練生は、みんな知ってるよ。きみはその場にいなかったから、伝えようと思って来たんだ」

ディランは言葉を選んで話しているけど、要するに、訓練生たちの秘密《ひみつ》のミーティングに魔術師《まじゅつし》の訓練生はまねかれなかったということだ。

「ディラン、ありがとう、教えてくれて。でも図書室の『超常現象局《ちょうじょうげんしょうきょく》のまるごとすべて』は、もう一冊《さつ》のこらず借りだされてるよね」

「だいじょうぶ。ぼくのが一冊《さつ》あるから。いっしょに勉強すればいい」

「えっ、いいの？　すごーく助かる」

あたしは、びっくりした。ディランが少し赤くなる。

「アマリ、ずっと考えてたんだけどさ……姉さんのことをきみがあんなふうに言ったのは、あくまで調査でそうわかったからだよね。もし逆の立場なら、ぼくも同じように言ったと思う。ただ、先入観を持たないでくれないかな。姉さんがクロだとはっきりするまでは、シロだと思ってくれないか」

「うん、ディラン、そうする」

「じゃあ、ヴァンクイッシュ2・0は続行？」

ディランが顔をほころばせ、拳《こぶし》をつきだしてくる。

「うん、続行だね」

あたしもほほえみ、ディランと拳《こぶし》をぶつけあった。

25

# 第二の適性検査

フィオーナ捜査官《そうさかん》が両腕《りょううで》を広げ、声を張りあげた。

「第二の適性検査へ、ようこそ！　いまのこっている十六名の半分とは今日お別れして、人数を八人にしぼるわ。この適性検査に合格すれば、あとは来週のフィナーレだけよ。もう、サプライズはない。みんな、少しでも安心してすごしたいわよね」

あたしたち十六名は、超常捜査部《ちょうじょうそうさぶ》のブリーフィング・ホールにすわっていた。フィオーナ捜査官《そうさかん》とマグナス捜査官《そうさかん》は舞台《ぶたい》の上で、卵《たまご》がいくつも入った大きなバスケットのとなりに立っている。超常現象局《ちょうじょうげんしょうきょく》ですごすうち、こういった珍妙《ちんみょう》な光景を見ても、なんとも思わなくなった。ホールに来てからずっとディランを探《さが》しているけど、ディランもララも姿《すがた》が見えない。

フィオーナ捜査官《そうさかん》が話をつづけた。

「このあとすぐに、ふたり一組でペアを組んでもらう。各ペアで代表者を決めて、その代表者に舞台《ぶたい》で最初のヒントを――」

そのときマグナス捜査官《そうさかん》がフィオーナ捜査官《そうさかん》のほうへかがみこんで、耳もとでなにかささやいた。フィオーナ捜査官《そうさかん》が、また声を張りあげる。

「あら、ごめんなさい！　なんのためのヒントか、説明してなかったわよね？　今回の適性検査は、宝探《たからさが》し。大きなプレッシャーのなか、ヒントから謎《なぞ》を解く能力のテストよ。捜査官《そうさかん》は次の一手を迅速《じんそく》に判断し、行動に移す必要があるの。そのために今回は、各ペアに超常現象局《ちょうじょうげんしょうきょく》全体を動きまわってもらう。ヒントがしめす部署《ぶしょ》にたどりついたら、次の部署《ぶしょ》をしめすヒントが待ってるわ。宝探《たからさが》しを終えた最初の四組が、フィナーレへの切符《きっぷ》を手にすることになる。それではペアを組んでちょうだい」

訓練生たちが競うようにして、自分の相棒《あいぼう》のとなりの席へ移動していく。ディランはどこ？　どこなの？　このままだと、あたしはひとりでやるはめになっちゃう。

そのとき、ようやくディランとララがいっしょに会場に入ってきた。にらみあっている様子からすると、けんかしていたらしい。まだディランがしゃべりかけているのに、ララはぷいっとそっぽを向き、キルステンのほうへ近づいていった。ディランはあきれたように天をあおいでから、ホールを見まわしている。こっちこっち、と手をふって合図すると、ディランはようやくやってきて、あたしのとなりにすわった。

「ララとけんかした？」とたずねたら、ディランはため息をつき、うんざりしたように首をふった。

「以前、相棒《あいぼう》を選べるようになったら組もうって、ララに約束したかもしれないけどさあ。それって夏前だよ。いまとは状況《じょうきょう》がちがうだろ？　もしララがこの適性検査に失敗したら、父さんのところへすっ飛んでいって、ぜったい文句を言うだろうな」

まさかディランがあたしと組むために、父親とララを怒《おこ》らせてもいいと思ってるなんて――。

「ディラン、あの……見捨《みす》てないでくれて、ありがとうね」

「だってぼくたち、相棒《あいぼう》だろ？」ディランはそう言って、肩《かた》をすくめた。

そのとき、フィオーナ捜査官《そうさかん》がまた声を張りあげた。

「前回一位のペアは、今回も組むと決めたようね。じゃあ、ふたりとも舞台《ぶたい》に上がって、最初のヒントを引いてちょうだい。あなたたちは、ほかのチームより三十秒早くスタートできるわ。たいした差じゃないけれど、ほかのチームとエレベーターを乗りあわせずにすむわよ」

バスケットの中のヒントは、ディランに選んでもらった。ヒントは卵《たまご》の中に入っている。本物そっくりなので、わったら黄身が出てきそう。全チームがヒントを引き終えると、フィオーナ捜査官《そうさかん》が言った。

「ヒントについて、文句はなしよ。こっちは言葉のプロじゃないんだから。じゃあ、ディランとアマリ、よーいスタート！」

ディランが手のひらで卵《たまご》をつぶし、中に入っている紙を広げる。あたしは、急いで目をとおした。

『「納屋《なや》の中のあれは本物か？」と男。

「たいしたことじゃありません」と、若《わか》い女が電話で答える。けれど男は信じられない。

「おれを食おうとしたんだぞ！」

若《わか》い女が電話できっぱり否定《ひてい》しても、「おれは外科医だ。レーザーを取ってくる！」と言う。

「どうか落ちついてください。助けがそっちに向かってますから」と女。

男はさらに少し文句を言ったが、そのうち、「ふう、ようやく来たぞ」。

若《わか》い女はボタンをおして、男の恐怖《きょうふ》を消去する』

「アマリ、これは隠蔽工作部《いんぺいこうさくぶ》に行けって指示だ。人間界と超常界《ちょうじょうかい》の接触《せっしょく》事故が起きたら、必ずあの部署《ぶしょ》が隠蔽《いんぺい》工作をして、後始末をする」

「うん、だよね。超常界《ちょうじょうかい》に関係する緊急《きんきゅう》通報はすべて、隠蔽工作部《いんぺいこうさくぶ》のコールセンターに転送されるんだよね」

あたしとディランはブリーフィング・ホールを飛びだし、超常捜査部《ちょうじょうそうさぶ》のメインホールをつっきって、エレベーターホールへ向かった。エレベーターはルチアーノだ。エレベーターのドアが開いた瞬間《しゅんかん》、肩《かた》ごしにふりかえると、のこりの訓練生たちがホールからいっせいに飛びだしてくるのが、閉《し》まるドアのすきまから見えた。

いよいよ、宝探《たからさが》しの始まりだ！

ルチアーノに乗れたのは、結果的に良かった。ルーシーほど速くはないが、オペラを歌うルチアーノは、心が静まるおだやかなバラードを歌ってくれた。ディランは興奮《こうふん》しすぎて、じっとしていられず、そわそわと行ったり来たりしている。ほどなくルチアーノが、ささやくようなやさしい声で告げた。

「まもなく隠蔽《いんぺい》工作部《こうさくぶ》に到着《とうちゃく》です」

開いたドアの向こうには、超常現象局《ちょうじょうげんしょうきょく》で一番かっこいいロビーが広がっていた。ロビーの壁《かべ》はエルシーのベッド側の壁《かべ》みたいに、『タイム』誌《し》や『ナショナル・ジオグラフィック』といった人間界の有名な雑誌《ざっし》の表紙でうめつくされていた。ただし表紙の写真は、実際に起きたことがわかる写真に置きかわっている。

このロビーは隠蔽《いんぺい》工作部《こうさくぶ》にエレベーターがとまったときにちらっとのぞくだけだけど、お気に入りの表紙を毎回つい探《さが》してしまう。もともとは、月面に宇宙《うちゅう》飛行士のニール・アームストロングが立っている『ライフ』誌《し》の有名な写真だけど、このロビーの表紙には『燃料を使いはたしたアポロ十一号、親切なエイリアンのクルーザーに牽引《けんいん》される』というキャプションがついていて、ニール・アームストロングが宇宙《うちゅう》空間に向かってヒッチハイカーのように親指を立てている。この写真を見るたびに、あたしはいつも笑いがとまらなくなる。

けれど今日は写真には目もくれず、ディランといっしょにロビーをかけぬけ、メインホールに飛びこんだ。隠蔽工作部《いんぺいこうさくぶ》のメインホールは、超常捜査部《ちょうじょうそうさぶ》のメインホールよりも十倍くらいこみあっていた。見取図を頭にたたきこんできたから良かったけど、そうでなければまごつくところだ。

U字型の右側の壁《かべ》に張りつくようにして、コールセンターまで進んだ。コールセンターは、けたはずれに広かった。はてしなく広がっているように見える部屋に、真っ赤な電話とオペレーターのいる小さなブースが何列も、数えきれないくらいならんでいる。

「ディラン、どうする?」

さあ、と言うように、ディランが肩《かた》をすくめる。

でまかせの返答をしているオペレーターの工作員やジュニア工作員の声を聞きながら、ふたりで通路を行ったり来たりし、二本の長い通路をはしからはしまで歩いてようやく、電話に〈ジュニア捜査官《そうさかん》の訓練生専用《せんよう》〉という小さなメモが貼《は》りつけられたからっぽのブースを見つけた。

あたしはブースの椅子《いす》にいきおいよくすわり、ディランは椅子《いす》の横にひざをついた。と、電話が鳴りはじめた。

「アマリ、出ればいいんじゃないかな」

「えっと……うん、出るね」あたしは受話器をとった。「もしもし？」

「ちょっと困《こま》ったことになってるんです」と、相手が言う。

「そうですか。どうしました？」

「じつはヒントらしきものを持ってるんですが、だれに伝えればいいかわからなくて……」

あたしは目を見ひらき、次のヒントだとディランに合図してから、相手をうながした。

「どうぞ、伝えてください」

相手は咳《せき》ばらいをして、しゃべりだした。

「このヒントにたどりつくのは、簡単《かんたん》だった。だが図に乗るな。ここからは、むずかしくなる。危険《きけん》な物の部屋に行け。牙《きば》や、かぎづめや、つき刺《さ》さる毛がある場所だ。そして、天にまつわるふざけた名を持つ、ほかとはちがうビーストを見つけろ」

「ビーストがいる部は、超常体管理部《ちょうじょうたいかんりぶ》だけだよ。牙《きば》や、かぎづめって……捕食《ほしょく》生物ゾーンじゃない？」

あたしはピンときて言った。

「まさか、ぼくたちを本気で食わせる気じゃないよな」

ディランがひきつったように笑う。

次のエレベーターはルーシーで、超常体管理部《ちょうじょうたいかんりぶ》の階へすばやく移動してくれた。一夜づけの勉強のおかげで、超常体管理部《ちょうじょうたいかんりぶ》のフロアが局内で一番広いことは知っていた。ほかの部署《ぶしょ》をすべて合わせたくらいの面積があって、ロビーをのぞけば、あとは屋内だけどすべて大自然だ。ロビーにいたサファリルックの女性が、声をかけてきた。

「私《わたし》は今日、あなたたちを担当《たんとう》する、超常体管理部《ちょうじょうたいかんりぶ》のシニア管理隊員のベッカ・アルフォードよ」

アルフォード隊員は、手袋《てぶくろ》をはめた手であたしたちと握手《あくしゅ》した。

「で、あなたたち、どこへ行きたい？」

「捕食《ほしょく》生物ゾーンへ」とディランが答えると、アルフォード隊員はほほえんだ。

「あら、新人さんには、おっかないゾーンよ。本当にいいの？」

「はい、ぜひ」今度はあたしが答えた。

するとアルフォード隊員は親指を上げて、ゴーサインを出した。

「じゃあ、ついてきて。車のエンジンはかけてあるわ」

ロビーを出て、草でおおわれた丘《おか》に進んだとたん、あたしは口をあんぐりと開けてしまった。ここが屋内だなんて、信じられない！　天井に映《うつ》しだされた広大なホログラムは、雲ひとつない本物の青空にしか見えなかった。太陽の熱を顔に感じるし、風もリアルに吹《ふ》いている。香りまで、野外そのものだ。そして、このながめ！　眼下には、広大な森が広がっていた。森の奥《おく》には、青々《あおあお》としたジャングルが見える。はるか右は雪の積もった渓谷《けいこく》。

正反対のはるか左は砂漠《さばく》だ。かがんで、草の葉を引っぱってみた。

「うわっ！　本物だ！」

「もちろんよ。この中でニセモノは空だけ。ここで暮《く》らす動物には、できるかぎり本物の生息環境《かんきょう》をあたえようと、手をつくしているんだから」

アルフォード隊員が声を上げて笑う。

車に乗りこみ、アルフォード隊員の運転で、舗装《ほそう》していない曲がりくねった細い道を走った。まばらな木々《きぎ》から、うっそうと茂《しげ》るジャングルへと進むにつれて、摩訶不思議《まかふしぎ》な野生動物を見た。銀白色のユニコーンもいれば、空飛ぶブタの群れもいる。空にきらめく七色のあとをのこす、万華鏡《まんげきょう》のようなヘビも一匹《ひき》見た。〈ジャングル生息地〉という標識の前で、ジープはゆっくりと停まった。アルフォード隊員が、後部座席《ざせき》のあたしたちのほうを向いて説明する。

「ジャングルの捕食《ほしょく》生物は、この第一ゾーンにそろってる。いい、これから見るものが捕《ほ》食《しょく》生物と呼《よ》ばれるのには、わけがある。私《わたし》が安全だと言うまで、車からはなれないで。ふたりとも、私《わたし》に好きなだけ質問してもかまわない。ただし、あなたたちを助けるために私《わたし》がやむなく介入《かいにゅう》したら、その時点で適性検査は落第よ。わかった？」

「はい」

あたしもディランもうなずいた。

舗装《ほそう》していない小道を、スピードをかなり落として車で進んだ。アルフォード隊員はきびしい顔つきで、つねに木々《きぎ》に目を光らせている。とつぜん目の前の小道を一筋《ひとすじ》の金色の光がつっきったので、ビクッとした。その光は茂《しげ》みの中に消え、つづいて耳をつんざくような咆哮《ほうこう》が車のドアをゆらす。あたしとディランは身をよせあい、正体不明の生き物がなぐりかかってくるんじゃないかと首をすくめた。小道がカーブし、その先の小さな丘《おか》の上に、巨大《きょだい》な純金《じゅんきん》のライオンが見えた。アルフォード隊員がひそひそ声で説明する。

「あれはネメアのライオン。ジャングルの真の王者よ。まあ、ドラゴンがそばにいないかぎりはね」

ネメアのライオンもこわかったけど、もっとおそろしい動物はほかにもいた。にごった沼地《ぬまち》では全身が角だらけのビーストが一頭こっちを見つめていたし、ディランが指さした空には一頭のグリフィンがいた。頭と翼《つばさ》はワシ、胴体《どうたい》はライオンのグリフィンは、遠くの空から急降下《きゅうこうか》し、ふたたび飛びあがったときには獲物《えもの》をくわえていた。

「ストップ！」

とつぜんディランが叫《さけ》び、せまい空き地の中の、こんもりとした花の茂《しげ》みを指さした。

「あれだよ、アマリ！　ぜったい、あれだ！」

「ヒントの答えが、花の茂《しげ》み？」

あたしはピンとこなくて、ディランにたずねた。

「あれは花の茂《しげ》みじゃない。マーズ・マントラップっていう捕食《ほしょく》植物だ。ヒントでは、ほかとはちがうビーストを見つけろって言ってただろ。ほかの捕食《ほしょく》生物はすべて動物。あれだけが植物だ。あとヒントでは、天にまつわるふざけた名を持つ、とも言ってただろ？　マーズは火星って意味だから、天に関係ある。しかもマーズ・マントラップという名前は、人間界のビーナス・フライトラップ《ハエトリグサ》にちなんだジョークなんだよ」

「あらま、もう当てちゃったわ」

アルフォード隊員が、バックミラーごしに笑いかけてきて、車を空き地に乗りいれた。

「ディラン、すごーい！　あたしひとりじゃ、ぜったいわからなかった」

あたしは、びっくり仰天《ぎょうてん》した。

「それを聞いたら、ぼくの家庭教師は鼻高々《はなたかだか》だろうな」ディランがハハッと笑う。

三人で車から降《お》りた。アルフォード隊員とディランは、すぐに鼻をつまんでいる。なんで鼻を？　と思った瞬間《しゅんかん》、ものすごく甘《あま》い香りが鼻をくすぐり、急に頭がくらくらしてきた。でも、どうでもいい。あのきれいな花の茂《しげ》みに近づいて、すぐそばで香りを――。吸《す》いよせられるようにふらふらと数歩前に出たら、強く引きもどされた。だれかがあたしの体に腕《うで》を巻《ま》きつけ、あたしの鼻を手でふさぐ。

「ちょっと、やめてよ！　あの香りを……」

急に頭がはっきりしてきて、あたしは目をパチパチさせた。

「花がきみを食うために、香りでさそいだしたんだ」というディランの声がする。

「くれぐれも気をつけて。あなたたちのどちらかが本当に危《あぶ》ないと思ったら、私《わたし》はすぐに介入《かいにゅう》するわよ」と、アルフォード隊員にも注意された。

ふう、危《あぶ》なかった！　自分で鼻をつまんでから、ディランに礼を言った。

「ありがとう。もう、だいじょうぶ」

「たぶんあれが、次のヒントだ」

ディランが、花の茂《しげ》みのすぐ前にある、白くて小さい封筒《ふうとう》を指さした。

「ディラン、あの花の餌食《えじき》にならずに近づくには、どうすればいい？」

「アマリ、いい質問だね」

いい質問――。そういえばアルフォード隊員はさっき、好きなだけ質問してもいいって言ってたっけ。

「あのう、アルフォード隊員、好きなだけ質問してもいいって、おっしゃいましたよね？」

「ええ、言ったわよ」

「あの花は、だれかがそばにいるって、どうやってわかるんですか？」

「あの茂《しげ》みには、目を持つ花がまじってるの。いまもこっちを見てるわよ」

ゲゲッ、不気味！　でも、おかげでアイデアがひらめいた。

「みんな、ついてきて」

ディランとアルフォード隊員を空き地の外に連れだした。三人で車の裏《うら》にしゃがんでから、あたしは切りだした。

「これからあるものを見せるけど、こわがらないで」

ディランもアルフォード隊員も、きょとんとしてこっちを見る。ディランが質問した。

「アマリ、なにか見せるって……いま？」

「いいから、見てて」

あたしは片手《かたて》で拳《こぶし》をにぎり、それをもう片方《かたほう》の手でつつみこんで、呪文《じゅもん》を唱えた。「デユプリカータ」

すると、第二のあたしがパッとあらわれた。ディランは笑いをこらえていたが、アルフォード隊員は息をのんで、あたしに問いかけた。

「これって……魔術《まじゅつ》？」

「はい。でも自分たちのためなら、使ってもいいのかなって……もし、隊員のあなたが許可してくれるのなら」アルフォード隊員が、どうか偏見《へんけん》にとらわれず、あたしにチャンスをくれますように――。アルフォード隊員は気まずそうだった。

「そうねえ……。局内で魔術《まじゅつ》を使うのは、認《みと》められていないんだけど……」

ゆっくりと首を左右にふって、つづけた。「でもほかの訓練生は超常力《ちょうじょうりょく》を使ってもいいのに、あなただけダメっていうのは、個人的に納得《なっとく》がいかないのよね。魔術《まじゅつ》が適性検査のルール違反《いはん》だなんて、だれも言っていないしね」

数分後、あたしたちは所定の配置についていた。あたしは空き地が見える車の下、ディランとアルフォード隊員は空き地のはしのやぶの中だ。ディランがこっちに向かって親指を上げ、オッケーと合図してくる。この作戦は成功してくれないと困《こま》る。失敗したらあたしもディランも失格とみなすと、アルフォード隊員に宣告《せんこく》されているのだ。

「デュプリカータ」

小声で呪文《じゅもん》を唱えると、あたしの姿《すがた》をした幻想《げんそう》が空き地にパッとあらわれた。花々《はなばな》のほうへふらふらと近づく幻想《げんそう》アマリに向かって、ぼうっとした表情をしろと念じた。幻想《げんそう》アマリが近づくと、花の茂《しげ》みがゆれるのが、ここからでも見えた。あとほんの数歩、近づけば――。

茂《しげ》みの中から巨大《きょだい》な口がぬっと飛びだし、幻想《げんそう》アマリにかみつこうとした。けれどあたしは、幻想《げんそう》アマリを花のすぐ上にうかせていた。巨大《きょだい》な口が敵意《てきい》をむきだし、幻想《げんそう》アマリに何度もかみつこうとする。

マーズ・マントラップが幻想《げんそう》アマリに気をとられているすきに、ディランとアルフォード隊員が空き地の中へかけこんだ。マーズ・マントラップにいっさい気づかれることなく、ディランが地面の封筒《ふうとう》をつかみ、アルフォード隊員とともに車へもどる。

あたしが幻想《げんそう》アマリを消すと、マーズ・マントラップは怒《おこ》って、うなり声をあげた。

「まさか、本当にうまくいくとはなあ」

ディランが封筒《ふうとう》を破って開けながら、感想をもらした。アルフォード隊員も、おどろいた顔をしている。

「私《わたし》も信じられないわ。いちおう正解は、やぶの中にある睡眠《すいみん》をさそう果実をマーズ・マントラップに食べさせること。でも、ふたりともよくやったわ」

ディランが、封筒《ふうとう》から次のヒントの紙をとりだした。

「餌食《えじき》にならずにすんで、おめでとう。次はぜひ、解読に挑戦《ちょうせん》してほしい。次の目的地は未解明事象収集部《みかいめいじしょうしゅうぶ》だ。

この最後のヒントを手に入れるには、機転を利《き》かす必要がある。なぜなら次のヒントは、底なし穴《あな》の底の近くにあるからだ」

「ディラン、次の行き先はわかったね」と声をかけたら、ディランがうめいた。

「わかったところで、底なし穴《あな》の底ってなんだよ?」

超常体管理部《ちょうじょうたいかんりぶ》のロビーへ車で引きかえしているとき、バックミラーごしにこっちを見るアルフォード隊員の視線《しせん》を感じた。

「アマリ、あなた、魔力《まりょく》をコントロールできるの?」

「はい、いまのところは。まだ自分でも、よくわかってないんですけど」

あたしは肩《かた》をすくめて答えた。

「私《わたし》はこれまで、ちがう話ばかり聞いてきたわ。だから強大な魔力《まりょく》を持つ人間は、てっきり……」

アルフォード隊員は、首を横にふってつづけた。

「私《わたし》の見たところ、あなたはごくふつうの十二歳《さい》の女の子。愛想が良くて、気立ても良い子。想像してたのとは、ぜんぜんちがう子だわ」

「それって、良いことなんですよね」

あたしはニコッとほほえんだ。

「ええ、もちろん。あなたはここにいる間、大勢の人の考えを変えていくと思うわ」

ロビーにもどると、あたしとディランはすぐにエレベーターへとダッシュした。今回のエレベーターは、悪ふざけと規則破りが大好きなミスチーフ《いたずら》。しかも、ふたりの捜査官《そうさかん》も乗っている。未解明事象収集部《みかいめいじしょうしゅうしゅうぶ》へと下りていく間、あたしはわらにもすがる思いで、必死に祈《いの》りつづけた。あたしがマジシャンガール18に会うために局をこっそりぬけだしたことを、どうかミスチーフが捜査官《そうさかん》たちに告げ口しませんように――。

ミスチーフは「おたくらが知らないことを、ぼくは知ってるんだよねー」と捜査官《そうさかん》たちを意味ありげにからかったけど、それだけですんで助かった。

未解明事象収集部《みかいめいじしょうしゅうしゅうぶ》のロビーは真っ暗だった。エレベーターをおりると、天井のスポットライトがひとつ、光を投げかけてきた。スポットライトは、ロビーの奥《おく》へ向かうあたししたちを追いかけてくる。そこでは別のスポットライトが、ぐうぐう眠《ねむ》っている未解明事象収《みかいめいじしょうしゅう》集部《しゅうぶ》のジュニア収集員《しゅうしゅう》の男の子を照らしていた。ディランがその子を軽くつつくと、その子はハッとし、いきなり立ちあがった。

「あっ、来たんだ。いやあ、ごめんね。うちの部は昼間は閉鎖《へいさ》されてるんで、ふだん、この時間は寝《ね》てるんだよ。とにかく、ぼくが今夜……じゃなくて、今日のきみたちのガイドだよ。行き先はわかってるよね？」

「底なし穴《あな》です」とあたしが答えると、ジュニア収集員《しゅうしゅういん》の子はうなずいた。

「だよね。もろもろの未解明事象は、U字型のホールの右側にならんでるよ。じゃあ、ついてきて」

「あの、お名前は？　教えてくれないんですか？」とディランがたずねると、その子はふりかえった。

「うん。ついでに言うと、質問にはいっさい答えないから。ここは未解明の専門部署《せんもんぶしょ》だから、解明するわけにはいかないんだ。わかるよね？」

ジュニア収集員《しゅうしゅういん》に案内されて、メインホールに進んだ。ロビーより少し明るいけれど、うす暗いことに変わりはなく、スポットライトがついてきた。えんじ色のカーテンでふさがれた数多くの大きそうな部屋から、わずかに光がもれている。ある部屋のカーテンには、こんな札がかかっていた――『止めようのない力が固定された物にぶつかった場合に起こること』。ディランが近づこうとしたら、ジュニア収集員《しゅうしゅういん》はふりかえりもせずに注意した。

「そのカーテンに手をかけたら、失格だよ」

「ちらっとのぞくのも、だめですかね？」

「質問はなし」ジュニア収集員《しゅうしゅういん》はそっけなかった。

『バミューダ三角地帯の謎《なぞ》の原因』、『パラレルワールドへのワームホール』、『にわとりと卵《たまご》のジレンマの由来』といった札がつづき、ようやく『底なし穴《あな》』という札のかかったカーテンがあらわれた。そのカーテンを通りぬけると、床《ゆか》の真ん中にどうってことのない石積みの井戸がひとつあるだけだった。ひょうしぬけし、身を乗りだして井戸をのぞいてみたら真っ暗だ。そのとき、ジュニア収集員《しゅうしゅういん》に声をかけられた。

「気をつけて。落ちたら、ぜったい助けだせないよ。永遠に、ひたすら落ちていくだけだから」

あたしもディランも、井戸のまわりを数えきれないくらい回った。底なし穴《あな》の底に行けだなんて、底がないのにどうやって？　落ちたらどうなるか調べようと、ディランがためしに硬貨《こうか》を一枚《まい》、井戸に落としてみたところ、いつまでたっても硬貨《こうか》が底にぶつかる音はしなかった。

「ディラン、どうする？」

「お手上げだよ」

暑くて汗《あせ》がふきだしてきた。ディランも顔の汗《あせ》を袖《そで》でしきりにぬぐっている。ほかのペアが次々《つぎつぎ》と宝探《たからさが》しを終え、フィナーレへの切符《きっぷ》を手に入れるんじゃないかと、つい悪い想像をしてしまう。

「この部屋、エアコンはないんですか？」

たまらなくなってたずねたら、ジュニア収集員《しゅうしゅういん》がビクッとした。

「あれ、いま、ビクッとしましたよね？」

重ねて声をかけると、ジュニア収集員《しゅうしゅういん》は首を横にふった。

「そ、そんなこと、ないよ」

「アマリ、ぼくも見たよ。きっとエアコンとなにか関係があるんだ」

ディランも、額の汗《あせ》をぬぐいながら言う。

「うーん……エアコンが底なし穴《あな》と、どう関係があるんだろ？」

あたしは天井に目をこらし、壁《かべ》を見つめ、最後に床《ゆか》を見て気づいた。

「あっ、通風孔《つうふうこう》！」

「だから？」

ディランが、いぶかしげに片方《かたほう》のまゆをつりあげる。

「ディラン、考えてみて。このエアコンは、わざと切ってあるのよ」

「……そうか！　無風の通風孔《つうふうこう》からおりろってことか」

「たぶん。空調ダクトのどれかが底なし穴《あな》の底までのびている可能性って、ありかな?」

ディランといっしょに腹《はら》ばいになって通風孔《つうふうこう》をのぞいた瞬間《しゅんかん》、ありだとわかった。パネルのねじが、すべてはずしてある! ディランが通風孔《つうふうこう》のパネルをはずすと、金属製の幅《はば》広《ひろ》のダクトがカーブして、見えない先へとのびていた。

「アマリ、きみのほうが小がらだから、たぶんヒントに早くたどりつけるよ」

あたしはうなずいて、ダクトの中に飛びおりた。

「ディラン、真っ暗なんだけど。どっちに進めばいいか、わかんない」

「アマリ、ちょっと待ってて。ぼくが井戸まで行って、中に向かって叫《さけ》ぶよ。声が聞こえるかどうか、教えて」

数秒後、遠くからかすかに「おーい」というディランの声が聞こえてきた。ディランがもどってくる。

「アマリ、聞こえた?」

「うん、聞こえた。ディラン、叫《さけ》びつづけて」

ディランはまた井戸へと移動し、あたしはダクトの中をはって進みはじめた。真っ暗で少しこわいけど、ディランの声に全神経を集中する。ディランの声をたよりにダクトをはって進み、角を曲がり、また曲がったら、うす明かりが灯《とも》っていた。ミニサイズの懐中電《かいちゅうでん》灯がひとつ、上に向けられている。近づくと、ダクトの天井に一枚《まい》の写真がテープで貼《は》りつけてあるのがわかった。船体がかたむいて滝《たき》へ落ちかけている、一隻《せき》の人きな海賊船《かいぞくせん》の写真みたいだ。なにか書いてあるかと思って裏《うら》がえしたが、裏《うら》は白紙だった。なにこれ？　どういうこと？

ディランを呼《よ》びよせ、とりあえずミニ懐中電灯《かいちゅう》をつかんで、来た道を引きかえした。ディランも表を見つめてから、裏《うら》がえしている。

「ディラン、写真だけみたいだよ」

「これは、地球のはしの写真……だよな」

「地球のはしって……えっとね、あたしの知るかぎり、地球は丸いよ。はしなんて、ないんだけど」

「いや、あることはあるんだよ。人目につかない、秘密《ひみつ》の場所に……」

あたしはディランと顔を見合わせ、同時に言った。

「秘所部《ひしょぶ》だ！」

ふたりでエレベーターまでダッシュして乗りこんだ。エレベーターのルーシーがクックッと笑う声がする。

「よほど私《わたし》に乗りたいようですねえ。で、どちらに行きます？」

ルーシーは高速で地下トンネルまで下りてくれ、あたしたちは〈秘所部《ひしょぶ》はこちら（かも？）〉というネオンサインがかかったトンネルへ飛びこんだ。

最終地点が〈秘所部《ひしょぶ》〉となる最大のメリットは、〈秘所部《ひしょぶ》〉を探《さが》しだすコツが『超常現《ちょうじょうげん》象局《しょうきょく》のまるごとすべて』に書いてあること。どのページに書いてあったかまで覚えている。二百九十ページだ。

トンネルが暗くなっていっても、あたしたちは両手を頭上にあげていた。すると大きなボタンがひとつ、指先をかすめた。その瞬間《しゅんかん》、あたしは飛びあがって、ボタンをしっかりとおした。と、急に足もとの床《ゆか》が振動《しんどう》してせりあがり、天井を通りぬけ、〈秘所部《ひしょぶ》〉のロビーに到着《とうちゃく》した。ロビーの壁《かべ》には失われた都市の巨大《きょだい》な絵画がずらりとならび、シャングリラ、アバロン、シャンバラといった都市名の札がついている。

あたしもディランも、小さな机《つくえ》のとなりに立っていた捜査官《そうさかん》のもとへ走った。その女性捜査官《そうさかん》は、あたしたちを見て言った。

「はい、上出来！　すべてのヒントをちゃんとクリアして、フィナーレへの切符《きっぷ》を手に入れたわね。ただ正直に言うと、今年の記録は去年の記録よりかなり早くて違和感《いわかん》があるの。ううん、あやしいどころじゃない。あなたたち、今回の適性検査について、事前になにか聞いていた？　不正行為《こうい》は許されないわよ」

あたしはディランと顔を見合わせた。事前に聞いていたのは、まちがいない。だからこそ、『超常現象局《ちょうじょうげんしょうきょく》のまるごとすべて』を勉強すればいいとわかったのだ。疑《うたが》われてるのに、ごまかしきれる？　相手は捜査《そうさ》のプロだ。あたしがこんな形で、お兄ちゃんの名誉《めいよ》を台無しにするなんて。妹のあたしが不正を働いただけでもはじなのに、ウソを重ねることではじの上ぬりをするわけにはいかない。

「良かったわ、不正行為《こうい》をしてないなら――」

女性捜査官《そうさかん》が笑みをうかべて言いかけたが、あたしはとちゅうでさえぎった。

「待ってください。あたしたち、たしかに事前に聞いてました」

「悪いのは、ぼくです。今回の適性検査では超常現象局《ちょうじょうげんしょうきょく》に関する知識をためされるって聞いたんで、アマリにそう教えたんです」

ディランがビクッとし、がっくりとうなだれて言う。

「でもあたしはディランに、事前に聞いたことを報告しろとは言いませんでした。必死に準備したのも事実です」

女性捜査官《そうさかん》はむずかしい顔をして、腕《うで》を組んだ。

「あなたたちには、失望したわ。エリートバッジをつけていながら不正行為《こうい》に手を染《そ》めるなんて、不名誉《ふめいよ》もいいところよ。あなたたちは、残念ながら……はい、合格！　ふたりとも正式に第二の適性検査に合格よ。超常捜査部《ちょうじょうそうさぶ》の未来の捜査官《そうさかん》にふさわしい誠実《せいじつ》さと正直さを見せてくれたわね」

「えっと……あのう……合格なんですか？　不正を働いたのに？」

あたしは、女性捜査官《そうさかん》の言葉の意味がすぐにはわからなかった。女性捜査官《そうさかん》がくすくすと笑う。

「ふふっ、あの情報はわざともらしたの。今回の適性検査は、ヒントを解読する能力はもちろんだけど、それ以上に、正直でいるのが一番きびしい状況《じょうきょう》でも正直かどうかを見きわめるテストだった。捜査官《そうさかん》は、超常体《ちょうじょうたい》から信用してもらわないと仕事にならないもの。もちろん、仲間の捜査官《そうさかん》からもね」

女性捜査官《そうさかん》は机《つくえ》の下からフィナーレへの招待状を二枚《まい》とりだし、あたしたちに手渡《てわた》した。あたしもディランもエレベーターにもどって乗りこむまで、声をあげて笑いつづけた。

「アマリ、やったな！　とうとうフィナーレにたどりついたぞ！」

「ヴァンクイッシュをとりもどすチャンスはまだあるってことだよね」

あたしはエレベーターの壁《かべ》に頭をもたせかけ、目を閉《と》じた。

「うん。姉さんとクイントンなら、きっとよくがんばったなってほめてくれるよ」

あたしは感極まって言葉につまり、涙《なみだ》を流しながら、だまってうなずいた。ディランがあたしの手をにぎってくれる。あたしたちは手をつないだまま、しばらく立っていた。

# 26

## 特《とく》別《べつ》捜《そう》査《さ》官《かん》の秘《ひ》密《みつ》

その日の晩《ばん》、ジュニア捜《そう》査《さ》官《かん》の訓練生は、超常捜査部《ちょうじょうそうさぶ》のロビーに呼《よ》びだされた。ロビーにあらわれたのは、なぜか六名だけだった。あたしとディランのほかに、ブライアン・リーと相棒《あいぼう》の男子ペアと、ララの取り巻《ま》きの女子ペアだ。ララとキルステンはいなかった。

男子のおしゃべりによると、ララとキルステンは適性検査をみごと一位でクリアしたが、事前に情報を得ていたことを告白せず、その場で不合格を告げられ、ララはすさまじいかんしゃくを起こしたようだ。フィオーナ捜《そう》査《さ》官《かん》が問《もん》題《だい》視《し》した場合、ララは来年の適性検査の再受験を認《みと》められない可能性があるらしい。マグナス捜《そう》査《さ》官《かん》がディランをわきに連れだして、なにか話していたのは、そのせいかも。もしララが本当に不合格だったなら、ディランはあたしと組んだことをくやんでいるにちがいない。

あたしたちがロビーに集まると、フィオーナ捜《そう》査《さ》官《かん》が両手をあげて言った。

「みんな、おめでとう！　あなたたち六人は、すでに最優秀《さいゆうしゅう》だと認《みと》められた。でも満足しているひまはないわよ。フィナーレまで、あと七日間しかない。でも、ここまでたどりついたごほうびがあってもいいんじゃない？　そこで、みんなに自由をあげるわ。フィナーレまでの一週間は、好きなように使って。言っておくけど、フィナーレで問われるのは、超常界《ちょうじょうかい》の知識と、スカイスプリントとスタンスティックを使った実戦能力と、超常力《ちょうじょうりょく》を管理する能力よ。のこり一週間で、一番苦手な分野の能力をみがきなさい。

フィナーレの三つの分野で最高のスコアをたたきだした四名は、晴れてジュニア捜査官《そうさかん》のバッジを獲得《かくとく》し、キャンプの最後の一か月間、先輩捜査官《せんぱいそうさかん》の下について指導を受けることになる。実際に外に出て、捜査官《そうさかん》の仕事について学べるわよ！」

そのとき、女子のひとりがすっと手をあげた。

「はい、なにかしら？」

その女子がこっちを向き、あたしを指さして言った。

「わたしたちは超常力《ちょうじょうりょく》をデモンストレーションしなくちゃいけないのに、アマリだけ免除《めんじょ》というのは不公平だと思います」

「アマリについてはどうするか、これから決めるわ」

フィオーナ捜査官《そうさかん》が、あたしのほうをちらっと見て言う。すると今度はブライアン・リーが声をあげた。

「アマリは、適性検査の最中に魔術《まじゅつ》を使ったって聞きました。それって違反《いはん》じゃないんですか？」

「アマリは担当《たんとう》の監督官《かんとくかん》の許可を得たうえで使った。ほめられた話じゃないけど、行動の許容範囲《はんい》については監督官《かんとくかん》の指示をあおぐのがルールよ」

「そんなの、特別待遇《たいぐう》じゃないですか。アマリは失格にして、かわりにララを合格させるべきです」

ブライアン・リーがすかさず言いかえし、ほかの訓練生たちも、そうだそうだとうなずいている。フィオーナ捜査官《そうさかん》が全員に言った。

「最終判断を下すのは、あなたたちじゃないでしょ。じゃあ、解散」

訓練生たちは、いっせいにエレベーターのほうへ向かっていった。女子組のふたりが、あたしを思いきりにらみつけてくる。

ディランにララについてくわしく聞きたかったけど、ディランはフィオーナ捜査官《そうさかん》について超常捜査部《ちょうじょうそうさぶ》の中に入り、部長専用《せんよう》マンションへ引きあげてしまった。ララの高飛車な取り巻《ま》きは大きらいだけど、言っていることはまちがってない。あたしだけフィナーレのデモンストレーションを免除《めんじょ》というのは、たしかに不公平だ。

じつはあたしは、デモンストレーションで幻想術《げんそうじゅつ》を見せたいと思っている。二週間も練習してきたので、その成果を見せたい。でも、みんなの前で魔術《まじゅつ》をやらせてもらえる？

「うわあ、食堂にこんなに人がいるなんて、初めてじゃない？」

食堂でエルシーといっしょに席につきながら、あたしはそう言わずにはいられなかった。

サマーキャンプが始まったころに比べれば、訓練生の数はかなり減ったけど、その分、いろいろな家庭教師とコーチが食堂につめかけていた。生徒ひとりにつき大人が五人ほどついていて、フィナーレの準備を手伝っている。大人は、引退《いんたい》した局員ばかり。なるほど、だからジュニア捜査官《そうさかん》の席はレガシーの子たちに独占《どくせん》されるのか。たとえ第一と第二の適性検査を切りぬけられても、引退《いんたい》した局員のチームがついているレガシーの子たちと、まともに張りあって勝てる？

「親が金に物を言わせて、子どもに局の席を買うようなものよ。ま、これまでもずーっとそうなんだけど」エルシーが顔をしかめて言った。

「でもさあ、エルシーは、大人の助けなんてなくても心配ないよね」

そう、ぜんぜん心配ない。エルシーは、第二の適性検査で目覚ましい成果をあげた。ジュニア研究員の訓練生は鍵《かぎ》のかかった部屋にすわり、七つの難問《なんもん》を解くという課題をあたえられた。最後の難問《なんもん》を解けば部屋を開ける鍵《かぎ》が手に入るしかけになっていて、十六番目にドアをあけた生徒までがフィナーレに進める。なんとエルシーはたった十五分で全問を解き終え、フィナーレへの切符《きっぷ》をまっさきに手に入れていた。

「アマリだって心配ないわよ。アマリはぜったいジュニア捜査官《そうさかん》になれるわ」と、エルシーがきっぱりと言う。

そのときディランがランチを持って、あたしたちのテーブルにすわった。あたしは、ディランに声をかけた。

「ララのこと、残念だったね」

ララが第二の適性検査で落ちたとわかったあと、ディランと口をきくチャンスがなかった。黒本の鍵主《かぎぬし》についての情報も、まだディランに話していない。とはいえ、いま、その話題を持ちだすのは気がひける。

「うん。あいつ、めちゃくちゃ怒《おこ》ってる。父さんもララの言い分をうのみにして、ララと組まなかったぼくが悪いって言ってるよ」

あたしはララと仲が悪いけど、やはり後ろめたくて、胸《むね》が苦しくなった。なんといってもララは、ディランの双子《ふたご》なのだ。

ディランが、さらになにか言おうとした。けれどそのとき、ララと取り巻《ま》き連中がゲラゲラと笑いながらあたしたちのテーブルをとりかこんだので、ディランの声はかき消されてしまった。ノートパソコンを持っているララが言った。

「ほーら、見てよ。アマリ・ピーターズ、経済的《けいざいてき》に恵《めぐ》まれない生徒を対象とした奨学金《しょうがくきん》受給者だって。あらま、ほーんと、お気の毒」

「アマリにちょっかいを出すな」とディランがたしなめると、ララはディランをにらみつけた。

「はあ、アマリにちょっかいを出すな？　本番は、これからなんだけど」

ララはパソコンのほうへ顔を近づけて、つづけた。

「腐《くさ》った町から逃《に》げだせても、腐《くさ》った本性は消せないみたい。見てよ、前の学校で、生活指導をこーんなにたくさん受けてる！」

「それ、どこから手に入れたのよ？」

あたしは怒《いか》りのあまり、体をふるわせながら立ちあがった。

ララはあたしを見てから、ディランを見て、答えた。

「パパがノートパソコンをおきっぱなしにしてたの。期待の星の非行少女について、いろいろ知りたかったたみたーい」

「やめろよ！」

ディランが立ちあがり、ララからノートパソコンをひったくった。

「なにすんのよ！」

ララが金切り声で言い、ディランのランチの皿をつかみ、ディランの頭にパスタをぶちまけようとする。

「ストップ！」と、あたしは叫《さけ》んだ。

と、幻想《げんそう》アマリがゆらめきながらあらわれ、パスタの皿を宙《ちゅう》でつかんでストップした。

幻想《げんそう》アマリが肩《かた》ごしにあたしのほうを見て、ウインクする。

周囲に集まっていた大勢の生徒が、いっせいに息をのむ音がした。あたしは、いつのまにか前に出ていた自分の手をひたすら見つめた。これって、本当にいま、あたしがやったの？　ためしに手を軽くふると、なんと幻想《げんそう》アマリはパスタの皿をララの顔におしつけた。

あっちゃー！

食堂にいた生徒たちがそろってララを指さし、声を上げて笑う。幻想《げんそう》アマリはパッと消え、エルシーがあわててテーブルを回って、あたしのそばに来た。

「覚えてなさいよ！」と、ララがどなる。あたしはギクッとした。でも、もう逃《に》げたりしない。

「そっちこそ、あたしやあたしの友だちにちょっかいを出したら、次はこんなものじゃすまないわよ！」と言いかえしたら、ララは体をこわばらせ、急に不安な表情になった。こんな目にあわされた直後だし、あたしに魔術《まじゅつ》でなにができるか、ララにはわかりようがない。いま、大勢の見物人の前で、あたしに挑《いど》んだりしないはず。そう判断し、エルシーの手をつかんで、エレベーターホールのほうへ向かった。ディランはララをなだめるために食堂にのこるらしい。

エルシーといっしょにエレベーターに乗ったとたん、ほっとして息を吐《は》きだした。エルシーがかなりとまどった表情で、こっちを見つめている。

「あのね、アマリ、さっきのパスタのあれって……幻想《げんそう》のアマリにあんなことができるなんて、知らなかった」

「うん、あたしも、知らなかったよ」

あたしはおどろきをこめて、自分の手をじっと見つめた。


超常現象局《ちょうじょうげんしょうきょく》の図書室は、何度行ってもぜんぜん飽《あ》きない。それには理由が三つある。

第一の理由は、とにかくかっこいいから。床《ゆか》も天井も書棚《しょだな》の間の柱までもが本でできているし、コンピューターのカタログに本の題名を入力すれば、「左に三歩進んで、下を見てください」とか「シダに一番近い柱をとちゅうまで上ってください」といったユニークな指示が表示される。

第二の理由は、ジュニア捜査官《そうさかん》になるために必要な資料のほかにも、おもしろそうな本がどっさりあるから。

そして第三の理由は、司書のミセス・ベルがいるからだ。ミセス・ベルは、相手の顔を見ただけで読みたいと思っている本がわかるという才能がある。

エルシーといっしょにカウンターに行ったら、ミセス・ベルがいてくれたので、うれしくなった。ほかの司書はたいていカウンターから三メートルくらい下がって話しかけてくるか、急にいそがしくなったふりをしてあたしを完全に無視《むし》するか、どちらかだ。

ミセス・ベルはぶあついメガネをかけなおし、ほほえみかけてきた。

「そうねえ、今日読みたいのは……また保管所にある古いニュース雑誌《ざっし》かしら？」

「いえ、今日は古いものじゃないです。兄について書いてある新しい雑誌《ざっし》が入っていませんか？」

「今朝、ゴシップ誌《し》の束が届《とど》いたところよ。まあ、情報の信頼度《しんらいど》は落ちるけど、一番役に立つ情報は不確かな情報源《じょうほうげん》から得られることもある。大物捜査官《そうさかん》になったら、そのことを覚えておくといいわよ」

あたしはおかしくてハハッと笑ったけど、エルシーはあきれ顔で大まじめに反論《はんろん》した。

「まともな研究員は、あやしげなうわさではなく、事実を重視《じゅうし》するんです。ゴシップ誌《し》がフィクションの棚《たな》にあるのには、それなりの理由があるんです」

「まあ、気が変わって、ちょっとしたうわさを調べたくなったら、フィクションコーナーのコンピューターカタログはすぐそこにあるから使ってみて」

ミセス・ベルはくすくすと笑いながら言った。

あたしはいやがるエルシーを無視《むし》して、フィクションコーナーのコンピューターカタログにまっすぐ向かった。調べたところで、なにが悪い？　お兄ちゃんに関する雑誌《ざっし》や本は、ほぼすべてに目をとおしたし。コンピューターに〈クイントン・ピーターズ〉と入力すると画面にリストが表示され、ある見出しが目にとまった――〈うわさとゴシップ：著名捜《ちょめいそう》

きた。

「ちょっとエルシー、見てよこれ！　どう思う？」と声をかけたら、エルシーが近づいてきた。

「んもう、アマリったら、雑誌《ざっし》のうわさ話なんて、あてにならないわよ」

ところがその見出しを見たとたん、大きく目を見ひらいた。「あっ、『うわさとゴシップ』誌《し》なら、聞いたことある！　うちのお手伝いさんたちが信頼《しんらい》してるの。そうねえ、どうせなら、徹底的《てっていてき》に調べたほうがいいかも……」

あたしもエルシーもニヤリとして、調べることにした。コンピューターによると、『うわさとゴシップ』はあたしたちのすぐ上にあるらしい。その言葉どおり上を見ると、天井から『うわさとゴシップ』が落ちてきて、あたしの腕《うで》の中にきれいにおさまった。興奮《こうふん》して、全身がゾクゾクする。

エルシーといっしょに反対側のはしにある自習室に行って席につき、さっそく『うわさとゴシップ』を開いてみた。中身はたったの二ページで、目次の次はなぜか空白のページだ。目次はというと――。

『マダム・デュボア、ライバルから盗作《とうさく》だと非難《ひなん》され、前途《ぜんと》はバラ色とならず
万里の長城、なぜかまたしても、一晩《ひとばん》で十メートルのびる
ドワーフたち、ゴールデン・シティはただの金メッキ、とマーリンに侮辱《ぶじょく》される

アメリカの新大統領、超常界《ちょうじょうかい》の初の説明会で気絶する著名捜査官《ちょめいそうさかん》の胸中《きょうちゅう》の秘密《ひみつ》、永遠に秘匿《ひとく》される可能性も』

「アマリ、この雑誌《ざっし》、なにかしかけがあるのよ」とエルシーが言うので、雑誌《ざっし》を横にしたり、逆さまにしたりした。暗闇《くらやみ》の中で文字が光るのかもと、照明を消してもみた。

「もう、いったいどうすりゃ読めるのよ？」

いらいらして愚痴《ぐち》をこぼしたら、太くて低い声が返ってきた。

「私《わたし》に質問すればいいのだよ」

エルシーもあたしもびっくりし、穴《あな》のあくほど雑誌《ざっし》を見つめた。たったいま、雑誌《ざっし》がしゃべった！

「アマリ、ためしに質問してみるわね。マダム・デュボアの盗作《とうさく》について、なにを知ってますか？」

すると空白のページに、マダム・デュボアの淡《あわ》い緑色の顔とバラの花びらのポニーテールがパッとあらわれた。そのとなりには、真っ黄色の頭皮からデイジーのように白い花びらが飛びだした、はるかに若《わか》い女性の顔もある。太くて低いひそひそ声が聞こえてきた。

「ちょっとちょっと、聞いておくれ。エバーツリー・ファッションショーで、マダム・デュボアと、デュボアのチーフデザイナーだったビビ・ラブームが、それぞれ半透明《はんとうめい》の幽霊《ゆうれい》コレクションを発表したが、それがそっくりだったから、さあ大変。

最近デュボアの人気が復活したのは自分のおかげ、と前々《まえまえ》から主張し、あっさり解雇《かいこ》されたラブームは、デュボアがラブームのチームにスパイをもぐりこませたとデュボアを非《ひ》難《なん》。対するデュボアは、ラブームを解雇《かいこ》したのは「能なし」だからで、ラブームの非難《ひなん》を「ばかばかしい」とみごとに一蹴《いっしゅう》。ところが、なんとふたりは、デュボアの広大な森の中のお屋敷《やしき》で、今回の騒《さわ》ぎについて笑いあっているのを目撃《もくげき》された。すべては、じつは売名行為《こうい》？　ただし我々《われわれ》から聞いたことは、どうかご内密《ないみつ》に……」

「ワーオ、スキャンダルね！」

エルシーが、すわったまま体をはずませる。あたしはニヤニヤしながら目次にもどり、また空白のページを開いて、言った。

「じゃあ、著名捜査官《ちょめいそうさかん》の胸中《きょうちゅう》の秘密《ひみつ》について、教えてもらえませんか？」

「もちろん」と雑誌《ざっし》が答え、空白のページにマグナス捜査官《そうさかん》の姿《すがた》がパッとあらわれた。

「ちょっとちょっと、聞いておくれ。特別捜査官《とくべつそうさかん》のクイントン・ピーターズは、ご存《ぞん》じのとおり、ヴァンクイッシュのひとりとして大活躍《かつやく》。ヴァンクイッシュはいまも行方不明だが、この件について超常現象局《ちょうじょうげんしょうきょく》は口をかたく閉《と》ざしたままだ。しかし、もしかしたらそれは、クイントンの功績を守るためかもしれない。

捜査官《そうさかん》は命の危険《きけん》にさらされると、ならわしとして別れのブリーフケースを作り、それを愛する相手のもとへ配達させる。クイントン・ピーターズが別れのブリーフケースで妹のアマリ・ピーターズに超常現象局《ちょうじょうげんしょうきょく》への切符《きっぷ》をわたしたのは、じつに感動的だ。

しかしここで、ある疑問《ぎもん》が生じる。じつはクイントン・ピーターズは、マグナス捜査官《そうさかん》に〝第二の別れのブリーフケース〟をあずけていたのだ。著名捜査官《ちょめいそうさかん》に、なぜ〝第二の別れのブリーフケース〟が必要だったのか？　クイントンがそこまで必死にかくそうとした秘密《ひみつ》とはなにか？　もし第二のブリーフケースを開く条件が整わなかったら、その秘密《ひみつ》が表に出ることはたぶん永遠にない。ただし我々《われわれ》から聞いたことは、どうかご内密《ないみつ》に……」

あたしはいきおいよく雑誌《ざっし》を閉《と》じて、椅子《いす》から飛びおり、ドアへと向かった。

「アマリ、どこへ行くの？」

「情報を取りに行く」


あたしは、マグナス捜査官《そうさかん》のオフィスのドアを思いきり強くノックした。

「ちょっとアマリ、こんなにおそい時間にいいの？」と、エルシーがまた言う。これで五度目だ。

「だって、どうしても知りたいんだもの」

そう答えて、またノックすると、中で人が動く気配がし、マグナス捜査官《そうさかん》がドアをほんの少し開けた。

「なんの用だ？」

「兄の第二のブリーフケースを持ってますよね」

ずばり切りだしたら、マグナス捜査官《そうさかん》はドアをもう少し開けた。

「おい、どこから聞いた?」

「『うわさとゴシップ』誌《し》です」

「クソッ、ゴシップ誌《し》め。ああいうのは苦手だ」

「それで? 持ってるんですよね?」

「とにかく中に入って、ドアを閉《し》めろ」

「友だちのエルシーもいっしょにいいですか? 会ったことありますよね。どうせあとで全部話しますし」

「わたし、口はかたいんです。約束します」

すかさずエルシーが胸《むね》に十字を切って誓《ちか》いながら言う。

「ああ、もう、わかったから入れ。まったく最近は、極秘情報《ごくひじょうほう》がダダもれだな」

マグナス捜査官《そうさかん》のオフィスは、一本の木を分解して作ったのかと思うほど、なにもかもが木でできていた。数々《かずかず》の勲章《くんしょう》のとなりには、ヴァンクイッシュと撮《と》った大きな写真が飾《かざ》ってある。机《つくえ》の前に椅子《いす》が二脚《きゃく》あったので、あたしとエルシーはそこにすわった。

「まあ、たしかに、おれが持っているかもしれない。でも、それがなんだって言うんだ?」

「中身はなんですか? 兄はなぜ、もうひとつ、別れのブリーフケースが必要だったんですか？」

あたしは身を乗りだした。

「じつはそれなんだがな。中身までは知らないんだ。見当はついているが、確実なことはわからない」

「まだ開けてないってことですか？」

「開けることは想定されてないんだよ。クイントンは、だれの名前も書かなかった。おれに、かくしておいてくれとたのんできただけだ。中身はけっして表に出てはならないものだから、となし」

あたしはエルシーと顔を見合わせてから、質問した。

「ブリーフケースの中身は、兄をトラブルに巻《ま》きこむものだと思いますか？」

「そりゃまた、ずいぶんと妙《みょう》な質問だな。なにを知ってる？」

マグナス捜査官《そうさかん》があごひげをなでながら言う。

あたしは、またエルシーと目を合わせた。あたしたちの情報を伝える相手を、もしまちがえたら、そのときは――。

「アマリ、マグナス捜査官《そうさかん》はもう知ってる。オーラが赤みがかったオレンジ色だから。だれかを守っている色よ。ずっとクイントンを守ってきたんだと思う」

なるほど。だから、お兄ちゃんがなにをしていたかは知らない、と言い張ったのか。

「あたしたち、黒本のことは知ってます」

あたしは椅子《いす》の背《せ》にもたれて、つけくわえた。

「兄が黒鍵《くろかぎ》の鍵主《かぎぬし》の身もとをつきとめたことも知ってます。たぶん第二のブリーフケースには、鍵主《かぎぬし》の情報が入っているんだと思います」

「お、おい、どうして、そこまでわかったんだ？」

マグナス捜査官《そうさかん》は、すわったまま飛びあがった。

「話せば長くなります。ただ、兄が悲惨《ひさん》な結果になるとわかっていながら、黒鍵《くろかぎ》の鍵主《かぎぬし》をなぜ探《さが》したのかが、わからないんです」

「クイントンのしたことを、おれは良いとは思わない。だが、そうした理由はよくわかる。おれたちがモローを急襲《きゅうしゅう》したとき、モローはまちがいなく、かつての同志ウラジーミルを生き返らせようと画策《かくさく》していた。黒本には、それだけの威力《いりょく》があるらしい」

「モローの弟子が兄を拉致《らち》したのは、そのためなんですか？　兄に黒鍵《くろかぎ》の場所を吐《は》かせるために？」

あたしは確実なことを知りたくて、さらに質問した。

「まあ、それが最良のシナリオだろうな」

マグナス捜査官《そうさかん》は机《つくえ》を回ってこっちに来て、あたしの肩《かた》に手をおいて、つづけた。

「その場合、やつらは知っていることを聞きだすために、おまえの兄さんを生かしておくはずだ。もしクイントンがだんまりを決めこんだら、クイントンもマリアも、まだどこかで生きている可能性が高い」

ああ、お願いだから、生きていて。エルシーが声をあげた。

「黒本は、いまも局内の大金庫にしまってあるんですよね？　ぜったい、だれも手に入れられないんですよね？」

「ああ、まちがいない。大金庫は、超常界《ちょうじょうかい》で一番安全な場所だ」

マグナス捜査官《そうさかん》はそう言いきったが、あたしはもどかしくて、首を横にふった。

「そんなことが言えるのは、マグナス捜査官《そうさかん》もエルシーも、モローの顔を見てないから……。モローは、自分の計画が必ず実現すると自信満々《じしんまんまん》で……」

「だからこそ、モローの弟子を一刻《いっこく》も早くつかまえて、けりをつけないとな」と、マグナス捜査官《そうさかん》が言う。

お兄ちゃんがマリアを疑《うたが》っていたことを打ちあけようかと、一瞬《いっしゅん》思った。けれどそれでは、マリアをクロだと決めつけることになる。マリアがクロだとはっきりわかるまではシロだと思うと、あたしはディランに約束した。そこで、別のことを言った。

「あたしも力になりたい。兄を見つけだして、モローの弟子を裁《さば》きにかけてやりたいんです」

「あのなあ、クイントンは妹にこんな人生を送らせるつもりはなかったと思うぞ。とにかく、晴れてジュニア捜査官《そうさかん》になって、正式に局の一員になりさえすれば、きみはクイントンの所持品をすべて受けつげる。このブリーフケースも、厳密《げんみつ》にいえばきみの物になる。おそらくこのケースの中にあるのは、クイントンがねらわれる原因となった情報だ。言うまでもないが、クイントンがやろうとしていたことがうわさになったら、超常現象局《ちょうじょうげんしょうきょく》がどんな目にあうか、わかってるな」

マグナス捜査官《そうさかん》が、ため息をついて腕《うで》を組む。

「兄の秘密《ひみつ》は守ります。あたしの身の安全なんて、どうでもいい。ねらわれることになったって、かまいません」

「おれの警告《けいこく》を聞きながして、ジュニア捜査官《そうさかん》の訓練生になったときから、そんなこったろうと思ってたぜ。良いか悪いかはさておき、きみもクイントンと同じように熱い思いを秘《ひ》めている。こうと決めたら、てこでも動かない頑固《がんこ》さも、あいつにそっくりだ。まあ、きみの場合は何度か、挫折《ざせつ》しかけたが」

ジュニア捜査官《そうさかん》への道を二度、断念しかけたのは事実だ。それでも、あたしは重ねてうったえた。

「お願いです、手伝わせてください。あたしの魔術《まじゅつ》も、きっと役に立ちますから」

そのとき、マグナス捜査官《そうさかん》のベルトがふるえた。マグナス捜査官《そうさかん》がベルトから携帯電話《けいたいでんわ》をはずし、届《とど》いたメッセージを読んでから、あたしに言った。

「きみの魔術《まじゅつ》とやらは、このメッセージと関係あるのか？　ララ・ヴァン・ヘルシングの顔にパスタをおしつけたそうだが？」

「そ、それは、あの……あたしの目の前で、ララがディランにパスタをぶちまけようとしたから……つい、ブチ切れちゃって」あたしは真っ赤になった。

「ちょっとしたパスタ騒動《そうどう》でぎゃあぎゃあ騒《さわ》ぎたてるのは、あの小娘《こむすめ》ぐらいのもんだ。ありゃあ、生まれつきの生意気だからな」

マグナス捜査官《そうさかん》が、あきれたように鼻を鳴らす。

「じゃあ、あたし、ここから追いだされたりしないんですね？」

「まあ、苦情電話は、すぐにじゃんじゃんかかってくるだろうな。だがきみは局長のたのみをこころよく聞きいれて、モローと面会しただろ。その貸しを、局長から返してもらえばいい。それでなくても、状況《じょうきょう》はきみにかなり不利だ。超常捜査部《ちょうじょうそうさぶ》のヴァン・ヘルシング部長は、きみをジュニア捜査官《そうさかん》に昇格《しょうかく》させるなと、まわりじゅうからプレッシャーをかけられてるんだ。どうせ第二の適性検査で落第するって、だれもが高をくくってたのに、ところがどっこいフィナーレまでのこったもんで、あいつらピリピリしてやがる。超常現象《ちょうじょうげんしょう》局《きょく》に魔術師《まじゅつし》がたったひとりいるだけなのに、どいつもこいつもビビりやがって」

いままでだって、超常現象局《ちょうじょうげんしょうきょく》には何百年も、ヴァン・ヘルシングという名の魔術師《まじゅつし》たちが代々《だいだい》いたのに――。

「あたし、どうすればいいんですか？」

「きみにできるのは、全力をつくすことだけだ。とにかく、ケチをつけられないようにしろ。あとは、きみが公平なジャッジを受けられるように、おれができるかぎりのことはする。いいな、アマリ、わかったな？」

「はい。全力で見返してやります！」

27

# マダム・バイオレット

「ちょっと、アマリ、ウソでしょ?」その声にハッとして目を開けると、あたしたちがよく使う自習室の入り口に、エルシーが腰《こし》に手を当てて立っていた。「そんなきゅうくつな体勢で、よく眠《ねむ》れたわねえ」

「えっ、べつに……眠《ねむ》ってないし」

頭を起こしながら言いわけしたけど、本から顔を上げたら、ページによだれのあとがのこっていた。エルシーがとなりの席にすわって、さらに言った。

「あなた、ここ何日も休みなしで勉強してたでしょ。休みをとらなきゃダメよ。頭が爆発《ばくはつ》しちゃう」

「でもさあ、このリストの本をぜーんぶ、なにがなんでも読まないといけないんだよ。そのあとは、前に読んだ内容をおさらいしなくちゃ。だって、なーんにも思いだせないし」

「もう、アマリったら、べつに忘《わす》れたわけじゃないわよ。頭を休ませていないだけ。シュークリーム湯気が出るくらい、頭が加熱しちゃってるの!」

たしかに、エルシーの言うとおりかも。そもそも目の前にあるこの本の題名は、なんだっけ？　本をバタンと閉《と》じて、あくびをした。

「ふわぁ……いま、何時？」

「朝食の時間」

えーっ！　びっくりしすぎて、口をあんぐりと開けてしまった。

「まさか！　エルシー、悪いじょうだんはやめてよ」

「まさかはこっちよ。アマリはね、一晩中《ひとばんじゅう》、本に顔をつっこんで眠《ねむ》ってたの」

あたしは、首をさすってうめいた。

「そっか、だからこんなに首がガチガチに……ちょっと待った！　日付が変わったなら、ディランと体育館で待ち合わせだよ！　ヘルシング家のテクニックを練習する最後のチャンスなの。スタンスティックのヘルシング流の型があってね。お兄ちゃんはマリアから教わったんだって。それを、あたしも――」

「ちょっと、アマリ！　ヘルシング流の型なら知ってるわよ。でもその前に、部屋にもどって寝《ね》たほうがいいって。ディランには、少しおくれるってわたしが言っとくから。あと、歯もみがいたら？」

エルシーがこれみよがしに鼻をつまむ。あたしは口を手でおさえて、あやまった。

「あっ、ごめん。わかった、寝《ね》るよ。あたし、エルシーさえいてくれれば、ほかに友だちなんていらないや」

ディランといっしょに体育館に行ったら、ドアに巨大《きょだい》な嘆願書《たんがんしょ》が貼《は》ってあった。あたしをフィナーレに参加させないでくれという内容で、由緒《ゆいしょ》あるレガシーの家の親たちの名前がずらりとならんでいる。大多数は超常捜査部《ちょうじょうそうさぶ》に所属していない人たちだけど、超常現象《ちょうじょうげんしょう》局《きょく》の局員ではあるらしく、名前といっしょに肩書《かたがき》が書いてある。

「ディラン、今日は別の場所で練習する？」

「いや、ここでどうどうと練習してやろう」

ディランはそう言って、嘆願書《たんがんしょ》が貼《は》られたドアをおしあけた。

「本当にいいの？　あたしのせいで、ディランまで責められることになるんだよ？」

「かまわないよ。ぼくたちは第二のヴァンクイッシュなんだから。な？」

「うん、わかった。やろう」あたしは深呼吸《しんこきゅう》して、答えた。

ヘルシング・テクニックはむずかしいけれど、基礎《きそ》テクニックだけマスターすれば実戦を勝ちぬけると、ディランはきっぱり言いきった。ディランと見たすべてのビデオで、お兄ちゃんとマリアはこのテクニックを楽々《らくらく》とこなし、天井から逆さまにぶら下がった状態でも成功させていた。だからこそ、お兄ちゃんとマリアは人食い鍾乳石《しょうにゅうせき》もへっちゃらだったのだ。あたしたちはつかれきって、マットから起きあがれなくなるまで、練習した。

お兄ちゃんが鍵主《かぎぬし》の正体をつきとめたことを、まだディランに打ちあけていない。マリアはうらぎり者かも、という話をして以来、ディランとはなんとなく気まずくなっていた。でも鍵主《かぎぬし》の正体をつかむチャンスが見えてきたから、あと一歩で大発見につながる気がする。ディランとは、情報をつかんだら必ず教えあおう、と約束したし――。

「あのね、ディラン、大切な話があるの」

そう声をかけたら、ディランが起きあがった。

「えっ、なに？」

あたしも起きあがって、いままでにわかったことをすべて打ちあけた。

「アマリ、大ヒットだ！　もし超常現象局《ちょうじょうげんしょうきょく》が先に鍵主《かぎぬし》にたどりつけたら、モローの弟子に罠《わな》をしかけられる。これで、クイントンと姉さんをとりもどせるかもしれないぞ！」

「ただね、ひとつだけ問題があるの。お兄ちゃんの第二の別れのブリーフケースを受けつぐには、あたしがジュニア捜査官《そうさかん》になるのが条件なの。でも、あたしをフィナーレに参加させるなって、あんなに大勢の人が嘆願《たんがん》してるし……」

「アマリ、やるしかないだろ。きみには局の一員になる資格があることを、フィナーレでやつらに見せつけてやれよ」

「でも、どうやって？　舞台《ぶたい》で魔術《まじゅつ》のデモンストレーションなんて、やらせてもらえるわけないし」

「ぼくの時間を使えばいい」

「えっ、どういうこと？」

「ぼくの名前が呼《よ》ばれたら、かわりにアマリが舞台《ぶたい》に上がればいい」

「ちょ、ちょっと、本気？　あたしもディランも、とんでもない目にあうよ」

けれどディランは、声を上げて笑いとばした。

「ララにつづいて、ぼくまで落第するなんて、うちの父さんがだまって見てると思う？　それにさ、もしアマリがデモンストレーションをやらないなら、父さんにきみを落とす口実をあたえることになるんだよ。きみはフィナーレの要件を満たさなかったって言えばいいんだから」

「うーん、どうなんだろ。マグナス捜査官《そうさかん》は、力になるって言ってくれたけど……」

「マグナス捜査官《そうさかん》がきみのために同情票を買うのと、きみ自身が舞台《ぶたい》に上がって持ち時間を使うのと、どっちがいいと思う？」

不安と興奮《こうふん》がいりまじり、あたしの心をよぎっていく。

「あたし……舞台《ぶたい》に上がる資格は……あるよね」

「アマリ、きみなら魔術《まじゅつ》をどんなふうにデモンストレーションする？」

ディランはしたり顔でニヤッとし、晴れ晴れとした表情をうかべた。

＊

エルシーがやけに上機嫌《じょうきげん》で寮《りょう》の部屋に走りこんできた。いきおいよくやってきて、あたしのベッドのはしにドスンとすわる。あたしは読書リストの中の一冊《さつ》をかかえて、読んでいるところだ。

「ねえねえ、アマリ、まさか一日中、勉強する気じゃないわよねえ」

「あたし、だれかさんとちがって、天才じゃないんだよねー」

ページをめくりながらそう答えると、エルシーがあごをつんと上げた。きっとどこかで読んだ情報を披露《ひろう》する気だ。

「いい、アマリ、研究によると、大事なテストの前の一夜づけは、一日休むのよりもかえって良くないんですって」

「一夜づけじゃないって。リストの最後の本を読んでるだけ」

あたしが本から顔を上げずに言うと、エルシーはため息をついた。

「はいはい。勉強したければどうぞ。でも、今夜はあけておくって約束して」

ん？　あたしは気になって、片方《かたほう》のまゆをつりあげた。

「なんで？　エルシー、今夜、なにかあるの？」

「いいから約束して。ね？」

「なにがあるか、言ってくれないんだ」

「うん。だって、サプライズだもん。いっしょに行くって約束して。アマリ、いいでしょ？　すっごく楽しいから」

「でもさあ、まだお兄ちゃんの行方がわからないのに、あたしひとり遊ぶなんて、気が引けるんだけど」

「アマリはずーっと、めちゃくちゃがんばってきたじゃない。それにね、アマリがジュニア捜査官《そうさかん》になったら、マグナス捜査官《そうさかん》とヴァンクイッシュを取りかえしに行くでしょ。そうすると、もうアマリとめったに会えなくなっちゃう。だから今夜はいっしょに来てね？　いっしょに楽しもうよ。アマリはがんばったんだから、それくらいいいわよ」

「うーん……まあ、そうかな」と言ったら、エルシーは手をたたいて大喜びした。

「暗いけど、こわがらないでね、アマリ！」


自習室から寮《りょう》の自室にもどったら、エルシーが満面に笑みをうかべて待っていた。なぜかスーツケースもある。あまりに機嫌《きげん》が良すぎるので、イヤな予感しかしない。

「ちょっとエルシー、なにをたくらんでるの？」

「ふふっ……今夜の行事では、こっそり外に出ちゃうわよ」

「こっそり外って、どこに？」

「アマリ、いい質問ね。理由より場所をきくほうが、はるかにましよ。ま、どっちも答えないけど。さっき届《とど》いたこのスーツケースの中のマントを使うってことだけ、わかっていればいいわ」

「そのマントって……死者部のジュニア葬儀人《そうぎにん》のマント？」

「そう、死者部から届《とど》いたばかりよ」

「あのさあ、いっしょに行くって約束したのを後悔《こうかい》しそうなんだけど。エルシー、あたしたち、本当につかまらない？」

ジュニア捜査官《そうさかん》になる前に追いだされたら、泣くに泣けない。

「んもう、アマリったら、心配ないわよ。行くのは、わたしたちだけじゃないんだから」

あたしとエルシーは午後八時十五分ぴったりにマントに着がえ、ぞろぞろとエレベーターに向かう大勢のジュニア葬儀人《そうぎにん》の中にくわわった。寮監《りょうかん》のバーサが足をとめ、こっちをじろじろとながめている。全員フードをすっぽりかぶっているので、見分けがつかないとは思うけど、さすがにこの時期になれば、ジュニア葬儀人《そうぎにん》の正確な人数くらいわかっているはず。それでもバーサは、なにも言わずに見ているだけだ。エレベーターのルーシーに乗ったとたん、ルーシーの声がした。

「チッ、チッ、やんちゃをしてるわねえ」

それ以上はなにも言わず、バンダービルト・ホテルのロビーへとすみやかに連れていってくれた。

あたしとエルシーはほかのジュニア葬儀人《そうぎにん》について、外に出られる廊下《ろうか》を進んだ。外に出たら、一台のバスが待っていた。乗客名簿《めいぼ》には、てきとうな名前を書いておく。エルシーといっしょにバスの一番奥《おく》の席へと向かった。席についたとたん、エルシーがフードをはずしてニヤリとした。

「アマリ、やったわね」

「エルシー、そろそろ、行き先を教えてくれてもいいんじゃない？」

あたしもフードをはずしてたずねた。けれどエルシーは、ちゃめっ気たっぷりに、さあね、という顔をするだけだ。

「ふふっ、すぐにわかるわよ」

そのとき、聞きおぼえのある声がした。

「えっ、アマリ？」

すぐ前の席から、ディランが顔を出した。

「あっ、やっぱり！」

ディランもジュニア葬儀人《そうぎにん》のマントをはおっている。

「このバスに、本物の死者部のジュニア葬儀人《そうぎにん》なんているの？」とたずねたら、ディランが答えた。

「まあ、数人は。フィナーレ直前の晩《ばん》にこっそりぬけだすのは、伝統みたいなもんだから」

なるほど。だから寮監《りょうかん》のバーサは、だまって見逃《みのが》してくれたのか。

「ぼくも、そっちに行くよ」

ディランが席を乗りこえ、あたしとエルシーの間にすわり、あたしにたずねた。

「オール・ソウルズ・フェスティバルは初めて？」

「オール・ソウルズ・フェスティバル？」なにそれ？　ソウルミュージックのコンサート？　だとしたら、ママにねたまれちゃう。

「んもう、サプライズだったのに」

エルシーが、ディランをちらっと見て文句を言う。

「あっ、ごめん！　まあ、今回が初めてなら、名前からはなにもわからないとだけ言っとくよ」

ディランが、あたしとエルシーを交互《こうご》に見ながらあやまった。

バスは都会をはなれて二車線のがら空きの道を走り、森や農地を通りすぎ、だだっ広い草地が見えたところでようやく停まった。道路のそばには、大勢の人が集まっていた。オール・ソウルズ・フェスティバルについて探《さぐ》りをいれるつもりで、その人たちを見まわしてみたけれど、目についたのは頭上の満月だけだ。

あたしもエルシーもディランもフードをかぶりなおし、ほかの人たちについてバスをおりた。そのままついていくのかと思ったのに、死者部の本物のジュニア葬儀人《そうぎにん》たちが群衆《ぐんしゅう》の前へ移動しはじめると、エルシーに手をつかまれ、後ろに引っぱられた。

「アマリ、肩車《かたぐるま》してあげるよ」と、ディランが声をかけてきた。

「ええっ、そんな――」

「いいから早く！　見逃《みのが》しちゃうよ」

ディランにせかされ、エルシーもうんうんとうなずくので、肩車《かたぐるま》してもらった。ディランの肩《かた》の上からだと、群衆《ぐんしゅう》に背《せ》を向けたジュニア葬儀人《そうぎにん》たちが、等間隔《とうかんかく》で一列にならんでいるのがはっきり見える。列の中心には、マントの銀色の襟《えり》を高く立てた大人の葬儀《そうぎ》人がひとりいた。その葬儀人《そうぎにん》は、腕時計《うでどけい》で時間を確かめている。

「さっさと進めればいいのに。もう真夜中を三分すぎてるし」

見物人の男子の声がする。

ようやく大人の葬儀人《そうぎにん》がマントの中から警笛《けいてき》をとりだし、ピーッと鳴らした。するとジュニア葬儀人《そうぎにん》たちがそろって右手を高く上げた。それぞれバトンをにぎっている。

「死者部の命により、来世の主たる代表者たちとともに、満月の前で、今月のオール・ソウルズ・フェスティバルの開催《かいさい》をここに宣言《せんげん》する！」

大人の葬儀人《そうぎにん》が高らかに言うと、ジュニア葬儀《そうぎ》人たちがいっせいにバトンで前を指した。

と、バトンの先から緑の光がふきだし、ひとつにまとまって、緑に輝《かがや》く複雑なシンボルを描《えが》きだした。大人の葬儀人《そうぎにん》が一歩前に出て、声をあげる。

「開けと、我《われ》は言う」

シンボルが閃光《せんこう》をはなち、すーっと消え、草地全体に色とりどりのあざやかなテントが少しずつあらわれてきた。といっても、どれも半透明《はんとうめい》で、かすんでいて、突風《とっぷう》が吹《ふ》きつけたら飛ばされてしまいそうだ。足もとの草地は舗装《ほそう》された黒い道に変わり、曲がりくねったその道には小さな屋台がならんでいた。いくつものゆらめく白い姿《すがた》が、おいでおいでとあたしたちを呼《よ》びながら、道路ぞいをすばやく行ったり来たりする。

ディランが肩《かた》からおろしてくれた。あたしはよろけるのもかまわず、すぐにディランにたずねていた。

「ひょっとして、あれって全部、幽霊《ゆうれい》？」

「そうだよ。だから、亡霊だらけの祭典《オール・ソウルズ・フェスティバル》って言われてるんだ。客は生きていようと死んでいようと、だれでもウエルカムだよ」と、ディランが答える。

たくさんの幽霊《ゆうれい》に囲まれているなんて、どういうこと？　よくわからないけど、エルシーが大はしゃぎであたしの手をつかみ、通りを歩く大勢の人たちについていくので、あたしも楽しもうと腹《はら》をくくった。ディランもついてきて、三人で人ごみの中を歩くうち、最初の屋台まで来た。

あたしは、その屋台にすっかり目をうばわれた。幽霊《ゆうれい》はすぐそばで見ると、屋台やテントのように半透明《はんとうめい》でかすんでいるのをのぞけば、人間そっくりだ。濃《こ》い口ひげを生やした細身の幽霊《ゆうれい》が、こっちこっちと自分のテーブルのほうへあたしたちを手まねきし、声をかけてきた。

「はいはい、ゴースト綿菓子《わたがし》だよ！　どんだけ食べてもだいじょうぶ。ぜーったい、腹《はら》はふくれない！」

「ごめんなさい、お金を持ってないの。あれ、お金っているの？」

あたしはこれみよがしにポケットをたたいて、幽霊《ゆうれい》に言った。

「冥銭《めいせん》をいただくよ、お嬢《じょう》さん。おれの目の前で、札を焼くだけでいい」

あたしの視線《しせん》を受けて、エルシーがポケットに手をつっこんだけれど、ディランにとめられた。

「アマリの分は、うちの父さんにはらわせたほうが良くないか？」

ディランはポケットからライターとピンク色の丸めた厚い札束をひとつ取りだし、二枚《まい》の札に火をつけた。お札は燃えあがることなく、会場のすべての物と同じようにかすんだ。

幽霊《ゆうれい》はうれしそうに冥銭《めいせん》を受けとり、つぼの中につっこんだ。

「はい、毎度あり！」

幽霊《ゆうれい》はあたしに、小さな袋《ふくろ》に入った綿菓子《わたがし》をわたしてくれた。綿菓子《わたがし》がどんどんふくれていくので、あわててせっせと食べた。舌《した》の上でフルーティな風味がとろける。うわあ、こんなにおいしいものは食べたことがない！

あたしはディランとエルシーといっしょにあらゆる物を味見しながら、屋台を見てまわった。ストロベリー・スマイル味のスムージーを飲んだあとは、ニヤニヤ笑いが止まらなくなった。エルシーもチョコレートチップ・くすくす味を味見したあと、くすくす、くすくす、くすくす……とずっと笑っている。バンシーの悲鳴アイスを食べてみろ、とディランとエルシーがさかんにけしかけるので、ためしに食べてみたら、三口なめたとき、とつぜん大声で叫《さけ》びたくなった。キーキーと高い声で叫《さけ》ぶあたしを見て、ディランもエルシーも真っ赤になって笑いころげた。

すべての屋台を味見したあと、〈スイート・ドリームス〉という大きなテントに入ってみた。テントの中では、いろいろな夢が小さなガラス瓶《びん》の中で水銀のように輝《かがや》いていた。説明書きによると、寝《ね》るまえに一口するだけで、望みどおりの夢をまちがいなく見られるらしい。一番人気は〈世界一の大富豪《だいふごう》〉。〈世界一美しい人〉もかなりの人気だ。なかには、だれにも見られないようにこっそりと、〈胸《むね》のすく痛快《つうかい》な復讐《ふくしゅう》〉を買い物かごに入れる子もいた。あるティーンエイジャーのグループは〈かた思いの相手からのデートのさそい〉の棚《たな》に群がって、一本のこらず持っていった。

そのうちディランがいつもの仲間に連れていかれたので、のこりのフェスティバルはエルシーとふたりで見てまわった。わき道にふらっと入ったところ、色あせた看板《かんばん》のかかった真っ黒なテントが見えた――〈マダム・バイオレットの魔術師《まじゅつし》ギフトショップ〉

魔術師《まじゅつし》のためのギフトショップってこと？　しかもディランから借りた呪文書《じゅもんしょ》を書いた、あのマダム・バイオレットの店？

「エルシー、あの黒いテントには、ぜったいよらなくちゃね」

「えっ、黒いテント？」

「ほら、すぐそこ。真正面のテント」

「いくら見ても、黒いテントなんてないんだけど」

エルシーは目を細め、正面をじっと見ている。

「いいから、ついてきて」

あたしはエルシーを連れて、テントの入り口の真ん前まで来た。

「ほら、エルシー、まだ見えない？」

「うん。からっぽの路地しか見えないわ」

エルシーが横目でこっちを見る。変だ。おかしい。

「とにかく、行ってみない？　いったん入れば、エルシーも見えるようになるよ」

中に入ると、きついスパイスの香りがつんと鼻をついた。長いドレッドヘアのやせた女性の幽霊《ゆうれい》があぐらをかいてすわっている。この幽霊《ゆうれい》がマダム・バイオレットにちがいない。

マダム・バイオレットは、うす暗いテントの中央から、あたしに笑いかけてきた。

「魔術師《まじゅつし》でなければ、このテントは見えなかったはず。あなたは、かの有名なアマリ・ピーターズね。今週の『親愛なる故人』誌《し》で、あなたの記事を読んだわ」

「はい、アマリ・ピーターズです」

あたりを見まわすと、棚《たな》という棚《たな》に瓶《びん》がならんでいた。〈破られた約束〉と記された瓶《びん》は、淡《あわ》い青色にきらめいていた。別の小瓶《こびん》は〈くだけた夢〉と書いてある。〈報われぬ恋《こい》〉の瓶《びん》は真っ赤に光り、〈最高の夢〉の瓶《びん》は金色に輝《かがや》いている。

「本当にテントだ……。てっきりアマリが幻《まぼろし》でも見てるのかと思ってた」

あたしについてきたエルシーも、いまはテントが見えるらしい。

「あのう、あたしが持っている呪文書《じゅもんしょ》を書いたのは、あなたですか？」

あたしはマダム・バイオレットに近づいた。

マダム・バイオレットが目を閉《と》じて、ニヤリとする。

「マダム・バイオレットという名の魔術師《まじゅつし》がほかにいると思う？」

マダム・バイオレットは満足そうに声をあげて笑った。

「いいえ……たぶん」

「あの呪文書《じゅもんしょ》は、存分《ぞんぶん》に活《い》かしなさい。魔力《まりょく》は生き物よ。幽霊《ゆうれい》の女には、なんの役にも立たないわ。そろそろ、本題に入ろうかしら？」

マダム・バイオレットはそう言うと、身を乗りだして、あごをなでた。

「どれどれ、知識のある子は勇気がなく、勇気のある子は知識がないのね。まあ、なんておもしろい。あなたたちと取引するわ。もしそこのドラゴンちゃんがわずかな犠牲《ぎせい》をはらうなら、魔術師《まじゅつし》ちゃんに授けてあげる。探索《たんさく》に不可欠な知識をね」

「探索《たんさく》に不可欠な知識って、どういうことですか？」とあたしが質問すると、マダム・バイオレットは答えてくれた。

「私《わたし》はね、アマリ、あなたの顔を前にも見たことがあるの。生きていたころは、よく魔術《まじゅつ》を使って将来《しょうらい》をのぞき、私《わたし》の幻想《げんそう》が映《うつ》しだす将来《しょうらい》の光景に目を見張ったものよ。そのときに、あなたが話をしている相手と、あなたが使った魔術《まじゅつ》を見たの。私《わたし》が見た光景は、あなたが是《ぜ》が非でも実現したい将来《しょうらい》だと保証するわ。ただしその将来《しょうらい》は、私《わたし》の助けがなければ、ぜったい実現しない」

マダム・バイオレットの言葉を聞いて、エルシーがポーチから冥銭《めいせん》をとりだす。けれどマダム・バイオレットは、チッと舌打《したう》ちした。

「ありふれた冥銭《めいせん》じゃ取引しない。この取引には、友だちにかくしている秘密《ひみつ》をひとつ、いただくわ」

「秘密《ひみつ》なんて……」と、エルシーが身ぶるいする。するとマダム・バイオレットの表情がけわしくなった。

「あなた、アマリにかくしていることがひとつもないの？　アマリのためを思って告白するのよ。それをアマリが悪用するなんて、ありえないいんじゃないかしら？」

「えっと……じつは……」

エルシーがあたしをちらっと見て、がっくりとうなだれ、口ごもる。

「シーッ。チャンスをむだにしないで。ほら、手を出して」

すかさずマダム・バイオレットがエルシーをうながした。

エルシーが秘密《ひみつ》を告白するなんて、ありえないと思ったのに、エルシーは素直に片手《かたて》を出している。

「エルシー、待って！」

「いいのよ、アマリ。クイントンのためなら」

「でも……」

マダム・バイオレットのきらめく手がエルシーの手をとるのを、あたしは見ているしかなかった。

「いい、私《わたし》の言葉をくりかえして。友だちがアドバイスをひとつもらうために、秘密《ひみつ》をひとつさしだします」と、マダム・バイオレットがエルシーに告げる。

エルシーがうなずき、マダム・バイオレットの言葉をくりかえすと、テントの中に冷気が一気にあふれだし、あたしは身ぶるいした。エルシーはうつむき、あたしのほうを向いて、秘密《ひみつ》を告白した。

「初めて会ったあの夜、なぜいまもドラゴンに変身しないのかわからないって、アマリに言ったわよね。でも、本当はわかってる。大昔の本の中に理由を見つけたの。ドラゴン人間はね、勇猛《ゆうもう》な戦士だった。だから変身するためには、勇気ある行動を見せなければならないの。でもわたしは生まれてからずっと、心配性で、意気地なし。あまりに情けなくて、アマリに秘密《ひみつ》にしていたの」

マダム・バイオレットが、小さな網《あみ》をひとつとりだした。それをあたしとエルシーの間の空間でさっとふると、大急ぎで〈友人間の秘密《ひみつ》〉と書かれたつぼの中にふりおろした。つぼの中では黒い液体がうずを巻《ま》き、からっぽだったつぼが半分ほどうまる。

「アマリ、ごめんね」とエルシーが言う。あたしはエルシーの手をとった。

「そんなの、気にしないで。あのときは、会ったばかりだったんだよ？　エルシーの秘密《ひみつ》はいびきかなって思ってたくらいだし。芝刈《しばか》り機なみにガーガーと……なんちゃって」

エルシーがハハッと笑い、あたしの手をそっとにぎってくれた。するとマダム・バイオレットが声をあげた。

「良かったわね。では、お約束のアドバイスを伝えるわ……。幻想術師《げんそうじゅつし》は、くすくすと忍《しの》び笑いをもらす者をけっして信じてはならない」

「あのう、いまの言葉の意味が、あたしにはわかるはず……なんですか？」

あたしは、ぽかんとした。それだけ？

けれどマダム・バイオレットもテントもすーっと消えていき、マダム・バイオレットのかんだかい笑い声だけがひびきわたる――。あたしとエルシーはいつのまにか、マダム・バイオレットのテントより大きいふたつのテントの間の路地に立っていた。マダム・バイオレットのギフトショップなど、最初からなかったみたいだ。

「アマリ、摩訶不思議《まかふしぎ》だったわね」

「うん、ものすごーく、不思議だったね」

そのとき、表通りからキルステンの声が聞えてきた。

「あっ、いた！　ね、言ったでしょ、こっちに行くのを見たって」

声のしたほうを向くと、ララとキルステンが近づいてくるのが見えた。ララは両手をにぎりしめている。

「ちょっとあんた、わたしの顔にパスタを投げつけておいて、ただですむと思ってんの？」

激怒《げきど》しているララに、食堂でひるんだときの面影《おもかげ》はなかった。逃《に》げ道を探《さが》したけれど、この路地から出るにはララのほうへ行くしかない。あたしはララにうったえた。

「エルシーは逃《に》がしてあげて。お願い」

「逃《に》がして、だれかを呼《よ》びに行かせる気？　ダメに決まってるでしょ。アマリ、たっぷりお礼させてもらうわよ！」ララが歯を食いしばって、せまってくる。

あたしは、とっさにエルシーを背中《せなか》の後ろにかくしてかばった。ララが突進《とっしん》してきて足をけりだす。猛《もう》スピードのけりに反応できず、あたしは両足をけられて、はでに横転した。気がつくとララが馬乗りになって、あたしの両手首を頭の上におさえつけていた。しかも片腕《かたうで》でおさえていて、もう片方《かたほう》の手は空《あ》いている。ララはその手で拳《こぶし》をにぎった。あたしはもがいて脚《あし》をばたつかせたけど、むだだった。超常力《ちょうじょうりょく》をつけたララは向かうところ敵《てき》なしだ。ララがパンチを繰《く》りだそうと腕《うで》を引く。

あたしはパニックにおちいり、身を守りたい一心で、ララの目を見つめ、呪文書《じゅもんしょ》で見た呪文《じゅもん》を叫《さけ》んでいた——「マグナ・フォビア！」

とたんに周囲の光景が変わりはじめ、おどろいたララが目を見ひらく。あれよあれよという間に路地が消え、広くてりっぱなオフィスになった。ララが混乱《こんらん》して顔をしかめ、拳《こぶし》を下げて、あたりを見まわす。

「えっ、なんで……？　どうして……？」

そのすきにララをつきとばしたら、ララはきょろきょろしながらひっくりかえった。あたしが見えていないみたいだ。ララに少し近づいて、本当にこっちが見えていないのがわかった。ララの視線《しせん》はあたしを通りぬけ、あたしの後ろに向けられている。そのとき、オフィスの入り口からヴァン・ヘルシング部長の声がした。グレーのスーツはしわくちゃで、何日も眠《ねむ》っていないのか、目の下にくまができている。

「ララ、床《ゆか》にすわりこんで、なにをしている？　適性検査に失敗して、ヴァン・ヘルシング家にはじをかかせただけでも情けないのに。今度は子どもみたいに床《ゆか》にすわりこむのか？」

ララはあわてて立ちあがった。父親の言葉が胸《むね》につき刺《さ》さったのは、一目でわかる。ほおが赤くなり、ふだんは生意気なくせに、いまは不安そうに声がふるえていた。

「パパ、あの、ごめんなさい。わたし……なんか、わけがわからなくなっちゃって」

ヴァン・ヘルシング部長はあきれはてて首を横にふると、ドアを閉《し》めて自分の机《つくえ》に向かった。

「そろそろ、電話がかかってくるころだ」

電話って、なに？　ララはだまってうなずき、机《つくえ》の前の椅子《いす》にすわって、体を前後にゆすっている。なに？　なにが起きてるの？　電話が鳴り、ヴァン・ヘルシング部長は一度目のベルですぐに出た。ララは父親の顔を探《さぐ》るように見つめながら、緊張《きんちょう》して背筋《せすじ》をのばしている。ヴァン・ヘルシング部長はだまって何度もうなずき、「なるほど」とくりかえし、ようやく電話を切ったときはぼうぜんとした顔をしていた。

「パパ、どうだった？　なんて言ってた？」

ララは椅子《いす》からいきなり立ちあがった。ヴァン・ヘルシング部長が両手で顔をおおう。

「ララ……あの子は逝《い》ってしまった。おまえの姉さんは、もう、この世にいない」

ララは悲痛《ひつう》なうめき声をもらすと、むせび泣き、くずれ落ちてひざをついた。

ウソでしょ、やめて！　もういい！　あたしはふるえながら、幻想《げんそう》を打ち消す呪文《じゅもん》を唱えた——「ディスペル！」

とたんに幻想《げんそう》が消えうせ、キルステンが逃《に》げていく。

「ララ、ごめんね。本当にごめんね」

あたしはララにかけよって、背中《せなか》をだきしめた。

ララはひたすら泣いていた。エルシーは驚愕《きょうがく》のあまり手で口をおさえながら、立ったま
ま、こっちをながめている。あたし、いま、なんてことをしちゃったの？　ララの最悪の恐怖《きょうふ》は、あたしの最悪の恐怖《きょうふ》と同じ。それは、最愛のお兄ちゃんが行方不明になっただけでなく、この世から消えてしまうことだ。

「わたしに近づかないで！」

ララがあたしをふりはらって叫《さけ》び、全速力で路地を飛びだしていく。

あたしはエルシーと見つめあった。おたがい、かける言葉が見つからなかった。

# 28 フィナーレの惨劇《さんげき》

フィナーレ当日の朝、あたしの心の中はぐちゃぐちゃだった。あと一歩でジュニア捜査《そうさ》官《かん》になれる。そうすればお兄ちゃんを本格的に捜索《そうさく》できると思うと、うれしくてたまらない。いっぽうで、本当になれるのかと思うと緊張《きんちょう》する。エルシーといっしょにしたくをしながら、フィナーレについてくよくよ悩《なや》まないようにした。でもそうすると、今度はきのうの晩《ばん》のことや、身を守りたい一心でとっさに使った黒魔術《くろまじゅつ》のことを考えてしまう。きのうのことは、思いだすだけで胸《むね》が苦しくなる。

きのうの晩《ばん》、この部屋にもどってきたとき、あんな魔術《まじゅつ》は二度とだれにも使わないでくれとエルシーにせがまれた。もちろん、黒魔術《くろまじゅつ》は二度と使わないと、とっくに決めていた。なにがあろうと使うものか！

ジュニア捜査官《そうさかん》をめざす訓練生のフィナーレには、開始を告げるセレモニーも激励《げきれい》のスピーチもなかった。あたしたち六名は午前九時にロビーに集合し、フィナーレの三つの試験の会場と各自の受験時刻《じこく》を記したスケジュール表をわたされた。全員緊張《きんちょう》して、そわそわしながら、だまってスケジュール表に目をとおした。

あたしは最初に超常界《ちょうじょうかい》の知識テストを受けることになっていた。試験会場はせまい部屋で、わたされたのはエンピツ一本とテストと解答用紙のみ。演習のときのようにコンピューターを使った試験だと思っていたのに、筆記による試験は伝統なので、ゆずれないらしい。がんばって読書リストの本を読み終えた努力は、まちがいなく報われた。多くの問題の答えがわかる！　最後の質問にはニヤリとした。初めて受けた知識テストと同じ問題だ。〈大西洋に住んでいる二大ビーストとは？〉はい、楽勝！　怪物《かいぶつ》クラーケンと怪獣《かいじゅう》レビヤタンだ。

知識テストのあとは三十分ほど、ディランとヘルシング・テクニックのステップを練習してから、実戦会場の体育館に向かった。最初の対戦相手は、ララの取り巻《ま》き女子のペアだった。スタンスティックをふたりに命中させ、ふたりがフロアマットの上でバカ笑いするのを見て、胸《むね》がすっとした。次の対戦はかなり苦戦し、あたしはスタンスティックを当てられてしまったが、ディランが勝利をもぎとってくれた。

順調に進んでいるので喜びたいところだけど、〈超常力《ちょうじょうりょく》のデモンストレーション〉でのあたしの評価方法については、いまだに指示がない。あたしのスケジュール表では〈超常《ちょうじょう》力《りょく》のデモンストレーション〉の欄《らん》に赤字で大きな×がつけられ、「参加不能」ということになっている。

やはりディランの言うとおり、ヴァン・ヘルシング部長はあたしを落とす気なのかも。

だとしたら、ディランとデモンストレーション強行計画を立てておいたのは大正解だ。


「次はディラン・ヴァン・ヘルシング、舞台《ぶたい》に上がるように」

ヴァン・ヘルシング部長がマイクに向かって指示を出した。ディランの出番は最後だ。すでにほかのデモンストレーションを見てきたのに、ディランの名前が呼《よ》ばれると、会場全体がざわついた。会場のブリーフィング・ホールには捜査官《そうさかん》やジュニア捜査官《そうさかん》がつめかけていて、最後列はヴァン・ヘルシング部長を始めとする審査《しんさ》委員が独占《どくせん》している。

数秒後、カーテンの裏《うら》からディランが舞台《ぶたい》にあらわれた。マイクと椅子《いす》をひとつずつ持っていて、それを舞台《ぶたい》の中央におく。

「先に超常力《ちょうじょうりょく》をデモンストレーションしてから、観客に説明するのでもいいし、その逆でもかまわない。好きにやるように」と、ヴァン・ヘルシング部長が指示する。ディランはマイクに近づいて言った。

「ぼくはこの舞台《ぶたい》を、相棒《あいぼう》のアマリ・ピーターズにゆずろうと思います。アマリは、ぜひみなさんにお見せしたいデモンストレーションがあるそうです」

あたしが舞台《ぶたい》に登場し、ディランのほうへ近づいていくと、観客から次々《つぎつぎ》と怒声《どせい》が上がった。立ちあがって抗議《こうぎ》する客もいる。

「それは認《みと》められない。ミス・ピーターズ、いますぐ舞台《ぶたい》からおりるように」

ふたたび、ヴァン・ヘルシング部長の指示が飛ぶ。

あたしはディランと笑みをかわしあった。ディランがすばやくカーテンの裏《うら》にひっこみ、あたしひとりが舞台《ぶたい》にのこされる。いまやヴァン・ヘルシング部長はマイクに向かってわめいていた。

「舞台《ぶたい》からひきずり下ろされる前に、あと一回チャンスをやる！　善良《ぜんりょう》なる観客の前で、不快きわまる魔術《まじゅつ》を披露《ひろう》するなど、だんじて許さん！」

それでも、あたしは動かなかった。あたしが両手を上げると、会場のざわめきがぴたっとやんだ。観客はいまからおそわれるとでも思ったのか、座席《ざせき》でちぢこまっている。

「舞台《ぶたい》からひきずりおろせ！」

とうとうヴァン・ヘルシング部長が大声で部下に命令した。二名の捜査官《そうさかん》が舞台《ぶたい》に走りでて、あたしをだきあげようとする。けれど、そこにいるのはあたしじゃない。ただの幻《げん》想《そう》だ。二名の捜査官《そうさかん》が、首をひねりながら舞台裏《ぶたいうら》にひっこむ。

本物のあたしが片手《かたて》をふると、会場が真っ暗になった。会場全体から、ひそひそ声が上がる。あたしは忍《しの》び足で舞台《ぶたい》に上がりながら、ゆっくりと深呼吸《しんこきゅう》した。緊張《きんちょう》のあまり全身がヒリヒリし、みぞおちをしめつけられる。でも、自分の能力を証明するためにはやるしかない。そこで、手もとにある自分のマイクに向かってしゃべりだした。

「こんにちは。あたしは魔術師《まじゅつし》のアマリ・ピーターズです。みなさんは魔術師《まじゅつし》について聞いたことがあると思いますが、実際に知っている人はほとんどいらっしゃいませんよね。そこで今日は、特別な超常《ちょうじょう》集中訓練をしようと思います。超常《ちょうじょう》集中訓練、魔術師《まじゅつし》バージョンです」

観客はぶつぶつと不満をもらしたが、ありがたいことに席を立つ人はいなかった。

「では、まず居住地」

あたしはそう言って、指先からイメージをあふれさせ、幻想《げんそう》を描《えが》いた。するとふいに、ブリーフィング・ホールがうちの近所の通りに姿《すがた》を変えた。数人が息をのみ、きょろきょろする観客もいれば、実際にふれられるのかと手をのばす観客もいる。

「あたしは子どものころからずっと、ローズウッド団地で暮《く》らしてきました。平たく言えば、低所得者用の公営アパートです。世間からはスラム街とか治安の悪い地域《ちいき》とか呼《よ》ばれてバカにされますが、きちんと見てもらえれば、善良《ぜんりょう》な住人ばかりだとわかります」

つづいて、アパートのうちの部屋を幻想《げんそう》で映《うつ》しだし、インターネットのバーチャル見学ツアーみたいに、観客に部屋のあちこちを見てもらった。

「ここが、あたしの家です。みなさんのお屋敷《やしき》に比べたらちっぽけな家ですが、あたしにとっては大事な家です。このがらくただらけの部屋が、あたしの部屋。そしてここが、かの有名なクイントン・ピーターズ捜査官《そうさかん》が、まだあたしの兄でしかなかったときに使っていた部屋です。あたしは兄とよくこの部屋に寝《ね》そべって、将来《しょうらい》の夢を語りあいました。兄はあたしに、その気になればなんでもできると信じさせてくれました。兄のおかげで、あたしは自分を信じられるようになったんです。

次に趣味《しゅみ》。いつもなら夏はレクリエーションセンターの水泳大会で競っていますが、今年はジュニア捜査官《そうさかん》になるために、ちょっといそがしくしてました」

ジョークを飛ばしたら、数人の観客が声をあげて笑ってくれた。ほんの数人でも、はげみになる。

そのとき、会場から声が上がった――「泳ぎたければ、海底事象部に行けよ！」

「なるほど、それもそうですね。海底事象部はワンフロアまるごと水中なのに、せまいプールが恋《こい》しいなんて、言ってられませんね」

ジョークで切りかえしたら、さっきよりも多くの笑い声が上がった。あたしは、趣味《しゅみ》の話をつづけた。

「読書も好きです。ただし好きなのは、おもしろい本。『超常界《ちょうじょうかい》の法令集』じゃないです。『超常界《ちょうじょうかい》の法令集』の著者《ちょしゃ》は、読者の機嫌《きげん》をそこね、眠気《ねむけ》をさそう罪で、取り調べられるべきです。あたしは法令集よりも、音楽や冒険《ぼうけん》の本のほうが好きです。まさか自分が冒険《ぼうけん》の人生に近づくなんて、夢にも思っていませんでしたが。最近は、別の趣味《しゅみ》もできました。

それは魔術《まじゅつ》の練習です。といっても、幻想術《げんそうじゅつ》を使ってひとりで遊ぶだけですが……」

エルシーの髪《かみ》を魔術《まじゅつ》でピンク色に変え、大騒《おおさわ》ぎされたときのイメージをパッとうかべて見せた。

「自分では、かなり上達したと思っています。みなさんのご意見を、ぜひお聞かせください」

あたしはそう言って、幻想術《げんそうじゅつ》のショーを始めた。

天井を雲ひとつない満天の星に変え、ホール全体に流れ星が飛びかうなか、観客が指でふれられそうな場所にオーロラをきらめかせた。

つづいて部屋を真っ暗にし、観客の頭上に花火を次々《つぎつぎ》と打ちあげ、火花をちらした。

次はホールをサーカス会場に変え、通路で芸人たちに宙返《ちゅうがえ》りをさせ、頭上では空中ブランコでスリル満点のアクロバットを披露《ひろう》させた。トラたちが火の輪をくぐりぬけ、舞台《ぶたい》では一台の車からピエロたちがいっせいにあふれだす。

そのあとは観客たちを、猛烈《もうれつ》な嵐《あらし》のさなかの海賊船《かいぞくせん》に乗せた。頭上から降《ふ》ってくる大波を受けて、船が前後に大きくゆれ、観客たちが椅子《いす》にしがみつく。

最後は観客を、太陽が水平線にしずみかけた静かな砂浜《すなはま》へと導いた。

「あたしのデモンストレーションは以上です」

幻想《げんそう》をすっと消し、ディランがのこしてくれた舞台《ぶたい》のマイクの前に立った。観客たちはおそれおののきながら、舞台《ぶたい》のあたしを見上げている。

「超常集中訓練《ちょうじょう》では、最後は質疑《しつぎ》応答です。なので、あたしもそうしようと思います。みなさんの質問になんでもお答えします」

「今回は本当に、きみがそこにいるの？」

さっそく、だれかが声をあげた。

「はい、います。ヴァン・ヘルシング部長が質疑《しつぎ》応答を最後までやらせてくれるといいのですが……」

すると、フィオーナ捜査官《そうさかん》がいち早く反応した。

「いいわよ、つづけて！」

こうして質問タイムとなり、「魔術《まじゅつ》を使うと角が生えるの？」といったものから、「クイントンは、きみが魔術師《まじゅつし》だと知ってるの？」というものまで、たくさんの質問がよせられた。なかでも、「きみは、数々《かずかず》の重大な罪をおかしてきた魔術師《まじゅつし》たちと、いったいなにがちがうというのかね？」という最後の質問は難問《なんもん》で、答える前にじっくりと考えなければならなかった。

「そうですね……。ほかの魔術師《まじゅつし》とあたしにちがいがあるかどうかは、わかりません。正直に言うと、魔術師《まじゅつし》について、あたしはまだほとんどわかっていないんです。それでもこれまでにわかったのは、どのような魔術師《まじゅつし》になるかは自分で選べるということです。だからあたしは自分の失敗から学び、みなさんが知っている悪い魔術師《まじゅつし》にはならないように努力しています。あたしはただ、自分の実力をしめすチャンスがほしいだけなんです」

ようやくフィオーナ捜査官《そうさかん》があたしのデモンストレーションの終了《しゅうりょう》を告げると、観客が拍手《はくしゅ》してくれた。もちろん全員ではないけれど、数人は手をたたいてくれている。それだけで、じゅうぶんだ。

舞台裏《ぶたいうら》にひっこむと、ふたりの捜査官《そうさかん》が待ちかまえていた。やはりデモンストレーションが成功しようが失敗しようが、ただではすみそうにない。

「少しだけ、待ってください」

あたしは捜査官《そうさかん》たちにそう言って、拍手《はくしゅ》を聞きながら目を閉《と》じた。

そのとき観客席から複数の悲鳴が上がり、あたしはパッと目をあけた。警報《けいほう》が鳴りひびき、捜査官《そうさかん》たちが次々《つぎつぎ》とあたしの横をかけぬけていく。舞台《ぶたい》にもどると、会場全体が大騒《おおそう》動《どう》になっていた。出口に向かって走ったり、座席《ざせき》をこえて逃《に》げたりする観客もいるが、大多数は天井を見上げている。

つられて顔を上げると、そこには長い牙《きば》を光らせた、三体の巨大《きょだい》なコウモリのハイブリッドがいた！

あたしはどぎもをぬかれ、舞台《ぶたい》に立ちすくむだけで、なにもできなかった。しかもまばたきをしたら、一瞬《いっしゅん》にして、ハイブリッドの数が二十体にふえていた！

# 29

# 黒《くろ》装《しょう》束《ぞく》の女性

巨大《きょだい》コウモリが牙《きば》をむきだして飛んできた瞬間《しゅんかん》、観客たちのかんだかい悲鳴が耳をつんざいた。スカイスプリントをはいた大勢の捜査官《そうさかん》が、ハイブリッドたちを迎《むか》え撃《う》とうと、いっせいに壁面《へきめん》をのぼっていく。

「アマリ！」

マグナス捜査官《そうさかん》に名前を呼《よ》ばれて、ハッとした。マグナス捜査官《そうさかん》が、こっちこっち、とあたしに向かって大きく腕《うで》をふりながら、舞台《ぶたい》の袖《そで》に立っている。かけよるとマグナス捜《そう》査官《さかん》に肩《かた》をだかれ、そのまま連れられて舞台《ぶたい》をおり、出口への通路へと進んだ。出口ではヴァン・ヘルシング部長と数名の捜査官《そうさかん》が、観客をブリーフィング・ホールの外へ誘導《ゆうどう》している。

ところが出口のすぐそばまで来たら、すさまじい衝突音《しょうとつおん》がし、灰色《はいいろ》の巨大《きょだい》な生き物が壁《かべ》をつき破って目の前に飛びこんできた。そいつが――二本足で直立する灰色《はいいろ》の巨大《きょだい》なハイブリッドだ！　――こっちを向いた。長い鼻の先にとがった角が生えている。サイのハイブリッドだ。

「アマリ、おれが行けと言ったら、さっさと逃《に》げろ。ふりかえるんじゃないぞ。いいな？」

マグナス捜査官《そうさかん》があたしの前に出て指示した。

「はい」

サイのハイブリッドが筋肉《きんにく》を盛《も》りあがらせて低くうなり、角を下げて突進《とっしん》してきた。

「行け！」

マグナス捜査官《そうさかん》が叫《さけ》んで、あたしをつきとばす。

あたしはよろめいて、観客席につっこんだ。あわててふりかえると、マグナス捜査官《そうさかん》とハイブリッドがもつれあって、通路を転がっていくところだった。マグナス捜査官《そうさかん》は超優《ちょうゆう》秀《しゅう》。だから、きっとだいじょうぶ。とにかくいまは逃《に》げのびるため、ヴァン・ヘルシング部長のいる出口へ行くしかない。

けれどサイのハイブリッドが壁《かべ》にあけた巨大《きょだい》な穴《あな》をのぞいた瞬間《しゅんかん》、足がとまった。壁《かべ》の向こうは戦場だ。大量のクマやヒョウやゴリラのハイブリッドたちが、はでに暴れまくって破壊《はかい》している。捜査官《そうさかん》たちは自分の体の倍はあるハイブリッドたちをたおし、目覚ましい活躍《かつやく》を見せているが、ハイブリッドは一体がたおれるたびに、どこからか別の一体があらわれ、いくらたおしても追いつかない。ホールの外へ誘導《ゆうどう》された観客たちを守るため、大勢の捜査官《そうさかん》が参戦できず、出口付近にやむなく張《は》りついているのも、もどかしい。

あたしは、腰《こし》につけたスタンスティックをにぎった。あたしは助けに入らなくていいの？　お兄ちゃんならどうする？　そわそわとあたりを見まわしながら、大混乱《だいこんらん》の中に進みでた。周囲では、捜査官《そうさかん》とハイブリッドが目にもとまらぬ速さで戦っていた。耳をつんざく叫《さけ》び声や骨《ほね》までひびくうなり声が、四方八方から飛んでくる。スタンスティックをにぎる手がふるえた。あたしには無理。やっぱり無理――。そのとき、いきなりブリーフィング・ホールの中へ引きずりこまれ、あたしは悲鳴をあげた。けれど相手はハイブリッドではなく、額にむごいあざができたマグナス捜査官《そうさかん》だった。

「おい、なにをしてる！」

激怒《げきど》したマグナス捜査官《そうさかん》にどなりつけられた。

「あ、あたし……た、助けたくて……」

どもりながら答えたら、ぴしゃりと言われた。

「子どもの出る幕《まく》じゃない！　部長のところへ行って、ロビーへ逃《に》げろ。行け！」

さすがに今度は言うとおりにした。あたしがこれ以上バカなまねをしないのを見届《みとど》けようと、マグナス捜査官《そうさかん》がすぐ後ろについてくる。あたしがちゃんと逃《に》げるとわかると、マグナス捜査官《そうさかん》は両手の拳《こぶし》をにぎった。あたしの目の前で、その拳《こぶし》が金属へと変わる。マグナス捜査官《そうさかん》が手首を軽くふると、スタンスティックが巨大《きょだい》な斧《おの》に変わり、刃《は》全体から炎《ほのお》がふきだした。マグナス捜査官《そうさかん》はその斧《おの》とともに壁《かべ》の穴《あな》から外に飛びだし、また戦いに加わった。

あたしがヴァン・ヘルシング部長のもとにたどりついたのは、部長がちょうど観客の最終グループをロビーへ送りだすときだった。部長は空中戦と地上戦の両方にせわしなく目を走らせていて、あたしに気づくと不快そうにまゆをひそめたが、すぐに指示してきた。

「早く！　最終グループに追いつけ！」

急いでブリーフィング・ホールのドアを通りぬけたけど、すぐにエレベーターホールへ避難《ひなん》しようとするグループを捜査官《そうさかん》たちが止めているのがわかった。避難《ひなん》ルートを守る捜《そう》査官《さかん》の列が、おそろしげなゴリラのハイブリッドたちに破られそうになっていたのだ。最終グループの中にエルシーの焦《こ》げ茶色の髪《かみ》と白衣が見えたので、そっちへ近づいた。エルシーは戦場を見て目を見ひらき、パニックにおちいっている。だきついたら、エルシーはギョッとして飛びあがった。

「わっ、わわっ！　アマリね、良かった！　待ってたんだけど、ヴァン・ヘルシング部長に追いだされちゃって」

「ありがとね、エルシー」

一体のゴリラのハイブリッドがぞっとするくらい接近し、エルシーが悲鳴をあげた。すんでのところで女性捜査官《そうさかん》がレーザーのムチをふるい、ハイブリッドを撃退《げきたい》してくれた。

いまのは危《あぶ》なかった！　エルシーがあたしのジャケットにしがみつく。

「アマリ、わたしたち、助かる？」

「うん、ぜったい、だいじょうぶ」

ちょうどそのとき、エルシーの肩《かた》ごしに大量のベージュ色がなだれこんでくるのが見えた。超常体管理部《ちょうじょうたいかんりぶ》の管理隊員の一団だ！　ロビーから飛びこんできた隊員たちは、それぞれ腕《うで》に火の鳥を乗せている。

「あっ、フェニックスよ！」と、エルシーが叫《さけ》ぶ。

隊員たちがそろって標的を指さすと、火の鳥はいっせいに飛びたって、ハイブリッドに次々《つぎつぎ》と激突《げきとつ》し、爆発《ばくはつ》して灰《はい》となった。火のついた灰《はい》が床《ゆか》に落ちた瞬間《しゅんかん》、火の鳥としてよみがえり、ふたたび敵《てき》に向かっていく。捜査官《そうさかん》たちは火の鳥におおいに助けられ、ハイブリッドたちをメインホールの奥《おく》へ追いやっていた。

「みんな、ロビーに行って！」と、ひとりの捜査官《そうさかん》がこっちに向かって叫《さけ》ぶ。

あたしたちはそくざに動いた。メインホールをつっきり、危険《きけん》な戦場からはなれ、ロビーに向かって走りながら、心底ほっとしていた。これで助かる！　けれど最後にもう一度、戦場のほうをふりかえったとき、ぎょっとして足がとまった。覆面《ふくめん》をかぶった黒装束《くろしょうぞく》の人物が天井を全速力でつっきり、ハイブリッドたちのほうへ向かっていくのが見えたのだ。

しかも、どのハイブリッドも攻撃《こうげき》しない。それどころか道をあけている。

あれはモローの手下。ぜったいそうだ！

数秒後、覆面《ふくめん》の人物は天井からメインホールに飛びおり、大金庫に通じる廊下《ろうか》に入った。ほとんどだれも見ていなかったが、ディランだけは気づき、集団からはなれ、追いかけていく。ウソでしょ！　なにする気？　でも、わかっていた。ディランにとってこれは、悪人を止めるだけなく、マリアはうらぎり者じゃないと証明するチャンスだ。

「アマリ！　なにぐずぐずしてるの？」

エルシーに大声で呼《よ》ばれた。

「エルシー、これはただの攻撃《こうげき》じゃない。強盗《ごうとう》だよ」

あたしは、吐《は》きそうになりながら答えた。

エルシーが目を見ひらき、メインホールの奥《おく》の大金庫のほうを見る。立ちどまったあたしたちに気づき、ロビーの入り口付近にいたジュニア捜査官《そうさかん》が叫《さけ》んだ。

「そこのふたり！　早く！　おいていくぞ！」

このチャンスを逃《のが》したら、次はない。あたしはエルシーのほうを向いた。

「エルシー、先に行って！」

「アマリ、いいからやめて。けがするわ」

そう、このままだとディランがけがをする。ディランひとりにやらせるわけにはいかない。そのとき、戦場の捜査官《そうさかん》のひとりが声を張りあげた。

「止まれ！　敵《てき》が退却《たいきゃく》してる！」

ちがう。ハイブリッドたちは退却《たいきゃく》してるんじゃない。下がって、大金庫の前に壁《かべ》を築いているのだ。これが偶然《ぐうぜん》のはずがない。あたしは、まだスカイスプリントを履《は》いている――。

「だいじょうぶ。これでいい」

あたしはそうつぶやいて、近くの壁面《へきめん》をかけのぼり、天井にそって移動した。だれかに名前を呼《よ》ばれたが、ふりかえっているひまはない。手おくれになる前に、なにがなんでも大金庫にたどりつくのだ。

大金庫の古い木製のドアが大きく開いているのを見て、背筋《せすじ》が寒くなった。大金庫は侵《しん》入《にゅう》不可能のはずなのに！　床《ゆか》に飛びおり、大金庫の中にかけこんだ。中は暗くて、だだっ広く、何本もの長い台の列を小さなスポットライトが照らしていた。

ディランはどこ？　覆面《ふくめん》の侵入者《しんにゅうしゃ》は？　見まわしても、だれもいない。そのとき、ある台のスポットライトの中へディランが進みでた。

「アマリ！　侵入者《しんにゅうしゃ》がいる」

「うん、あたしも見た。敵《てき》はどうやってドアを開けたの？」

「さあ。ぼくが来たときには開いてたよ」

侵入者《しんにゅうしゃ》の気配をうかがいながら金庫の奥《おく》へ進んでいくと、ふいにだれかがあたしの耳もとでささやいた。

「ねえ、私《わたし》を探《さが》してる？」

ぎょっとしてふりかえると、全身黒ずくめの女性が下がっていくのが見えた。そのまま女性は闇《やみ》の中に溶《と》けこんだ。

「ディラン、こっち！」

「アマリ、どうした？」

すぐにディランがそばに来る。

「いたわ。あたしのすぐ後ろに」

あたしはふるえながら答えた。ディランがスタンスティックを前にかまえて、声を張りあげる。

「おい、いるのはわかってる。さっさと出てこい！」

パチンと指が鳴る音がした。女性の泥棒《どろぼう》だ。とたんに、スポットライトがいっせいに消える。

「アマリ、敵《てき》はきっとテクノ術師だ。だから、ここに入れたんだ」と、ディランが言う。

そのとき――。

「あら、ふたりの訓練生が、この私《わたし》をつかまえる気？」

女性の泥棒《どろぼう》のからかうような声がした。とたんにディランが息をのむ。

「ディラン、なに？　どうしたの？」

「ア、アマリ……いまの声は……」ディランは口《くち》ごもっている。

入り口のほうから複数の叫《さけ》び声が聞こえてきた。そっちに気をとられていると、ふいに天井の照明がついて、目がくらんだ。

「あっ、あそこ！」

フィオーナ捜査官《そうさかん》が叫《さけ》び、捜査官《そうさかん》たちがいっせいにこっちへ走ってきた。

「ディラン？　アマリ？　ここでなにをしているんだ？」

ヴァン・ヘルシング部長があたしたちを詰問《きつもん》する。

「黒装束《くろしょうぞく》の女性が侵入《しんにゅう》したんです」

あたしは早口で答えた。ディランも血の気の引いた顔で言う。

「父さん、そいつは――」

「上だ！」と、だれかが叫《さけ》んだ。

黒装束《くろしょうぞく》の女性が天井にそって走っていく。捜査官《そうさかん》たちが次々《つぎつぎ》と発砲《はっぽう》したが、一発もかすりもしない。黒装束《くろしょうぞく》の女性は廊下《ろうか》に出ると、床《ゆか》にジャンプし、覆面《ふくめん》をはずした。あたしの周囲の捜査官《そうさかん》たちが、いっせいに息をのむ。

うす笑いをうかべたその人物は、なんと、マリア・ヴァン・ヘルシングだった！　マリアはこっちに向かっておじぎをすると、腕《うで》に巻《ま》いた瞬間移動装置《しゅんかんいどうそうち》のバンドを軽くたたいて、パッと消えた。

お兄ちゃんは、まちがいなく、相棒《あいぼう》のマリアにうらぎられていた――。

現実となった悪夢に胸《むね》をしめつけられた。けれどすぐに別の悪夢が頭にうかび、あたしはヴァン・ヘルシング部長に声をかけた。

「部長、黒本はどこの台ですか？」

けれどヴァン・ヘルシング部長は、あたしの声が耳に入らないらしい。たったいま、娘《むすめ》のマリアが瞬間《しゅんかん》移動して消えた場所を、ひたすら見つめている。

数人の捜査官《そうさかん》が大金庫の奥《おく》に向かってかけだした。あたしもぼうっとしたまま、ついていった。前を走っていたフィオーナ捜査官《そうさかん》が急にとまり、おどろいて口に手を当てる。

黒本の台には、なにもなかった。

# 30 驚愕《きょうがく》の正体

「みなさん、クロウ局長です。さきほど、局内に瞬間《しゅんかん》移動したハイブリッド集団によって、超常捜査部《ちょうじょうそうさぶ》は前代未聞《ぜんだいみもん》の襲撃《しゅうげき》にあいました。なぜ何重ものセキュリティーが破られたのか、現時点で判明していませんが、徹底的《てっていてき》に調査していますので、どうか安心してください。とりあえず追って連絡《れんらく》するまで、すべての訓練は延期《えんき》とします。訓練生およびジュニア局員は全員、特別な許可がないかぎり、寮《りょう》にとどまってください。夕食は各自の部屋に配膳《はいぜん》します」

局長の放送が終わるとすぐに、エルシーがまた質問してきた。

「ちょっとアマリ、どうしたっていうのよ？　部屋にもどってからずーっとうろうろしちゃって、どうしたのよ？」

あたしは答えなかった。答えられない。マリアの顔からあのうす笑いを引っぺがしてやれたら良かったのにと、心の底から思っている。

とうとうエルシーが、あたしの前に勢いよく立ちはだかった。

「もう、アマリ、こわいってば！　アマリのこんなに赤いオーラは見たことない。なにがあったか、ちゃんと話して！」

結局、エルシーに話した。そうであってほしくないとずっと願ってきたこと――お兄ちゃんが一番信頼《しんらい》していた相手にうらぎられたということ――が本当だとわかったのだと、打ちあけた。

「なにかのまちがいじゃない？　だって、マリアも魔術師《まじゅつし》ってことになっちゃうわよ。そんなの、まさかでしょ？」エルシーがひそひそ声で質問する。

「じつはね、エルシー、マリアも魔術師《まじゅつし》なの。きっとモローがあたしにしたように、超常《ちょうじょう》現象局《げんしょうきょく》の側につくか、魔術師《まじゅつし》の側につくか、マリアにもせまったんだよ。で、マリアがお兄ちゃんを巻《ま》きこんだんだよ」

そのとき、けたたましいノックの音がして、あたしもエルシーもビクッとした。エルシーが急いでドアをあけると、寮監《りょうかん》のバーサがいた。

「アマリ・ピーターズ、マグナス捜査官《そうさかん》がすみやかに来るようにとお呼《よ》びよ」

あたしはすぐに立ちあがり、数秒後には部屋を出ていた。とちゅう、エレベーターのルーシーから答えようのない大量の質問を受けた。けれど超常捜査部《ちょうじょうそうさぶ》のロビーに着くと、ルーシーはぴたっと静かになった。

「用件を述べろ」

ひとりの捜査官《そうさかん》がエレベーターの中に入ってきて、きびしい声であたしに命令した。

「マグナス捜査官《そうさかん》に呼《よ》びだされました」

「ピーターズがマグナス捜査官《そうさかん》に会いに来ている。確認《かくにん》を」

同じ捜査官《そうさかん》がイヤホンを軽くたたいて、報告する。だれも確認《かくにん》の返事をしてくれないのかとだんだん心配になってきたとき、ようやく捜査官《そうさかん》がうなずいて、あたしに質問した。

「道順は知っているか？」

「はい」

「では、マグナス捜査官《そうさかん》のオフィスに直行し、終わったらこのロビーに直帰しろ。いいな？」

「はい、わかりました」

捜査官《そうさかん》がわきにどく。あたしはエレベーターをおりて、ロビーをつっきり、メインホールに入った。そこは、ひどいありさまだった。書類が散乱《さんらん》し、壁《かべ》はへこんでいたり、完全にくずれていたりする。まるで爆弾《ばくだん》が爆発《ばくはつ》したみたいだ。見わたすかぎりだれもいない。こんなに静かな超常捜査部《ちょうじょうそうさぶ》は見たことがない。ずっしりとした悲しみに胸《むね》をふさがれながら、U字型のホールの壁《かべ》ぞいを歩き、特別捜査官専用《とくべつそうさかんせんよう》ホールへと曲がった。

ここは、お兄ちゃんがいた場所。あたしがひと夏、ずっとがんばってきたのも、ここに居場所を作るためだ。

特別捜査官専用《とくべつそうさかんせんよう》ホールの廊下《ろうか》には、捜査官《そうさかん》たちにとりかこまれたヴァン・ヘルシング部長がいた。さっきとはちがうスーツに着がえていたが、あいかわらず、なにかに取りつかれたような顔をしている。部長はあたしに気づき、おどろいて二度見した。

「ピーターズか？　ここでなにをしている？」

「マグナス捜査官《そうさかん》に呼《よ》ばれました」と答えると、部長は顔をしかめて言った。

「なんの用か知らないが、さっさとすませろ。一時間以内に超常現象局《ちょうじょうげんしょうきょく》を封鎖《ふうさ》する」

あたしは捜査官《そうさかん》たちをおしわけるようにして通りぬけ、早足で進んだ。マグナス捜査官《そうさかん》のオフィスのドアをノックしたところ、マグナス捜査官《そうさかん》はあたしを部屋の中へせきたてて、すぐにドアを閉《し》めた。オフィスの中も、ハイブリッドが暴れまくったみたいに乱《みだ》れていた。机《つくえ》一面にファイルホルダーがちらばり、床《ゆか》も書類だらけで足のふみ場もない。

「マリアだったんですね。最初から全部、マリアが仕組んでいたんですね」と切りだすと、マグナス捜査官《そうさかん》の顔に血がのぼった。

「ああ。ショックじゃないと言えばウソになる。だがな、わめいたり毒づいたりするのは後まわしだ。いまは、次のステップに集中するぞ」

マグナス捜査官《そうさかん》が机《つくえ》の上にブリーフケースをおいた。それは、お兄ちゃんが数週間前にあたしに送ってきたものとそっくりだった。

「それって、ひょっとして――」

「ああ、アマリ、そうだ」
マグナス捜査官《そうさかん》がうなずき、あたしを手まねきする。マグナス捜査官《そうさかん》がパソコンのキーボードを軽くたたくと、画面に超常現象局《ちょうじょうげんしょうきょく》のあたしのホームページが表示された。
「おう、助かったぜ。ハイブリッドの襲撃《しゅうげき》の前に、四人の審査員《しんさいん》全員が評価を提出してる」
『アマリ・レニー・ピーターズ――ジュニア捜査官《そうさかん》の訓練生
第一の適性検査：合格
第二の適性検査：合格
フィナーレ――超常界《ちょうじょうかい》の知識テスト：正解率九十一パーセント　合格
フィナーレ――スタンスティックによる実戦：二勝ゼロ敗　合格
フィナーレ――超常力《ちょうじょうりょく》のデモンストレーション（審査員《しんさいん》の四分の三が及第《きゅうだい》と認《みと》めれば合格）
マグナス――優《ゆう》　フィオーナ――優《ゆう》　コージー――良　ヴァン・ヘルシング――不可
以上により、ピーターズ訓練生は必要な条件をすべて満たしたため、ジュニア捜査官《そうさかん》への昇進《しょうしん》を認《みと》める』
「アマリ、不可は気にするな。今年は四人中三人が及第《きゅうだい》と認《みと》めりゃあ合格だ。フィオーナが早々《はやばや》と今年のルールを変更《へんこう》しておいたんだ。ヴァン・ヘルシング部長は公平に審査《しんさ》しないおそれがあるからな」

「じゃあ、あたし、本当に合格したんですね？」

やった！　心の底からほっとした！

「ああ、アマリ、よくやった」

マグナス捜査官《そうさかん》は昇進認定捜査官《しょうしんにんていそうさかん》という欄《らん》に自分の名前を入力し、エンターキーをおしてから、あたしの月長石《げっちょうせき》バッジに指を一本当てて言った。

「指導教官にゆだねられた権限《けんげん》により、アマリ・ピーターズ、きみをジュニア捜査官《そうさかん》に昇進《しょうしん》させる」

するとあたしの月長石《げっちょうせき》バッジがゆがんで、円形から楕円形《だえんけい》になった。バッジには、左右が釣《つ》りあった天秤《てんびん》の絵の上に『超常捜査部《ちょうじょうそうさぶ》』という文字が彫《ほ》られ、バッジの下のほうには『超常現象局《ちょうじょうげんしょうきょく》』という文字が刻《きざ》んである。うれしくて顔がほころんだ。一所懸命《いっしょけんめい》がんばって、さんざんいじめられ、どうせ無理だと言われつづけてきたけれど——自分でも無理かと思っていたけど——本当に、ちゃんと、ジュニア捜査官《そうさかん》になれた！

「ほら、クイントンの物は、晴れてきみの物だ。取っ手をつかんでみろ」

マグナス捜査官《そうさかん》がブリーフケースを指さす。

取っ手にふれた瞬間《しゅんかん》、鍵《かぎ》がカチッと音を立てて外れた。ふたをあけると、中に数冊《さつ》のフォルダーが入っていた。マグナス捜査官《そうさかん》といっしょにとりだして、机《つくえ》の上にならべていき、ブリーフケースの中身をほぼ出したときに初めて、うすくてなにも入ってなさそうな紙製のフォルダーが一冊《さつ》あることに気がついた。そのフォルダーには『鍵主《かぎぬし》』と書いてあった。フォルダーをとりだして開くと、紙が一枚《まい》入っている。

「おいおい、こいつは……。クイントンのやつ、本当にやりやがった。鍵主《かぎぬし》を見つけだしたんだ」

マグナス捜査官《そうさかん》が、おそれ入ったという口調で言った。

『鍵主《かぎぬし》

名前：ヘンリー・アンダーヒル医学博士、変身能力者

所在地：ブーニーズ・メディカルクリニック』

「よし、アマリ、黒鍵《くろかぎ》を回収《かいしゅう》し、超常現象局《ちょうじょうげんしょうきょく》で保管するよう、おれが正式に申請《しんせい》しよう」

「申請《しんせい》？　マリアはもう黒本を持ってるんですよ！　いま、こうしている間にも、黒鍵《くろかぎ》を盗《ぬす》みに行っているかもしれないのに！」

「ああ、おれだって本心では、マリアがすでに黒鍵《くろかぎ》を手に入れている可能性があると思う。だとしたら、超常界《ちょうじょうかい》はとんでもないことになる。まだ黒鍵《くろかぎ》を手に入れていないことを祈《いの》るしかねえよ」

「祈《いの》るなんて、もう、うんざりです！　あたし、ここに来てからずーっと祈《いの》ってばかり。

兄が行方不明になったのは、超常界《ちょうじょうかい》がとんでもない事態になるのを防ごうとしたからじゃないですか」

「でもなあ、どうしようもねえんだよ。超常現象局《ちょうじょうげんしょうきょく》は黒本のみを保管し、黒鍵《くろかぎ》をぜったい探《さが》さないって誓《ちか》いを立ててるから。黒本と黒鍵《くろかぎ》は、いかなる理由でも、けっして一か所に集めてはならないことになってるんだ」

「でも、一か所に集めることにはならないじゃないですか。もう局には黒本がないんだから」

「申請《しんせい》するときに、その点は必ずはっきりさせておく。アマリ、規則は規則だ。もし超常《ちょうじょう》議会《ぎかい》で緊急《きんきゅう》会議が招集されれば、たぶん二十四時間以内に答えが出る」

「二十四時間って、丸一日じゃないですか！」

「その間に、できるかぎり情報を集めればいい。おれたちでモローを再尋問《さいじんもん》するのも、ありかもな。マリアが次になにをする気か、それとなく探《さぐ》ってみるんだ。まあ、うまくいく見込《みこ》みは低いが、おそらくモローはご機嫌《きげん》だろうから、やってみても悪くない」

あたしは抗議《こうぎ》しかけたが、マグナス捜査官《そうさかん》はすでに携帯電話《けいたいでんわ》をとりだしていた。

「再尋問《さいじんもん》するなら、いますぐ局長に連絡《れんらく》を取らないとな」

「ブラックストーン刑務所《けいむしょ》に入る」

あたしはエレベーターのケンジントン卿《きょう》に乗っていた。ただし今回はマグナス捜査官《そうさかん》もいっしょだ。超常現象局《ちょうじょうげんしょうきょく》が超常議会《ちょうじょうぎかい》に〈鍵主《かぎぬし》を追いかける特別な許可〉を申請《しんせい》し、その答えが出るまでの間、モローを再尋問《さいじんもん》してはどうかとマグナス捜査官《そうさかん》が要請《ようせい》し、それをクロウ局長が了承《りょうしょう》したので、いま、あたしはここにいる。

たぶんモローは、役に立つようなことはなにも言わないと思う。それでも、やってみる価値《かち》はある。なにもしないで、ただ答えを待っているよりはましだ。

「まったく！　そもそもハイブリッドどもは、なぜ侵入《しんにゅう》できたんじゃ？」

ケンジントン卿《きょう》が、ぶぜんとした声で言った。

「何者かが局のセキュリティーを解除《かいじょ》したんだ。だがな、セキュリティー用の暗証番号をわりふられた人間は、かなりかぎられている。全員、おれの命をあずけられるくらい、信じられる相手ばかりだ」マグナス捜査官《そうさかん》が腕《うで》を組んで答える。

「マリアは暗証番号をわりふられていたんですか？」

あたしはマグナス捜査官《そうさかん》に質問した。

「ああ、特別捜査官《とくべつそうさかん》は全員、緊急《きんきゅう》事態にそなえてわりふられている。だがマリアの暗証番号は、クイントンとともに行方不明と認定《にんてい》された時点で無効となった。ホストコンピューターが自動的に無効化したはずなんだ」

そのとき初めて、あたしはあることに気がついた。大金庫にいたとき、ディファンは女泥《どろ》棒《ぼう》のことをテクノ術師だと言っていた――。

「あの……マリアはじつは、あたしと同じ魔術師《まじゅつし》なんです。だからセキュリティーシステムをダウンさせるのに、暗証番号は必要ないんです」

マグナス捜査官《そうさかん》は少しの間、なに言ってんだ、という顔であたしを見つめていたが、すぐに首を横にふった。

「おいおい、魔術師《まじゅつし》はコンピューターを魔術《まじゅつ》であやつれるって言う気かよ？」

「はい……テクノ術師っていう魔術師《まじゅつし》なんです」

あたしはくちびるをかんでから、答えた。

「アマリ、なんでそんなことを知ってるんだ？」

あたしがだまっていると、マグナス捜査官《そうさかん》の表情がけわしくなった。

「おい、かくしごとをしてる場合じゃないぞ！　アマリ、なぜ知ってるんだ？」

「それは、その……いろいろ学んでわかったんです」

「つまり、いまだに局はもろい状態だってことか。こりゃあもう、訓練生を帰宅《きたく》させて、危険《きけん》から遠ざけるしかねえな」

マグナス捜査官《そうさかん》がうめき、あたしに背《せ》を向ける。

「あたし、まだ家には帰れません！　兄を見つけるまでは、帰れません。ジュニア捜査官《そうさかん》になれたら、兄の捜索《そうさく》に加われるんじゃないんですか？」

「それは局が戦場になる前の話だ。アマリ、おれはクイントンのかわりに、きみの身を守らなくちゃならないんだ」

「でも――」

「でもじゃない。モローを尋問《じんもん》したあとは、この事態がおさまるまで、きみとお母さんが安全な場所に避難《ひなん》できるよう、このおれがとりはからう」

あたしはむしゃくしゃして、わめきそうになった。こんなの不公平だ！ 守ってくれなんて言ってない！ その間にも、モローがひとりじめしている区域《くいき》へと、エレベーターのケンジントン卿《きょう》がすみやかに進んでいく。

モローは前回と同じく、向こうをむいてロッキングチェアにすわっていた。マグナス捜《そう》査《さ》官《かん》が先にエレベーターをおり、あたしはあとからついていった。あたしの足が刑務所《けいむしょ》のつやのある黒い床《ゆか》にふれた瞬間《しゅんかん》、モローの檻《おり》の中が華《はな》やかな祝賀パーティー会場に変わり、モロー本人が檻《おり》のガラスのすぐ手前にあらわれた。

「おや、そこにおるのはマグナス捜査官《そうさかん》か？ なんとなんと、久しいことよ」

「おれがここに来た理由がわかっているようだな」

マグナス捜査官《そうさかん》が真剣《しんけん》な表情になる。

「看守《かんしゅ》たちが話しているのを聞いてな。超常現象局《ちょうじょうげんしょうきょく》が襲撃《しゅうげき》されたのだとか。しかもほかならぬハイブリッドに……。ふふっ、やっかいな害虫にやられたとは。害虫駆除《くじょ》業者に連絡《れんらく》したほうがよいぞ」

モローのうすいくちびるに、うっすらと笑みがうかんだ。

「むだ口をたたくな！　わかってるんだぞ。マリアがおまえのために、おまえの相棒《あいぼう》のウラジーミルを蘇生《そせい》させようとしているのは！」

マグナス捜査官《そうさかん》は、檻《おり》のガラスに拳《こぶし》を打ちつけて、つづけた。

「どうすればマリアが見つかるか、言え！」

モローも負けずに強い口調で言いかえす。

「おまえは、なにもわかっとらん！　おまえには、とことん失望した！　吾輩《わがはい》はつかまったとき、別の者があとをつぎ、我《われ》らにかつての栄光をもたらすであろうと警告《けいこく》したはずだ。しかしおまえは、超常現象局《ちょうじょうげんしょうきょく》が存在《そんざい》を把握《はあく》してない魔術師《まじゅつし》などおらんと高笑いしおった。ところが今日は、よりによって新顔の魔術師《まじゅつし》をしたがえて、ここに来ておるではないか。今度は吾輩《わがはい》が高笑いする番だ！」

「クソッ、時間のむだだ」

マグナス捜査官《そうさかん》はモローに背《せ》を向け、エレベーターのケンジントン卿《きょう》のほうへ引きかえしはじめた。

モローは、あたしを見つめてさらに言った。

「おまえには、勝ち組を選ぶチャンスをやったはずだ。信じやすい性格は考えものだと教えてやろう。まあ、ピーターズ家の人間はおしなべて、だまされやすいのかもしれんが」

「よけいなお世話！　前に言ったはずです。あたしは兄のいる側を選ぶって」

あたしも檻《おり》に背《せ》を向け、肩《かた》ごしにモローをしかめ面で見返しながら、マグナス捜査官《そうさかん》を追って歩きだした。モローは、好きにしろ、と言わんばかりに肩《かた》をすくめただけだった。

「まあ、よかろう。会いに来てくれたことには感謝しておるぞ。たとえ吾輩《わがはい》がくすくすと忍《しの》び笑いをもらすだけだとしても」

くすくすと忍《しの》び笑いをもらす……。そのフレーズを聞いた瞬間《しゅんかん》、あたしの全身がこわばった。マダム・バイオレットの声が頭の中にひびく――幻想術師《げんそうじゅつし》は、くすくすと忍《しの》び笑いをもらす者をけっして信じてはならない。そうか、そういうことか！　とつぜん、マダムの言葉の意味がわかった。

幻想術師《げんそうじゅつし》が相手を信じてはならない一番の理由は、視覚《しかく》があてにならないことを知っているから。それこそまさに、マダム・バイオレットが呪文書《じゅもんしょ》でまっさきに教えていることだ――「ぜったい信じないことです。何事も、けっして見たまま聞いたままに信じてはなりません。何事も評価するときは、見た目どおりだと証明されていないかぎりは、疑《うたぐ》ってかかるように」

マダム・バイオレットにテントで言われた言葉が、頭の中によみがえってきた――「生きていたころは、よく魔術《まじゅつ》を使って将来《しょうらい》をのぞき、私《わたし》の幻想《げんそう》が映《うつ》しだす光景に日を見張ったものよ。そのときに、あなたが話をしている相手と、あなたが使った魔術《まじゅつ》を見たの」

マダム・バイオレットが見た将来《しょうらい》というのは、いま？　そんなの、あり？

そのとき、今度はモローの言葉を思いだした。初めて会ったときに、モローはこう言った——「この対話で、うそはひとつだけ、認《みと》めるとしよう」あれは、そう、モローが自己《じこ》紹介《しょうかい》をした直後だった——。

あたしはモローのほうへゆっくりと手をあげ、小指と薬指をのばし、幻想《げんそう》を打ち消す呪文《じゅもん》を唱えた。「ディスペル」

するとパーティー会場がパッと消え、檻《おり》の中がモローとロッキングチェアだけになった。

モローは全身をはげしくふるわせ、やっとのことで立ちあがった。左半身をひきずりながら、なおもこっちに近づこうとする。

「おい、アマリ、モローになにをした？」マグナス捜査官《そうさかん》があたしのとなりに来る。

あたしは答えなかった。答えなくても、モローの顔からシワや白髪《しらが》が消えていくのが見てとれる。やがてモローよりも背《せ》が低く、顔が青白く、はるかに若《わか》い男があらわれた。その男はこっちをあざけるように笑っている。ああっ、まさかのことが本当に起きてしまった!　若い男は陰気な顔でニヤリとして言った。

「やるじゃないか！　みごとだ。これでようやくおまえたちも、どれだけ危険《きけん》な状況《じょうきょう》か、はっきりとわかったはず。いまや、我《わ》が師匠《ししょう》が……おまえより強大な魔力《まりょく》を持つ魔術師《まじゅつし》が、黒本を手に入れたんだ！」

「きさま、何者だ？」と、マグナス捜査官《そうさかん》が詰問《きつもん》する。

「おれは、壮大《そうだい》な計画のなかで師匠《ししょう》の身代わりを演じた下っぱの弟子だ。さあ、アマリ、我《われ》らの側へ来い。魔術師《まじゅつし》をうらぎった魔術師《まじゅつし》がどういう目にあうか、知らないほうが身のためだぞ」

すべてを理解するまで、少しかかった。モローは一度もつかまっておらず、モローこそが黒幕《くろまく》だった。超常界《ちょうじょうかい》においてもっとも危険《きけん》な魔術師《まじゅつし》モローが、黒本を手に入れてしまったのだ！

「アマリ、なぜ幻想《げんそう》だとわかった？」

マグナス捜査官《そうさかん》があたしの両肩《りょうかた》をつかみ、かがみこんでたずねる。あたしはふるえる声で、マダム・バイオレットのテントに行ったことを伝えた。マグナス捜査官《そうさかん》が、パニック状態の目を見ひらいて言う。

「これで、すべてが変わっちまった。おれたちが黒鍵《くろかぎ》を手に入れなければ、世界はあと二十四時間もたないかもしれない」

あたしといっしょにエレベーターへ全速力で走りながら、マグナス捜査官《そうさかん》はケンジントン卿《きょう》に向かってどなった。

「局長のオフィスへ行ってくれ！」

# 31 ジョリー・ロジャー号

えっ、局長のオフィスじゃない！　ケンジントン卿《きょう》のドアが開いた瞬間《しゅんかん》、まっさきにそう思った。ここは超常捜査部《ちょうじょうそうさぶ》だ。ケンジントン卿《きょう》の声がした。

「すまんのう。そなたたちをここに連れてくるよう、命じられたのじゃよ」

ロビーではヴァン・ヘルシング部長が腕組《うでぐ》みをして立っていた。その背後《はいご》には捜査員《そうさいん》の一団がひかえている。さっそくマグナス捜査官《そうさかん》がうったえた。

「部長、どういうつもりか知りませんが、時間がないんです。非常事態だって聞いてないんですか？　モローはつかまってない。黒本を手に入れたのはモローの弟子じゃない。モロー本人なんですよ！」

「ああ、非常事態なのは聞いている。ピーターズ、エレベーターをおりて、私《わたし》のとなりに来なさい」

ヴァン・ヘルシング部長は、おそろしいくらいに冷静だった。

「えっ、でも――」

あたしはそう言いかけたけど、マグナス捜査官《そうさかん》に止められた。

「アマリ、言われたとおりにしろ」

しぶしぶ、言われたとおりにした。あたしがジュニア捜査官《そうさかん》のバッジをつけているのに気づき、ヴァン・ヘルシング部長は顔をこわばらせた。

「これだけ言っても、まだわからないのか。私《わたし》が部長でいるかぎり、うちの部に魔術師《まじゅつし》など、金輪際認《みと》めない」

そして、あたしのバッジに指をおいて叫《さけ》んだ。

「降格《こうかく》！」

あたしのバッジはあっさりとちぢみ、もとの訓練生のバッジにもどってしまった。あたしはくやしくて、拳《こぶし》をにぎりしめた。やはりディランの言ったとおり、ヴァン・ヘルシング部長は最初からあたしにチャンスをあたえる気などなかったんだ！

ヴァン・ヘルシング部長は、エレベーターの中にのこったマグナス捜査官《そうさかん》のほうへ視線《しせん》をもどして言った。

「おまえがまっさきに取った行動が、刑務所《けいむしょ》に行ってモローの驚愕《きょうがく》の正体を暴くことだったとは、じつにおもしろい。やけに都合がいいとは思わんかね？　いやはや、共犯でありながら、英雄《えいゆう》をきどるとは。意見の食いちがいはあるものの、まさかおまえにうらぎられていたなんて、なにもなければ見破れなかっただろうな」

「いくら部長でも、そんなデマを信じるほど、ぼんくらではないでしょうに。なにが言いたいんです？」

マグナス捜査官《そうさかん》が首を横にふりながら言う。

ヴァン・ヘルシング部長が腕《うで》をふると、捜査官《そうさかん》たちがエレベーターをとりかこむように前に出た。捜査官《そうさかん》たちが位置につくのを待って、ヴァン・ヘルシング部長がマグナス捜査《そうさ》官《かん》の質問に答えた。

「ハイブリッドたちがどうやって超常現象局《ちょうじょうげんしょうきょく》に瞬間《しゅんかん》移動できたか、つきとめたぞ。セキュリティーシステムを解除《かいじょ》したのは、マグナス、おまえだ」

「ちがいます！　そうじゃなくて――」

あたしはとっさに声をあげたが、マグナス捜査官《そうさかん》にまた止められた。

「アマリ、だまれ！」

「そうだ、ピーターズ、だまってろ。この男は忠誠《ちゅうせい》をつくす価値《かち》などない。解除《かいじょ》に使われた暗証番号は、マグナス、おまえのものだったぞ」

ヴァン・ヘルシング部長は歯を食いしばって前に出ると、さらにつづけた。

「どのくらい前から局をうらぎっていた？　マリアはおまえを尊敬《そんけい》していたんだぞ！　マリアを説得して、家族も局もうらぎるように仕向けたのか？」

「おれは、はめられたんです。だれのものか、すぐに特定される暗証番号を使うなんて、バカじゃないですか？　もし本当にうらぎり者なら、ここにぐずぐずのこってないで、さっさと逃《に》げるんじゃないですか？」

　マグナス捜査官《そうさかん》が必死にうったえる。

「ああ、私《わたし》だって、同じことを自問しているとも。私《わたし》はただ、教えられたとおり、証拠《しょうこ》をたどっただけだ。その行きついた先が、マグナス、おまえだったのだよ」

「部長のことだ。じたばたしないで降参《こうさん》しろって言いたいんでしょうよ」

　マグナス捜査官《そうさかん》は憤慨《ふんがい》していた。

「マグナス、ミス・ピーターズが見ているんだぞ。ミス・ピーターズのために、大人の対応をしてもらいたいものだ」

　ヴァン・ヘルシング部長が冷えきった声で言う。

　マグナス捜査官《そうさかん》が、食い入るような視線《しせん》であたしを見た。目で、あたしになにか伝えようとしている——。そして、両手をあげて言った。

「降参《こうさん》します」

　寮《りょう》まで二名の捜査官《そうさかん》に連行されていく間、あたしの頭の中はぐちゃぐちゃだった。どちらの捜査官《そうさかん》もあたしの部屋に着くまで一言も口をきかず、部屋の前に来ると、ようやく背《せ》の高いほうの捜査官《そうさかん》が言った。

「局は今夜、封鎖《ふうさ》される。部長が明日の朝一番にきみを尋問《じんもん》するので、そのつもりで」

あたしの返事を待たずに、ふたりともさっさと引きあげていった。部屋に入ったとたん、エルシーがかけよってきて、ドアから顔をつきだし、廊下《ろうか》の左右を確かめてからドアを閉《し》めた。

「アマリ、お客さまよ」

あたしのベッドの下から、ディランがはいだしてきた。マリアを追って大金庫に入って以来、顔を合わせるのは初めてだ。

「ディラン、ここでなにしてるの？」

「暗証番号を追跡《ついせき》したらマグナス捜査官《そうさかん》にたどりついたって聞いたんだ。でも、あのマグナス捜査官《そうさかん》が局をそんなふうにうらぎるなんて、ぜったいありえない。姉さんのしわざだよ」

ディランは体を起こしてひざまずくと、あきらめたように首を横にふってつけくわえた。

「やっぱり姉さんが、マグナス捜査官《そうさかん》をはめたんだ。きみの話をちゃんと聞いておけばよかった……」

エルシーがベッドの上に飾《かざ》った雑誌《ざっし》の表紙を、悲しそうにちらっと見る。ディランの語るマリアは、エルシーがずっとあこがれてきたマリアとは正反対なのでショックなのだろう。でもエルシーは、うす笑いをうかべたマリアの憎々《にくにく》しげな顔を見ていない。父親や超《ちょう》常現象局《じょうげんしょうきょく》へのうらぎりを心から楽しんでいた、あのときのマリアを見ていない。

　ディランがつづけた。

「ぼくはマリアの弟だから、信用してくれとは言えない。でも、アマリ、いまはこの事態をなんとかするのがぼくの責任だって感じてるんだ」

「じつはね、ディラン、マリアのこともあるけど、事態はもっと深刻《しんこく》だよ。ずっとこの部屋にいたなら聞いてないと思うけど、じつはモローはつかまってなんかいなかった。弟子のひとりが幻想術《げんそうじゅつ》を使って、モローになりすましてただけなの」

「ええっ、つかまってないの？」

　エルシーがぎょっとし、口に手をあてて言う。ディランも目を見ひらき、しばらく言葉を失っていたが、ようやく声をしぼりだした。

「なりすましてたって……いつから？　そもそもモローは、つかまってなかったのか？」

「さあ……。あとね、マグナス捜査官《そうさかん》はたぶんあたしに、自分の疑《うたが》いを晴らしてほしいとは思ってない。それより、自分ができなくなったことをやってほしいと思っている気がする。つまり……お兄ちゃんがマグナス捜査官《そうさかん》より先にやってたことを、あたしにつづけてほしいんじゃないかな」

「アマリ、それって、まさか……まさかよね？」と、エルシー。

「うん。あたしは黒鍵《くろかぎ》を追いかけるよ」

マグナス捜査官《そうさかん》の食い入るような視線《しせん》は、きっとあたしにそう伝えていたはず。だからこそ、テクノ術師の魔術《まじゅつ》で超常現象局《ちょうじょうげんしょうきょく》のセキュリティーシステムをダウンさせられる、と言いかけたあたしを止めた。あたしを尋問《じんもん》でここに足止めさせたくなかったのだ。ここを出て黒鍵《くろかぎ》を取りに行け、と伝えたかったにちがいない。

「えっ、アマリ、黒鍵《くろかぎ》がどこにあるか知ってるのか？」と、ディランが言った。

「マグナス捜査官《そうさかん》の読みどおり、お兄ちゃんは第二の別れのブリーフケースの中に、黒鍵《くろかぎ》の現在地の情報をかくしてたの。とにかくモローより先にそこに行って、黒鍵《くろかぎ》をわたしてくれるよう、鍵主《かぎぬし》を説得するしかないよ」

「アマリ、本当にそれでいいのかしら。だって、超常現象局《ちょうじょうげんしょうきょく》の一番重要な誓《ちか》いを破ることになるのよ。そのせいで、超常現象局《ちょうじょうげんしょうきょく》が解体させられるかもしれない。アマリだって、ブラックストーン刑務所《けいむしょ》にぶちこまれるわよ」

エルシーが自分のベッドにドスンとすわる。

「お兄ちゃんは、黒鍵《くろかぎ》が敵《てき》にわたるのを防ぐとちゅうで、行方不明になったんだよ。だから、あたしが引きつがなくちゃ」

あたしは、ごくりとのどを鳴らしてから言った。

「アマリ、きみが本気でやる気なら、ぼくがきみを守るよ。姉さんの犠牲者《ぎせいしゃ》を、これ以上出したくない」とディランが言い、エルシーがため息をつく。

「じゃあ……わたしも、いっしょに行くわ」

するとディランがエルシーに言った。

「エルシー、悪気はないんだけど、きみは来ないほうがいい。ぼくとアマリは、いちおう、ジュニア捜査官《そうさかん》の訓練で護身術を習ってるけど、きみはちがうだろ」

「でもわたし、これまで捜査官《そうさかん》のために、いろんな道具を作ってきたのよ」

エルシーはベッドの下に手をのばし、発明品がつまったカバンを引っぱりだして、あたしを見た。

「アマリ、これまであなたがトラブルに見舞《みま》われるたびに、わたしはただ見てるか、かくれてるか、どっちかだった。でもそんなの、もうイヤなの。お願い、手伝わせて」

「わかった。言いだしたのはあたしだから、あたしが決めるね。エルシー、来て」

「アマリがそう言うなら、いいよ。でもエルシーにもしものことがあったら、アマリ、きみの責任だぞ」と、ディラン。

「了解《りょうかい》。じゃあ、あとは計画を立てるだけだね」

「アマリ、それはぼくにまかせてくれ。ふたりは、いつでも出られるように準備しといて」

午後八時――。スピーカーから、局長の放送が流れてきた。

「ジュニア局員と訓練生のみなさん、クロウ局長です。今朝の襲撃《しゅうげき》を考慮《こうりょ》し、各部の部長と協議した結果、今年のサマーキャンプはここで中断することにしました。ほかのセキュリティーシステムへの不正アクセスがないと立証できないかぎり、未成年のみなさんを安心しておあずかりすることはできません。目下、みなさんの保護者に連絡《れんらく》している最中です。レガシーの出身ではない保護者には、財政難《ざいせいなん》によりやむなくサマーキャンプを中断することになったとお伝えするつもりです」

とつぜん、寮《りょう》の部屋に寮監《りょうかん》のバーサが飛びこんできた。同時に、あたしの携帯電話《けいたいでんわ》がバイブする。ちらっと確認《かくにん》すると、ママからだった。キャンプ中断の知らせを受けて、連絡《れんらく》してきたのだろう。携帯電話《けいたいでんわ》は、いったんポケットにしまった。寮監《りょうかん》のバーサはメモを一枚《まい》持っていて、それを読みあげた。

「本書は機密《きみつ》レベル五の通知である。アマリ・ピーターズとエルシー・ロドリゲスは、認可記録部《にんかきろくぶ》にある瞬間移動装置室《しゅんかんいどうそうちしつ》に即刻《そっこく》出頭せよ」

バーサは不審《ふしん》そうに顔をしかめたが、さらに読みあげた。「二名は必要な装備《そうび》を持参すること。装備《そうび》については、すでに当人たちに連絡済《れんらくず》み。超常捜査部《ちょうじょうそうさぶ》、ヴァン・ヘルシング部長」

バーサがメモから顔を上げ、あたしを見て命令した。

「とにかく、行きなさい！　ヴァン・ヘルシング部長は、やけに具体的に書いていらっしやるし……」

「はい、すごく具体的ですよね」

ディランはいったいどうやって、こんな通知書を出せたの？　あたしはスタンスティックとスカイスプリントを持ち、エルシーはリュックサックを背負《せお》って、ひもで固定した。部屋を出ていくとき、バーサから通知書のメモをわたされた。

「検問を通過するのに必要だから、持っていきなさい」

ええっ、検問？　目を白黒させながらエレベーターホールへ向かうと、ミスチーフが待《いたずら》っていて、声をかけてきた。

「身分証明書か許可証を提示してください」

「ミスチーフのくせに、いつからまともなエレベーターになったのよ？」

エルシーがむっとし、腰《こし》に手を当てて抗議《こうぎ》した。

「ロックダウンの最中は、いたずら好きのマイクロチップが無効になるんだよ。ということで、身分証明書か許可証を提示してください」

ミスチーフがため息をついて答える。バーサからわたされた通知書をかかげると、ミスチーフがスキャンした。「認可記録部《にんかきろくぶ》への移動を許可します」

認可記録部《にんかきろくぶ》の広い待合室は、客がだれもいなかった。長いカウンターも、窓口《まどぐち》がひとつあいているだけだ。その窓口《まどぐち》の奥《おく》にいた女性に通知書を見せると、メインホールに入れてもらえた。そこには一名の男性捜査官《そうさかん》が配置されていて、その人にまた通知書を見せた。男性捜査官《そうさかん》は通知書を読み、とまどって頭をかいてから、はなれた場所にいる別の捜査官《そうさかん》にも声をかけて見せていた。

ようやく通過できたけど、ふたりの捜査官《そうさかん》はあたしとエルシーが角を曲がって瞬間移動《しゅんかんいどう》装置室《そうちしつ》に入るまで、目をはなさなかった。

瞬間移動装置室《しゅんかんいどうそうちしつ》に入ると、いくつもならんだガラス管の奥《おく》から、ディランが飛びだしてきた。

「やったやった、大成功！　うまくいく自信はなかったんだけど、大成功だ」

「あたしもよ、ディラン。でもロックダウンの最中はここから瞬間《しゅんかん》移動できないって、さすがに知ってるよね。セキュリティーシステムに電源《でんげん》を切られるよ」

「うん、アマリ、知ってるよ。でもそれは局の外に瞬間《しゅんかん》移動する場合だろ」

「ええっ、局内のどこかに移動する気？」と、エルシーがたずねる。

「うん！　まあ、信じてくれよ。目的地は入力してあるから」

あたしが瞬間移動装置《しゅんかんいどうそうち》のガラス管の中に入ると、ディランもついてきた。そのとき、背後《はいご》で叫《さけ》び声が上がった。さっき通知書を見せた捜査官《そうさかん》たちだ。念のために確認《かくにん》して、ニセモノだとわかったにちがいない。

「おい、待て！」

片方《かたほう》の捜査官《そうさかん》が足をすべらせながら止まって、叫《さけ》んだ。かわいそうにエルシーは、捜査《そうさ》官《かん》たちと瞬間移動装置《しゅんかんいどうそうち》の間にはさまれてしまった。捜査官《そうさかん》が、エルシーと装置《そうち》内のあたしたちに命令する。

「きみ、どきなさい。そこのふたりは、装置《そうち》から出るんだ。いますぐ！」

エルシーは深呼吸《しんこきゅう》すると、肩《かた》ごしにあたしたちのほうをふりかえって言った。

「行って！」

ディランが巨大《きょだい》な赤いボタンを連打し、瞬間移動装置《しゅんかんいどうそうち》がブーンと低い音を立てはじめる。その音を聞いて、ふたりの捜査官《そうさかん》はそろって突進《とっしん》しようとした。

エルシーは逃《に》げだすと思ったのに、まだ立ちはだかっている。そして、なんと、火をふいた！

気がつくと、あたしとディランは瞬間《しゅんかん》移動して、広いコンクリートの部屋にいた。壁《かべ》ぎわに大きな格納庫《かくのうこ》がならび、空飛ぶ自転車から空飛ぶ円盤《えんばん》まで、ありとあらゆる不思議な乗り物がしまってある。進みかけたディランが、ふとふりかえって、あたしにたずねた。

「あのさ、さっき、エルシーは火を……？」

「うん、見まちがいじゃないと思うよ」

あたしは、にやりとして答えた。

だだっ広い部屋を半分までつっきってようやく、ディランがめざす場所がわかった。それは、ジョリー・ロジャー号の格納庫《かくのうこ》。お兄ちゃんとマリアが使っていた船の格納庫《かくのうこ》だ。そのとき、ウィングド・チャリオット《翼つき馬車》号と書かれた格納庫《かくのうこ》から、フィオーナ捜査官《そうさかん》があらわれた。

「ちょっとあなたたち、どこへ行くつもり？」

あたしもディランもぎょっとして立ちどまり、同時にぜんぜんちがう言いわけを口走っていた。フィオーナ捜査官《そうさかん》がだまって腕《うで》を組み、あたしの目をまっすぐ見つめ、あたしの心を読む。とたんに、あたしの全身がこわばった。フィオーナ捜査官《そうさかん》は、おどろいて目をパチパチさせた。

「あなた、マグナスに、けしかけられたの？　それとも、あの鍵《かぎ》を追いかけろって、マグナスに言われたような気がしただけ？」

「マグナス捜査官《そうさかん》は、おれたちが黒鍵《くろかぎ》を手に入れなければ、って言ってました」あたしは、マグナス捜査官《そうさかん》の言葉を思いだしながら答えた。

「まったく、あの人ったら、なに考えてるのよ。この子たちは、まだ訓練生なのに」

フィオーナ捜査官《そうさかん》があきれかえって、額に手を当てる。

「マグナス捜査官《そうさかん》は自分で手に入れるつもりだったんです。でも、はめられちゃって……。話せば長くなりますけど」あたしはフィオーナ捜査官《そうさかん》にうったえた。

「まったく、この局でマグナスほど忠実《ちゅうじつ》な局員はいないって、あのわからず屋の部長に言ってやったのに……」

フィオーナ捜査官《そうさかん》はぶつぶつとぼやくと、なにかの装置《そうち》がはめられた左手首を持ちあげて、あたしたちに見せた。

「ヴァン・ヘルシング部長ったら、私《わたし》もグルじゃないかって疑《うたが》って、私《わたし》の行動まで監視《かんし》してるの。局の外に一歩でも出たら、たちまち警報《けいほう》が鳴って、五十名の捜査官《そうさかん》に追いかけられるわ。こっちは、めんどうを見なきゃならない子どもが家にいるっていうのに。もう、なんなのよ、エラソーに！」

さっきヴァン・ヘルシング部長にジュニア捜査官《そうさかん》からただの訓練生に降格《こうかく》させられたのは、じつはラッキーだった？　初めてそのことに気づき、あたしはフィオーナ捜査官《そうさかん》のほうへ一歩近づいてうったえた。

「あたしは、ただの訓練生です。まだ、正式な局員じゃありません。だから黒鍵《くろかぎ》を追いかけても、局に迷惑《めいわく》はかかりませんよね」ずうずうしく、もうひとおししてみた。

「マグナス捜査官《そうさかん》の判断を信用したほうがいいんじゃないですか」

フィオーナ捜査官《そうさかん》は迷いをふっきるように首をふって、言った。

「ああ、もう、こうなった以上、しかたないわね。じゃあ、私《わたし》の携帯《けいたい》の番号をひかえておいて。もし少しでも危《あぶ》ないと思ったら、居場所の座標《ざひょう》をメールして。そうしたら、追跡装《ついせきそう》置《ち》があってもなくても、まっさきにかけつけるわ」

言われたとおり、フィオーナ捜査官《そうさかん》の携帯電話《けいたいでんわ》の番号をあたしの携帯電話《けいたいでんわ》に登録した。

フィオーナ捜査官《そうさかん》はもう一度、信じられないという顔であたしたちを見てから、ジョリー・ロジャー号の格納庫《かくのうこ》のドアを開けるため、制御室《せいぎょしつ》へと向かって行った。

ディランはジョリー・ロジャー号に乗りこんで初めて、ゲームでしかジョリー・ロジャー号を飛ばしたことがないのを認《みと》め、しかも開きなおった。

「リアルだって、ゲームとたいしてちがわないだろ？」

実際は大ちがいだ！ それでもディランはバックして壁《かべ》に二回衝突《しょうとつ》したあと、なんとか運転できるようになった。フィオーナ捜査官《そうさかん》は制御室《せいぎょしつ》の中にこもっていたので、ぶざまなスタートを見られずにすんで助かった。ディランがジョリー・ロジャー号をゆっくりと格《かく》納庫《のうこ》の外に出し、離着陸《りちゃくりく》エリアへと進めていく。本物のジョリー・ロジャー号は、覚醒夢《かくせいむ》で見たときよりも、さらにかっこいい。

あたしがナビゲーションシステムに〈ヘンリー・アンダーヒル、ブーニーズ・メディカルクリニック〉と入力すると、次のように表示された――『ルートが特定されました。自動操縦《そうじゅう》にしますか？』

目でたずねると、ディランがうなずいたので、自動操縦《そうじゅう》に設定し、発進ボタンをおした。

あたしたちは、猛《もう》スピードで夜空へ飛びだした。

# 32 自分を信じて……

覚醒夢《かくせいむ》のときと同じように、ジョリー・ロジャー号はありえないスピードで飛んでいた。世界がぼやけ、星が大量の筋《すじ》となる。あたしは目を閉《と》じ、心の中でつぶやいた。だいじょうぶ、きっとうまくいく。鍵主《かぎぬし》を見つけて、安全な場所に避難《ひなん》させてみせる。マリアとモローには勝たせない――。

あっ、着いた！ ジョリー・ロジャー号が空中でゆっくりと停まった瞬間《しゅんかん》、そう思った。たった十秒の空の旅だ。

舵輪《だりん》の前のディランをちらっと見たら、ものすごく不安そうな顔をしている。ディランに心から同情した。マリアは無実だと信じてきたのに、敵《てき》だとわかってしまったのだ。

手すりから身を乗りだしてみた。飛行船の下には、広大な森が広がっていた。人間の気配を感じさせるのは、一軒《けん》のこぢんまりとしたロッジと、曲がりくねって先が見えない一本の長い未舗装《みほそう》の道だけだ。この地では太陽がしずみかけていた。夜の闇《やみ》がせまるなか、むらさきとオレンジの筋《すじ》が何本も、夕空に向かって力強くのびている。様子を見にやって来たディランに、あたしは言った。

「ディラン、早く着陸させたほうがいいよ。鍵主《かぎぬし》が窓《まど》の外をのぞいて、空に船がうかんでいるのを見たら、まずくない？」

ジョリー・ロジャー号を着陸させるのは、想像していたよりむずかしかった。ディランは少し速く落下させすぎて、着陸時にドーンと森全体にひびきわたる音を立ててしまった。ディランといっしょに船から飛びおり、鍵主《かぎぬし》の医師のロッジへ向かっていった。このあたりの草はひざの上まで生えている。しばらく手入れされていないらしい。妙《みょう》だ。このロッジ、本当にだれか使ってるの？

標識には、こう書いてあった――『ブーニーズ・メディカルクリニック　この地方で一番信頼《しんらい》できる診療所《しんりょうじょ》　ヘンリー・アンダーヒル医学博士』

ここでまちがいない。進もうとしたら、玄関《げんかん》のすぐ手前でディランに腕《うで》をつかまれた。

「アマリ、とにかく、相手の話を最後まで聞いてくれ。な？　チャンスをあたえてやってくれ」

「チャンスをあたえるって……だれに？」とつぜん、なに言ってるの？

「中に入って、自分の目で確かめてくれ」

ディランはため息をついてそう言うと、ノックもせずに玄関《げんかん》を開けて入った。

わけがわからないまま、あたしもついていった。けれど入ったとたん、ショックで動けなくなった。診療所《しんりょうじょ》は破壊《はかい》しつくされていた。書類や医療《いりょう》器具が床一面《ゆかいちめん》にちらばり、椅子《いす》という椅子《いす》、棚《たな》という棚《たな》がひっくりかえっている。その惨状《さんじょう》の真ん中に豪華《ごうか》な金色のテーブルがひとつおいてあり、ある人物が席についていた。血のように赤いマントをまとった白髪《しらが》の男性で、笑みをうかべている。その姿《すがた》は、ブラックストーン刑務所《けいむしょ》で見た幻想《げんそう》にうりふたつだった。ただし目の前の人物は、刑務所《けいむしょ》では一度も感じなかった、確かな存在感《そんざいかん》がある。かなり年老いた、とても腹黒《はらぐろ》い存在感《そんざいかん》だ。

あたしは恐怖《きょうふ》のあまり、うなじの毛が逆立った。本物のラウル・モローが、すわったまま身を乗りだした。

「ようやく会えてうれしいぞ、アマリ・ピーターズ」

「鍵主《かぎぬし》はどこですか？」

どうか、お願いだから、手おくれじゃありませんように。

「アンダーヒル医師は少し前に、こちらで対処《たいしょ》させてもらった。この吾輩《わがはい》が黒鍵《くろかぎ》を手にする前に、超常現象局《ちょうじょうげんしょうきょく》へ黒本をうばいに行くなどと、そなた、本気で思っておるのか？」

モローが、マントの中から一本の黒いねじれた金属の鍵《かぎ》をとりだす。

「でも……手に入れたって、どうやって？」

そうたずねると、モローが満面の笑みをうかべ、むきだされた犬歯が光る。

「ふふっ、そなたは未熟《みじゅく》な魔術師《まじゅつし》ゆえに知らぬだろうが、噴水《ふんすい》の水のごとく、口から真実を吐《は》かせる方法があるのだよ」

あたしは、反射的《はんしゃてき》にうっと顔をしかめた。そんな魔術《まじゅつ》をかけられたら、お兄ちゃんはひとたまりもなかっただろう。

「兄はどこですか？」

「ここにおる」

モローが両手をつきだして軽くふると、カウンターの奥《おく》からストレッチャーが一台、転がりでてきた。その上に、お兄ちゃんが横たわっている。あたしは息がつまった。お兄ちゃんは、ぴくりともしない。きらめく緑色の霧《きり》が、お兄ちゃんの全身をつつみこんでいる。

「お……お兄ちゃんに……なにをしてるの？」

「命のエキスをぬきとっておるのだ。そなたの兄は、おそろしくゆっくりと、死へ向かっておるのだよ」

モローがにやりとして、つづける。

「今夜、吾輩《わがはい》が使う呪文《じゅもん》には、命のエキスが必要なのだ。呪文《じゅもん》のために死すとは、じつに有益だとは思わんか？」

あたしはスタンスティックを引きぬいた。けれどディランに手をはたかれ、落としてしまった。

モローが声を上げて笑い、指をくるっと回す。あたしは強く引っぱられて宙《ちゅう》を飛び、金色のテーブルの席にすわらされた。完全にお手上げだ。

ディランも席についた。けれどそれは、あたしの向かいの席。モローのすぐとなりの席だった。

「ディラン……いつから……ウソをついてたの？」

吐《は》き気がこみあげてくる。

ディランは答えなかった。あたしのほうを見ようともしない。モローが、また声を上げて笑う。

「我《わ》が相棒《あいぼう》はまことに上手に、そなたをだましてきた。しかも、かなり長きにわたって。そなたの目の前で黒本を盗《ぬす》んだのはほかならぬディランだったと知ったら、さぞショックを受けるであろうな。そなたやクロウ局長や大勢の捜査官《そうさかん》がすぐそこにおったのに、ディランは黒本を上着のポケットに入れて、どうどうと持ち去ったのだ！」

「で、でも、マリアが……。あたしは、まちがいなく、マリアを見た。あたしもみんなも見たのに」

「そなたたちは、ディランの思いどおりのものを見たにすぎぬ」

モローは頭をのけぞらせ、さらに高笑いしてから、つづけた。

「あのマリアは、ただの幻想《げんそう》。マリアが使ったとされるテクノ術師の魔術《まじゅつ》はすべて、ここにいるディランがしかけたものだ」

そんな！　あたしはディランに向かって言った。

「まさかセキュリティーシステムを解除《かいじょ》して、ハイブリッドを局内に引きいれてたなんて……。マグナス捜査官《そうさかん》をはめたのも、ディランだよね」

マリアまで、ディランにはめられていたとは――。ディランはいまだに、あたしのほうを見ようとしない。あたしはまだ信じられず、首を横にふりながら問いただした。

「ねえ、なんで？　マリアをとりもどしたいって、ずっと言ってたじゃない。なのに、最初からマリアの居場所を知ってたなんて」

ようやくディランがあたしの目をまっすぐ見つめ、吐《は》きすてるように言った。

「姉さんは、おくびょう者だ！　ヴァン・ヘルシング家の、ふぬけた歴代の魔術師《まじゅつし》たちと同じだよ。超常現象局《ちょうじょうげんしょうきょく》が数百年にわたって魔術師《まじゅつし》を次々《つぎつぎ》と幽閉《ゆうへい》するのを、だまって見てたんだ。アマリ、前にきみに言っただろ。ぼくたちは特別な存在《そんざい》なんだって。だから、特別あつかいされて当然なんだ。魔術師《まじゅつし》であることをかくさなきゃならないなんて、おかしいよ。本物の魔術師《まじゅつし》は、ふたりの師匠《ししょう》に仕えることはできない。それをモローがわからせてくれたんだ」

モローがまた両手を軽くふると、目を閉《と》じたマリアのストレッチャーもあらわれた。お兄ちゃんと同じように、緑色の霧《きり》に全身をつつまれている。モローがさも楽しげにクックッと笑う間、あたしはまだ頭が混乱《こんらん》していて、首を横にふることしかできなかった。

「ディランよ、アマリにすべて教えてやれ。徹底的《てっていてき》にしくじったことを、わからせてやるのだ。アマリのバカな兄と同じく完敗したのだ、となL」

ディランは命じられたとおり、こうなるまでのいきさつについて、すべてを語った。

ディランはテクノ術師の魔術《まじゅつ》を使っていたとき、アザーネット——超常界専用《ちょうじょうかいせんよう》の保護されたインターネットだ——でモローと偶然《ぐうぜん》出会った。

二年前、ヴァンクイッシュがつかまえに来ると警告《けいこく》し、モローが弟子を身代わりにするための時間をかせいだのもディランだった。お兄ちゃんとマリアが拉致《らち》されるように仕組んだのもディランだ。ディランは三回の適性検査にすべて成功することであたしとの距離《きょり》をちぢめ、かつ超常捜査部《ちょうじょうそうさぶ》の中にとどまり、テクノ術師の魔術《まじゅつ》で内部から刑務所《けいむしょ》やセキュリティーシステムについて把握《はあく》した。なにもかもディランのしわざだった。

ディランは姉マリアを拉致《らち》するだけでは物足りず、局員たちの心の中のマリア像までぶちこわすという、あまりにも残酷《ざんこく》な仕打ちまでやってのけたのだ。

「じゃあ……ハイブリッドの軍団があなたの屋敷《やしき》を破壊《はかい》したのは……あのときの額のあざは……わざとなの？　あたしを局に引きもどすために？」あたしの心は、粉々《こなごな》にくだけちっていた。

「ああ、そのためなら、なんだってしたさ」

ディランが肩《かた》をすくめ、しれっと言う。

「ディラン、ウソでしょ。ウソだと言ってよ」

「アマリ、ぼくたちはいま、超常界《ちょうじょうかい》と戦ってる。魔術師《まじゅつし》の存亡《そんぼう》をかけて戦ってるんだ。そのために必要なことはやるしかない。きみだって、こっち側についたほうが──」

ディランは、声を荒《あら》らげて言い放った。けれどとちゅうで、モローがゴブレットをかかげて口をはさんだ。

「アマリ・ピーターズに乾杯《かんぱい》！　我《わ》が愛すべき同志ウラジーミル以来、もっとも強大な魔《ま》術師《じゅつし》に乾杯《かんぱい》だ。ウラジーミルの復活のために、そなたを犠牲《ぎせい》にせねばならんとは、いやはや、じつに残念だ」

するとディランが言った。

「ちょっと待って。アマリは死ななくてもいいって言いましたよね。こっち側につければ、いいんですよね」

「ディランよ、たわけたことを言うでない。この娘《むすめ》は明らかに、我《われ》らの大義になんの興味もない。仲間に引きいれるチャンスをやったのに、おまえは失敗したのだ。だが、案ずることはない……」

モローは苦りきった顔でそう言うと、ゴブレットの中の血を飲むためにいったん言葉を切った。その血が、モローのあごに垂《た》れていく。

「アマリは、我《わ》が身の犠牲《ぎせい》こそが世を正すとわかったうえで、死を迎《むか》えることになろう。

これまで我《われ》らをののしり、非難《ひなん》してきたすべての者に、報いを受けさせてやる。全員、ひとりのこらず、罰《ばっ》してやるのだ！」

ギクッとした。まったく同じ思いを、あたしもずっとかかえていたからだ。自分ではどうしようもないことのせいで憎《にく》しみをぶつけてくるすべての人たち——あたしをにらみつけた人や、あたしをフィナーレに参加させるなと嘆願《たんがん》した親たち——に、復讐《ふくしゅう》してやりたいとずっと思っていた。私立校《しりつこう》で最終日にとうとうキレてエミリーをこづいたのも、同じ憎《にく》しみからだった。あのときは、町の貧しい地区の貧しい黒人だからと何度もいやがらせをし、あげくにお兄ちゃんは死んだと言い放ったエミリーに、仕返しをしてやった。尻《しり》もちをついたエミリーをほかの子があざ笑う間、エミリーを見下ろしていたときは、本当に胸《むね》がスカッとした。あのときは、当然のことをしたまでだと信じていた。

でもいまは、そうは思わない。

「魔術師《まじゅつし》への偏見《へんけん》は、だれも傷《きず》つけなくたって変えられます。実際、あたしへの偏見《へんけん》は、少しずつ変わっていた。あたしたちの本当の姿《すがた》を見てもらうチャンスさえあればいいんです」

ドラゴン人間のエルシーと友だちになれたのは、ありのままの自分を見せあったから。第二の適性検査でのアルフォード隊員や、フィナーレであたしに拍手《はくしゅ》してくれた人たちだって、たぶんそう。あたしは自分の殻《から》に閉《と》じこもらず、本当の自分をさらけだすことで、まわりの人たちの意識を少しずつ変えてきた。何度もしつこくふみにじられても、魔術師《まじゅつし》への偏見《へんけん》をたしかに変えつつあったのだ。

けれどモローは、あたしをせせら笑った。

「ほほう、じつに感動的な意見だな。しかし吾輩《わがはい》は、人々《ひとびと》の意識を変える気などこれっぽっちもない。ライオンはヒツジたちの意見など気にかけぬ。我《われ》ら魔術師《まじゅつし》にしたがわねば、超常界《ちょうじょうかい》は滅《ほろ》びるまでだ。まあ、残念ながら、我《われ》らの大義をじゅうぶんに理解する前に、かなりの人々《ひとびと》が死を迎《むか》えるであろうが」

あたしは前を向いたままゆっくりと、ポケットの中の携帯電話《けいたいでんわ》へ手をのばした。フィオーナ捜査官《そうさかん》にメッセージを送ることができれば――。けれどちらっと画面を見たら、あたしに向かってチッチッと指をふるモローの顔があらわれ、携帯電話《けいたいでんわ》はショートした。

モローが立ちあがり、マントの中から黒本をとりだした。また指を軽く動かすと、黒本がひとりでに開く。モローは黒本を目の前におくと、両手で拳《こぶし》をにぎり、それをはげしくぶつけあい、小さな鋭《するど》い声で「死の扉《とびら》」と言った。するとお兄ちゃんとマリアをつつんでいた緑の霧《きり》がうずを巻《ま》いて飛んでいき、向こうの壁《かべ》に激突《げきとつ》して、緑の扉《とびら》に形を変えた。オール・ソウルズ・フェスティバルで見たテントのように、ちらちらと光ってゆらめいている。モローはマントをさっとひるがえし、扉《とびら》の前へすべるように飛んでいくと、扉《とびら》を一回ノックして叫《さけ》んだ。

「わが友よ、いざ出《い》でよ。ウラジーミルよ、いざ出でよ！」

きらめく扉《とびら》がギーッと音を立てて、少しずつ開きはじめる。モローが目に喜びをたたえ、またあたしのほうを見た。

「アマリよ、そなたは魔力《まりょく》の血をさしだすのだ。もとの魔術師《まじゅつし》にもどるための栄養を、ウラジーミルにあたえよ！」

モローがさっと片手《かたて》をふって、あたしを椅子《いす》から引っぱりあげ、緑の扉《とびら》の前に落とした。扉《とびら》の奥《おく》から骸骨《がいこつ》の腕《うで》が一本あらわれ、床《ゆか》をこすり、引っかきながら、あたしのほうへのびてくる。モローの魔術《まじゅつ》は強大すぎて、あたしは完全に動きを封《ふう》じられた。幻想《げんそう》を作ることさえできない。あまりに無力だ。いやだ、とめて、やめて！

そのとき、とつぜん宙《ちゅう》にエネルギーがほとばしり、モローの背中《せなか》を直撃《ちょくげき》した。モローが両腕《りょううで》をわきにぴたっとつけた状態でたおれる。

ディランがモローにスタンスティックを向けたまま、モローを見下ろしていた。モローがはげしく息を吐《は》きながら、ディランに食ってかかる。

「あと一歩で……永遠の勝利を手にできるのに……いまになって邪魔《じゃま》をするのか？」

「わかってますよね、ぼくとアマリは切っても切れない仲だと。アマリが目の前で死ぬのを、だまって見てはいられませんよ」

ディランは、目を閉《と》じて答えた。

「だらしない！　権力《けんりょく》より感情を……優先《ゆうせん》するとは！　魔術師《まじゅつし》失格だ！」

モローが、歯をむきだしてどなる。

「あんたには、魔術師《まじゅつし》を正当に復権《ふっけん》させる時間が、それこそ何百年もあった。なのに、このぼくがいなければ黒鍵《くろかぎ》を手に入れられなかった。黒本を取ってきてやったのだって、ぼくじゃないか。魔術師《まじゅつし》失格はあんたのほうだ！　あんたはもう終わりだよ」ディランも負けずにどなりかえす。

「小僧《こぞう》……おまえごときに、我《わ》が魔力《まりょく》をうばう力は……ない！」モローがわめく。

ディランは不思議な呪文《じゅもん》を唱えだし、両手から銀色の炎《ほのお》がふきだした。その手をにぎりしめると、銀色の光の筋《すじ》が何本もモローからディランへと流れていく。モローがうめいた。

「ま、まさか！」

モローがディランからはなれようと、必死に床《ゆか》をはっていく。

その間に、あたしはすばやく立ちあがった。あたしのすぐ目の前で、モローはくずれて粉となった。黒本はいきおいよく閉《と》じ、骸骨《がいこつ》の腕《うで》は緑の扉《とびら》の中に引きずりこまれ、扉《とびら》もくずれて霧《きり》となる。いまやディランは、銀色に光っていた。

「アマリ、きみからホラス部長のリーディングについて聞くまでは、自分にこんな力があるなんて、とても信じられなかった。魔術師《まじゅつし》でなければ知らなくて当然なんだけど、双頭《そうとう》のヘビは、ほかの魔術師《まじゅつし》から魔力《まりょく》をうばえる魔術師《まじゅつし》の象徴《しょうちょう》なんだ。魔力《まりょく》をうばえる魔術師《まじゅつし》は、ふつうの魔術師《まじゅつし》よりも二倍、危険《きけん》なんだよ」

「お願い、ディラン、お願いだから、お兄ちゃんとマリアを返して。あたしたちを逃《に》がして」

「クイントンと姉さんのことは、ほっとけ。邪魔《じゃま》になるだけだ」

ディランはゆっくりと首を横にふり、あたしとしっかり目を合わせて、つづけた。

「これは、アマリ、きみとぼくの問題なんだ。きみとぼくは、生まれつきの魔術師《まじゅつし》。この時代に生まれついた魔術師《まじゅつし》なんだ。だからこれからはナイトブラザーズじゃなくて、ぼくたちの時代なんだ。いま、ようやく気づいたよ」

「ええっ、ディラン、あなたも……生まれつきの魔術師《まじゅつし》なの？」

「きみにはさんざんウソをついてきたから、信じろというほうが無理だよね。でもきみとぼくは、この世でなによりも強い絆《きずな》で結ばれているんだ。なぜいま、モローの魔力《まりょく》をうばえるくらい、ぼくが強大になれたと思う？　ぼくたちの魔力《まりょく》が共鳴しあったからだよ」

そういえば——。とくに練習しなくても、すぐにアマリの花を作れたことを思いだした。幻想のあたしがララの顔にパスタの皿をおしつけたときも、ディランは近くにいた。歓迎《かんげい》パーティーのとき、テーブルにうず巻《ま》く炎《ほのお》の幻想《げんそう》がふきだしたときもそう。あたしが水晶《すいしょう》球《だま》にふれたときだって、ディランは舞台《ぶたい》に近い最前列の席にいた。あたしの魔力《まりょく》があふれだして幻想《げんそう》を作るとき、ディランはいつもすぐそばにいた。

「アマリ、ぼくに力を貸してくれ。ナイトブラザーズにできなかったことを、なしとげるんだ。超常現象局《ちょうじょうげんしょうきょく》に勝ち目はない。こっちには黒本と黒鍵《くろかぎ》がそろってる。なんでもできる力があるんだ。この世界をぼくたちの物にすることだってできる……」

ディランの顔を、一瞬《いっしゅん》、強い感情がよぎった。

「ぼくは、ひとりきりになりたくないんだ」

「そう思うなら、あなたを大切に思ってくれている人たちを傷《きず》つけないで。あたしは、力なんていらない。お兄ちゃんさえとりもどせれば、それでいい」

「きみもマリアといっしょだ！」

ディランがどなった。そのほおを涙《なみだ》が伝っていく。

「きみの黒魔術《くろまじゅつ》への反応を見れば、わかったことなのに……。でも、ひょっとしたらって……」

ディランの表情がすっと変わり、氷のように冷たくなった。

「ならば、アマリ、きみの魔力《まりょく》もうばうしかない」

「そのせいで、あたしが死ぬとしても？」

「きみが決めたことだ！　自分の身は自分で守れ！」

「身を守れなんて……どうすればいいの」

あたしは目に涙《なみだ》をうかべ、首を横にふった。

「守れないなら、さらばだ、アマリ・ピーターズ」

なんとかしないと。そうだ、スタンスティック！　あたしは玄関《げんかん》へとかけだした。けれどディランが軽く手をふっただけで、足がもつれ、肩《かた》から壁《かべ》に激突《げきとつ》し、くずれ落ちた。ディランはまちがいなく、モローと同じ魔術《まじゅつ》を使えるようになっている。

あたしはひざをつき、両腕《りょううで》を広げ、陽光の幻想《げんそう》の呪文《じゅもん》を唱えた――「ソリス！」すぐに体が輝《かがや》きはじめる。けれど、すぐにディランに光を消されてしまった。

「アマリ、白魔術《しろまじゅつ》なんかじゃ勝てないよ。白魔術《しろまじゅつ》をこえる魔術《まじゅつ》でないと、きみは助からない」

ディランの両手から銀色の炎《ほのお》がふきだす。

あたしは、ある黒魔術《くろまじゅつ》の呪文《じゅもん》を唱えようとした。敵《てき》の心から最悪の恐怖《きょうふ》を引きだし、地獄《じごく》の幻想《げんそう》を作りだす、黒魔術《くろまじゅつ》マグナ・フォビアだ。でも、どうしても唱えられなかった。黒魔術《まじゅつ》は二度と使わない、お兄ちゃんがほこりに思ってくれるような妹になると、心に誓《ちか》ったからだ。あたしは全身をふるわせながら、目を閉《と》じた。お兄ちゃん、ごめんね。やっぱり、みんなが言ってたとおり、あたしには無理――。

ううん、そんなことない！　頭から迷いをふりはらった。もう、あたしは弱くない。簡《かん》単《たん》にあきらめたりしない。やってみよう。戦うんだ。自分を信じて。あたしは無敵《むてき》だ！

そう強く意識して、目をあけた。と、体の中でなにかがはじけ、全身がすさまじい熱で白く輝《かがや》いた。つづいて黒本がめくれ、数十体の幻想《げんそう》アマリが次々《つぎつぎ》と部屋の中にあらわれた。どのアマリも空に向かって手をつきあげている。最後に輝《かがや》く鎧《よろい》をまとった一体のアマリが部屋の中央にあらわれ、あたしに向かってウインクした。

「な、なんで……」

ディランが、後ろによろめきながらつぶやく。

いままでのように、いつのまにか魔力《まりょく》があふれだしたときとはちがう。いまのあたしは、受け身じゃない。自分の意思で決めている。ディランにはぜったい勝たせない、と。鎧姿《よろいすがた》のアマリも空に向かって手をつきあげ、呪文《じゅもん》を唱えた――「フィニス！」

頭上で雷《かみなり》がとどろいた。稲妻《いなずま》がすさまじい光をはなって屋根をつらぬき、鎧《よろい》のアマリの手にのびていく。

最後に見たのは、部屋にほとばしる、すさまじい閃光《せんこう》だった。

# 33 超常現象局《ちょうじょうげんしょうきょく》への推薦状《すいせんじょう》

ビートのきいてない音楽は、好きじゃない。ビートに合わせておどれないのは、つまらない。でもいま聞いている、おだやかで小さな歌声には、魅力《みりょく》を感じる。とにかく気持ちがいい。メロディーもすごく覚えやすい。

目を開けると、目の前にすんだ青い目があった。あたしが二度まばたきをすると、青い目の持ち主――フィオーナ捜査官《そうさかん》だ――が満面の笑みをうかべ、少し顔を上げて言った。

「お目覚めね」

そしてふりかえって、だれかに声をかけた。

「起きたわよ」

気がつくと、エルシーがおおいかぶさっていた。あたしにすがりつき、ほおにキスを浴びせてくる。まるであたしが、あの世から生き返ったみたいに。

ん？　あたし、生き返ったの？

「ああ、よかった、無事で。アマリにもしものことがあったら、わたし、なにをしたか、わからないわ」と、エルシー。

「おいおい、そのくらいにしておけよ」そう言って笑う声はマグナス捜査官《そうさかん》だ。

「そうだよ、エルシー。そのくらいにしてくれる?」

あたしもクスッと笑いながら言った。

エルシーがはなれたので、ようやくここが病室だとわかった。というか、見た目や雰囲《ふんい》気《き》は病室だ。ママが病院で働いているので、病院には何度も行っていて、それらしい雰囲《ふんい》気《き》はわかる。でも、病室にあるはずの機器がなにもない。かわりに、マイクの前に白衣の女性がひとりいる――。ようやくピンときた。この女性は、各部署《かくぶしょ》のプレゼンテーションのとき、昏睡《こんすい》状態の男性を歌で目覚めさせた人だ。この女性の歌のおかげで、ついさっき、あたしも回復して目覚めたのか。

まばたきをすると、一気に記憶《きおく》がよみがえり、考えるより先にわめいていた。

「モロー! 黒本! ディラン! 止められた? あっ、そうだ……エルシー、本当に火をふいた?」

「うん、ふいたわよ。まだ完全じゃないけど、ようやく変身が始まったみたい」エルシーは声をあげて笑っていた。つづいて、フィオーナ捜査官《そうさかん》が言う。

「私《わたし》たちは、なにもしてないわ。ジョリー・ロジャー号にたどりついたとき、あなたは黒本と黒鍵《くろかぎ》の上にたおれ、ディランは稲妻《いなずま》の檻《おり》の中で気絶してた。あの檻《おり》からディランを出すのに、とんでもなく苦労したわよ」

「じゃあ、あたしたち……勝ったんですか？」

「ええ、勝ったわ。アマリ、あなたのおかげよ」

「兄に会えますか？　マリアにも会えます？」

あたしは、早口でさらに質問した。お兄ちゃんにもマリアにも伝えたいことが、もう、それこそ、山ほどある。

「ふたりともまだ、呪《のろ》いを解く解呪師《げじゅつし》の治療《ちりょう》を受けてる最中なの。きっとうまくいくと期待してるわ」フィオーナ捜査官《そうさかん》が答えた。

あたしは枕《まくら》に頭をつけて、目を閉《と》じた。ああ、よかった！　最高の瞬間《しゅんかん》だ。でも、この瞬間《しゅんかん》は相棒《あいぼう》といっしょに迎《むか》えられると、ずっと信じてた――。

「最初からディランが、すべて仕組んでいたんです……」

言葉ではうまく言い表せないけど、ディランのことを考えると、いろいろな感情がこみあげてくる。さんざんウソをつかれたから、大きらいになってもおかしくないのに、いまも心の片《かた》すみでは、ディランを友だちだと信じていたころにもどれたらいいのにと思っている。アンダーヒル医師の診療所《しんりょうじょ》で見たディランは別人のようだった。あたしは一度でも、本当のディランを見たことがあるのかな？

フィオーナ捜査官《そうさかん》がうなずいた。

「ええ、そうね。アンダーヒル医師は強迫観念《きょうはく》が強い人だったの。まあ、鍵主《かぎぬし》ならだれしも、そうなるわよね。で、診療所《しんりょうじょ》のいたるところに監視《かんし》カメラを設置してた。おかげで、なにがあったか、すべて録画されてたわ」

「ディランはいま、どこにいるんですか？」とたずねたら、フィオーナ捜査官《そうさかん》もマグナス捜査官《そうさかん》も渋《しぶ》い顔になった。

「ごめんなさいね、アマリ、機密《きみつ》情報なの」とフィオーナ捜査官《そうさかん》が答え、マグナス捜査官《そうさかん》も口を開く。

「アマリ、くよくよするな。土壇場《どたんば》で勝ったんだぞ。ジュニア捜査官《そうさかん》の初日にしては上出来だ」

ん？　いま、なんて？

「あたし……ジュニア捜査官《そうさかん》なんですか？　奨学金《しょうがくきん》をもらえるんですか？」

すると今度は、クロウ局長の声が近づいてきた。

「ええ、そうよ！　おめでとう！」

「あのう……勝手に黒鍵《くろかぎ》を追いかけたこと、怒《おこ》ってませんか？」

「そうねえ、あなたがフィオーナ捜査官《そうさかん》に雄弁《ゆうべん》にうったえたとおり、あの時点であなたはただの訓練生。正式な局員じゃなかったから、ぎりぎりセーフね。そりゃあ、超常議会《ちょうじょうぎかい》の緊急《きんきゅう》会議では六時間、えんえんと文句を言われ、不満をぶつけられたわよ。でもだれも、あなたの意見を論破《ろんぱ》できなかった。今後、こういう行動に出るときは、お願いだから、必ず大人に相談してちょうだいね」

「おいおい、アマリ、いったいどういうつもりで、あんなことをしたんだ?」とマグナス捜査官《そうさかん》が言うので、あたしは少し体を起こして答えた。

「だってあのとき、あたしにそうしろって、目で言ってたじゃないですか。ハイブリッドを局内に引きいれたのはおまえだろうって、ヴァン・ヘルシング部長に責められたときに」

「いやいや、あの目は、フィオーナが黒鍵《くろかぎ》を取ってくるのを手伝えっていう意味だ。ひとりで世界を救ってこいって意味じゃない!」

マグナス捜査官《そうさかん》の顔が赤くなる。あたしはくちびるをかんで、言いかえした。

「それなら、もっと顔の表情をみがいたほうがいいと思いますけど」

「そうね、同感」

フィオーナ捜査官《そうさかん》が笑いながらうなずき、マグナス捜査官《そうさかん》のむさくるしいあごひげを引っぱって言った。「いつもあなたに言ってるでしょ。もう少し見た目に気をつかうだけで、スムーズに事が運ぶようになるって」


その日の夜、病室にだれもいなくなった直後、ここで会えるとは夢にも思ってなかった人が会いに来た。

「ええっ、ママ?」

「ああ、アマリ、助かって本当に良かった! 魔術《まじゅつ》の使用過多による重度の疲労《ひろう》から回復しつつある、って言われたときは、なにがなんだか、さっぱりだったわ」ママはかけよってきて、あたしをひしとだきしめた。

「ママ……よく、ここにとおしてもらえたね」

ママがあたしから少しはなれる。その顔はとほうに暮《く》れていた。

「ここに来るとちゅうでいろいろ見たけどね、とてもじゃないけど、頭が追いつかないの。エレベーターで乗りあわせた男性なんて、顔なしよ!」

ママは信じられないと言わんばかりに首をふって、つけくわえた。

「とにかく、顔があろうとなかろうと、私《わたし》から大事な娘《むすめ》をとりあげるなんて、ぜったい許さないわ」

あたしがニコッとすると、ママはのどをごくりと鳴らしてから、切りだした。

「あのね、あなたがクイントンを見つけたって聞いたんだけど……?」うなずくと、ママは顔を手でおおった。「ああ、アマリ……泣けてきちゃう」

ママが腕《うで》をのばしてくる。ママもあたしも泣いたり笑ったりしながら、だきあっていた。

お兄ちゃんは、超常医療部《ちょうじょういりょうぶ》のＩＣＵ《アイシーユー》（集中解呪室《げじゅつしつ》）にいる。お兄ちゃんの病室へと廊下《ろうか》を歩きながら、あたしはママと手をつないだ。解呪師《げじゅつし》たちはマリアを蘇生《そせい》させることには成功したけど、お兄ちゃんはいまだに目覚めていない。あたしたちを出迎《でむか》えたシニア解呪師《げじゅつし》は、すでにできるかぎりの処置《しょち》は施《ほどこ》していて、あとは待つだけだと説明した。お兄ちゃんは明日目覚めるかもしれないし、一生目覚めないかもしれないらしい。

正直、すんなりとは受けとめられなかった。でも、お兄ちゃんはきっと回復する、すぐにでも目を覚ます、と信じつづけるしかない。お兄ちゃんは生きていると信じつづけたからこそ、ここまでたどりつけたのだ。信じつづければきっと、元気なお兄ちゃんに会える。

ＩＣＵ《アイシーユー》の廊下《ろうか》でララがかけよってきて、だきついてきたときには、手をどこにおいたらいいかわからなくて困《こま》った。ただのハグだけど、相手がララだけに油断できない。

「アマリ、お姉ちゃんをとりもどしてくれて、ありがとう。わたしとは口をきくのもいやだと思うけど、ありがとうね」

ララが一歩下がって言った。

「とりもどしてみせるって、前に言ったでしょ」

あたしは、少しほほえんでみせた。ララはうなずき、さらに言った。

「あの、ディランのことだけど……わたし、ぜんぜん知らなくて……」

「ディランには、全員、だまされたね」

ララは悲しそうな目をしてから、廊下《ろうか》の向こうにいる母親のほうへ、走ってもどっていった。

ママといっしょにお兄ちゃんの病室に入ると、お兄ちゃんはふわふわの枕《まくら》に頭を乗せて、すやすやと眠《ねむ》っていた。ベッドの横の椅子《いす》にはマリアがすわり、お兄ちゃんの手をにぎっている。マリアはあたしとママに気づくと、赤くなって立ちあがった。

「マリア・ヴァン・ヘルシングです」と自己紹介《じこしょうかい》し、手をふるわせながらさしだしてくる。じかに見ると写真よりはるかに美しい人で、あたしはすっかり圧倒《あっとう》された。ママが先に握《あく》手《しゅ》し、つづいてあたしも握手《あくしゅ》したあと、マリアがあたしに話しかけてきた。

「アマリ、ありがとう。目覚めたのが私《わたし》で、クイントンじゃなくて、本当にごめんなさい。解呪師《げじゅつし》たちは、クイントンが私《わたし》をかばって、私《わたし》の分まで命のエキスを多めに出したせいだと考えているの。そんなふうに先手を打つなんて、本当にクイントンらしいわ」

「お兄ちゃんは、そういう人なんです。どんなことでも、ぜったい人に負けたくないんです」

小声でそう言ったら、マリアはほほえんで、少しリラックスしてくれた。ママがマリアに声をかけた。

「あやまることなんてないわ。ご家族はあなたをとりもどせて、とても喜んでいらっしゃるはずよ」

「うちのママがここに入れたのは、あなたのおかげなんですか？」

あたしもマリアに言った。マリアがまた赤くなって、うなずく。

「特別な許可がおりるよう、私《わたし》の家族が裏《うら》から手をまわしたの。ディランがさんざん迷惑《めいわく》をかけたから、せめてそれくらい、させてもらいたくて」

「ありがとうございます」

「アマリ、クイントンと話をしたい？」

「えっ？　話？」

「あなたが入ってきたとき、私《わたし》もクイントンと話をしていたところだったの。私《わたし》の超常力《ちょうじょうりょく》は……じゃないわね。ごめんなさい。いまさら、ごまかしても意味はないわね。ごく単純《たんじゅん》な魔術《まじゅつ》よ。私《わたし》は、手をふれた相手とテレパシーで話ができる魔術《まじゅつ》を使えるの。もし同時にふたりの人間にふれれば、そのふたりもテレパシーで話せるわ」

「ママ、先に話をしていいよ」

あたしがママにそう言うと、マリアはまたお兄ちゃんの手をとってから、もう片方《かたほう》の手でママの手をとった。すぐにママは息をのみ、はらはらと涙《なみだ》を流しはじめた。

あたしはママとお兄ちゃんの時間を邪魔《じゃま》したくなくて、ほかのことに気をそらそうとした。するとお兄ちゃんとママがテレパシーで話している最中にマリアと目があった。マリアが小声でしゃべりかけてきた。

「ディランのこと、本当にごめんなさい。たぶん、全部私《わたし》のせいよ。私《わたし》が望むあの子ではなく、ありのままのあの子をきちんと見てさえいれば……」

「ディランが生まれつきの魔術師《まじゅつし》だって、知ってたんですか？」

「ええ。家族に魔力《まりょく》をかくしておく方法をわたしが教えたの。でもいつからか、あの子は私《わたし》にもかくしごとをするようになっていたのね」

「生まれつきの魔術師《まじゅつし》のなにが、そんなに特別なんですか？　なんとなく……あたしとディランは、強い絆《きずな》で結ばれているみたいなんですけど」

「アマリ、じつはいろいろ規則があって、私《わたし》からは説明してあげられないの」マリアはつらそうな顔でそう言うと、つないだ手から二本だけ指をはなし、軽くふった。その指と指の間には、いつのまにか一枚《まい》のカードがはさまっていた。

「アマリ、このカードを持っていて。だれにも見せないでね。これを持っているかぎり、向こうはあなたを見つけられるから」

「向こうって、だれですか？」

マリアは答えず、カードをさしだした。カードには〈国際魔術師連盟《まじゅつしれんめい》〉と書いてある。

「ええっ、これ、じょうだんですよね？」

「超常界《ちょうじょうかい》の中にも秘密《ひみつ》の組織があるのよ。タイミングを見て、きっと向こうから会いに来るわ」

超常現象局《ちょうじょうげんしょうきょく》でさえ知らない魔術師《まじゅつし》の連盟《れんめい》があるなんて――。頭がくらくらしてきた。ディランも知ってたの？　ディランなら、どう思ったかな？　ふと、エルシーのことを思いだした。エルシーはまちがいなく本当の友だちだ。そこで、エルシーが知りたがりそうなことを質問してみた。

「あのう、ヴァンクイッシュは、本当に仲たがいしてたんですか？　ディランから聞いたんです。あなたとお兄ちゃんはうまくいかなくなって、いがみあってて、あなたは本当はフィオーナ捜査官《そうさかん》みたいな指導教官になりたかったんだって」

　マリアがおどろいたように片方《かたほう》のまゆをつりあげる。あたしは、さらに言った。

「……これはあたしの意見なんですけど、ディランはあなたを悪者に見せるために、でまかせを言ったんじゃないですか」

　マリアは悲しそうにうなずいた。

「私《わたし》が指導教官への異動届《いどうとどけ》を出したのは本当よ。でも、クイントンもいっしょに異動《いどう》するつもりだった。ジュニア捜査官《そうさかん》の訓練を終えたら、五年間、捜査官《そうさかん》として現場に出て、そのあと五年間、指導教官をつとめて、最終的に好きなほうを選ぼうって約束していたの」

　あたしは、ほほえんだ。なるほど、それならよくわかる。

「お兄ちゃんがあなたについてホラス部長に相談していたことは、知ってますか？」

「ええ。ディランは私《わたし》の暗証番号を使って機密《きみつ》情報のファイルを盗《ぬす》んでいて、そのことにクイントンが気づいたの。私《わたし》たちが拉致《らち》された日、じつはその件でクイントンと相談していたのよ」

「ディランにはさんざんウソをつかれたのに、いまでも会いたいなって少し思っちゃうのは……おかしいですかね？」

あたしはまだ信じられない思いで、首を横にふりながら言った。

「あなたがおかしいなら、私《わたし》だっておかしいわ」マリアは少し間をおいてから、少し明るい口調でつづけた。

「今回のことは、災い転じて福となすって言えるかもしれない。ディランはこの先もうだれも傷《きず》つけられないし、私《わたし》が魔術師《まじゅつし》だってばれたから、あなたはもうひとりでがんばらなくていい。アマリ、ふたりで力を合わせましょうね」

ママの話が終わり、あたしがお兄ちゃんと話す番になった。マリアと手をつないだ瞬間《しゅんかん》、頭の中にザーッと雑音が流れ、すぐにお兄ちゃんの声がひびいた。

「アマリ？」

お兄ちゃん、具合はどう？

そんな質問しか思いつかなかった。

「そうだなあ、人生最高の昼寝《ひるね》をしてる気分だよ」

あたしはふきだしてしまった。

だいじょうぶ？　いたくない？

「うん、いまは夢を見てるよ。おれ、昔から、バス釣《つ》りに行きたいって言ってただろ？　釣《つ》りは五十歳《さい》をこえたおっさんの趣味《しゅみ》だって、よくおまえにからかわれたよな」

あたしは、にやりとした。うん、だって、そうなんだもん。

「いまはバカでかい湖のど真ん中にいるよ。ボートから両足を投げだして。いやあ、こういう気晴らしは、くせになりそうだ」

あたしは、あきれて首をふった。

釣《つ》りの夢を見るなんて、お兄ちゃんだけだよ。

「せっかくの趣味《しゅみ》なのに、アマリったら、もったいないなあ」お兄ちゃんはそう言うと、急に悲しそうな声になって、つづけた。

「さっきマグナスから、おまえのことを聞いたよ。マリアと同じ魔術師《まじゅつし》なんだってな。水《すい》晶球《しょうだま》にふれてから、さんざんつらい思いをしてきたことも聞いた。そんな目に合わせるつもりなんて、これっぽっちもなかったのに」

べつにいいよ、そんなこと。超常現象局《ちょうじょうげんしょうきょく》に来なかったら、お兄ちゃんをぜったい見つけられなかったんだし。

「おれを見つけられる人がいるとしたら、おまえしかいないって、考えればわかるのにな。アマリ、おまえには昔から、おどろかされっぱなしだよ。おまえ、これだけのことを、ひとりでなしとげたんだろ」

ひとりでやるのはイヤだよ。こわいし、うまくいくかどうか、わからなかったし。

「それが成長するってことなんだよ。アマリ、おまえはもう、おれがいなくてもだいじょうぶだ。自信を持って、なんでもできると信じれば、きっとできる。だからこそ、約束してほしいことがひとつあるんだけど、いいかな？」

うん、いいよ。

「おまえ、おれをぜったい見つけてみせるって、ものすごく思いつめてたんだってな。母さんから聞いたよ。でもこれからは、おれが目覚めるのをベッドのわきで待ちつづけたりしないって、約束してくれ。外に出て、いろんなことをして、外の世界をたくさん見ておいで。アマリにはぜひそうしてほしい。おまえの可能性を花開かせるんだ。で、おれが目覚めたときに、たくさん話を聞かせてくれよ！　おれは必ず目覚めるから、な」


あたしと家に帰るとちゅう、ママは職場に立ちよらなければならなかった。あたしとお兄ちゃんにつきそうために仕事を二日休んだせいでクビになるかも、とママは本気で心配していた。ところがクロウ局長がママの勤《つと》め先の病院長に電話を一本入れただけで、休んだことは問題とならず、しかも休んだ日の給料まで支はらわれることになった。

エアコンのない車内でママを待っていたら暑くなってきたので、通りを渡《わた》り、路地の奥《おく》でひっそりと店をかまえている、超常界《ちょうじょうかい》の売店に行ってみた。その店は、あたしの顔が表紙にのった雑誌《ざっし》を何種類も売っていた。それなら多少は値引《ねび》きしてくれてもよさそうなのに、店主の妖精《ようせい》ホブゴブリンはなんと二倍の金を要求し、うす笑いをうかべてしれっと言った。

「あんたなら、それくらいはらえるだろ。大スター様なんだからよ」

雑誌《ざっし》を一冊《さつ》買って、病院のそばの木陰《こかげ》のベンチにすわった。その雑誌《ざっし》を買ったのは、〈善良《ぜんりょう》な魔術師《まじゅつし》？〉という見出しの下にマリアとあたしの顔がならんでいたからだ。魔術《まじゅつ》師《し》について、少なくとも一部の人は考えなおすようになったらしい。そのとき、ダークブルーのスーツを着た年配の男性に声をかけられた。白髪《しらが》まじりの髪《かみ》はぼさぼさで、カイゼルひげを生やしている。

「となりにすわっても、よろしいですかな？」

「はい、どうぞ」

あたしはその人のために、少しつめた。男性はベンチにすわり、ステッキをひざにおいて、話しかけてきた。

「いい天気ですなあ」

「そうですねえ、こんなに暑くなくて、海辺なら、気にならないと思いますけど」

すると男性が指を鳴らし、次の瞬間《しゅんかん》、ここは病院のそばのベンチではなくなっていた。

いま、あたしがすわっているのは、白い砂浜《すなはま》だ。その先には真っ青な海。そのはるか先には水平線が見える。背後《はいご》では太陽がしずみ、すずしい海風が顔をなでていく。

「ましになりましたかな？」

この人こそ、ずっと待っていた人だ！　あたしはそう期待して、男性のほうを向いた。

「あの、魔術師連盟《まじゅつしれんめい》の方《かた》ですか？」

男性は、頭をちょっと下げて自己紹介《じこしょうかい》した。

「どうも。私《わたし》は、コズモ・ガリレオ・レオナルド・デ・パッツィ。同僚《どうりょう》からは、コズモと呼《よ》ばれています。先日あなたが身を守るために使ったあの呪文《じゅもん》は、私《わたし》の先祖がウラジーミルとともに編みだしたもの。〈円陣《えんじん》の騎士《きし》〉という呪文《じゅもん》ですよ」

「えっ、そうだったんですか？　自分ではなんだか、よくわからなかったんですけど」

「だからこそ、あなたの魔術《まじゅつ》は成功したのです。あなたは純然《じゅんぜん》たる意志と自分への信念とで、持てる魔力《まりょく》をすべて呼《よ》びだし、行動を起こすように命じた。その命令に魔力《まりょく》が反応したのです」

ふーん、そうだったのか――。考えるうちに、ふと、ホラス部長のリーディングのときに見た星座《せいざ》を思いだした。あのときの小さなヘビは、じつはあたしの魔力《まりょく》？　あたしの象徴《しょうちょう》の鳥とは別に、小さなヘビとしてあらわれたのは、「無敵《むてき》だ」と感じたあたしに反応したように、あたしの気持ちに反応して、独自に動くからなのかも。

「あのう、魔術師連盟《まじゅつしれんめい》のみなさんって、だれなんですか？　いつもずっと、あちこちにいるんですか？」

そう質問すると、コズモは眉間《みけん》にしわをよせ、むずかしい顔をしながら説明してくれた。

「この七百年間で超常界《ちょうじょうかい》に知られるようになった邪悪《じゃあく》な魔術師《まじゅつし》は、ウラジーミル亡《な》きあと、モローが新たに弟子にした者たちばかり。かたや我《わ》が魔術師連盟《まじゅつしれんめい》の魔術師《まじゅつし》は、ウラジーミルの弟子だった数名から長年にわたり魔術《まじゅつ》を受けついできた者ばかり。我《われ》らは超常現象局《ちょうじょうげんしょうきょく》とはいっさい関係のない独立した組織なのです。ただし、ヴァン・ヘルシング家の魔術師《まじゅつし》だけは受けいれていますよ。最近受けいれたのは、マリア・ヴァン・ヘルシング」

「マリアは魔術師《まじゅつし》だと広く知られたせいで、やっかいな立場になったりしませんか？」

「そもそもあなたとマリアが作りだした状況《じょうきょう》は、魔術師連盟《まじゅつしれんめい》がこれまで経験したことのない事態でしてね。私《わたし》のように、超常現象局《ちょうじょうげんしょうきょく》と超常界《ちょうじょうかい》に我《われ》らの存在《そんざい》を知らしめるべきだと主張する者もいるんですが、大多数の者は、一般人《いっぱんじん》のふりをしていたほうが安全だと、いまもかたく信じてましてね。ですが、ほかならぬあなたが、この先のありかたについて、教えてくれるのではないですかな？」

「えっ、あたしが？」

「それともそれは、ディラン・ヴァン・ヘルシングのほうですかな？」

コズモが片方《かたほう》の口角を上げて、にやりとする。あたしは身を乗りだして、質問した。

「あの、どういうことですか？」

「要するに、魔術師《まじゅつし》に生まれついた次世代のペアが見つかったということです！　新世代の幕開《まくあ》けですよ！　これまで同様、生まれつきの魔術師《まじゅつし》たちの結びつきは、それが友好的でも敵対的《てきたいてき》でも、世界を形づくる可能性を秘《ひ》めている……。いまのはほめ言葉であると同時に、重大な警告《けいこく》だと受けとっていただきたい」

あたしは目を見ひらいて、ベンチの背《せ》にもたれかかった。気がつくと、周囲はもとの病院のわき道にもどっていた。

「アマリ・ピーターズ、あなたに魔術師連盟《まじゅつしれんめい》への参加を正式に要請《ようせい》します」コズモは立ちあがりながら、にこやかにほほえんで、つづけた。「今後起こりうるさまざまなことを考えると、あなたにはぜひ、この要請《ようせい》を受けていただきたい」

またちょっと頭を下げると、コズモはどんどんちぢんでいき、鳥となって飛びさった。


ああでもない、こうでもないと一日中考えたあげく、コズモの警告《けいこく》について悩《なや》むのはやめることにした。お兄ちゃんの病室でマリアに言われたことを思いだして、ようやくリラックスできた。マリアの言うとおり、ディランは自分がおかした罪のせいで、うまくいけばこの先何年間も幽閉《ゆうへい》される。ならば、あたしたちの魔術師《まじゅつし》としての結びつきについて、この先何年間も心配しなくていい。

超常現象局《ちょうじょうげんしょうきょく》の今年のサマーキャンプは中止。次に開かれるのは来年だ。そこでいまは、自分の頭とエネルギーを別のことに向けることにした。

いちおうあたしは超常界《ちょうじょうかい》をナイトブラザーズとの新たな戦争から救ったし、ディランが本当のうらぎり者だと暴いたし、黒本と黒鍵《くろかぎ》を両方とりもどした。そのごほうびとして、超常議会《ちょうじょうぎかい》と超常現象局《ちょうじょうげんしょうきょく》から、願いをひとつかなえてやると言われた。それについてお兄ちゃんに相談するうち、自分がなにを願っているのか、具体的に見えてきた。そこで――。

もし真夜中に男の子の家に行くとばれたら、ママにめちゃくちゃ怒《おこ》られるだろう。いくらあたしが世界とお兄ちゃんを救ったヒーローでも、見逃《みのが》してもらえないことはある。でも、ママにばれなければ問題ない。アパートの階段《かいだん》をおりて、同じアパートのめざす部屋まで行って、ドアをノックした。こんな夜中に近所の家をたずねたら、ふつうはめんどうなことになるけれど、今夜はだいじょうぶ。ジェイデンのママは家にいないとわかってる。

ジェイデンが、目をこすりながら玄関《げんかん》をあけた。

「ジェイデン、シャツを着てくれない?」

「ええっ、アマリ?　真夜中に、こんなところで、なにしてるの?」

「えっとね、ジェイデンがシャツを着たら説明するよ」

「シャツを着ろって、なんのために?」

「ジェイデン、あたしを信じてくれないの?」

あたしは腕《うで》を組んで、せまった。

「わかったよ。ちょっと待ってて」

ジェイデンがフードマートのTシャツをはおるのを、あたしは玄関《げんかん》で待っていた。ジェイデンは先週からフードマートでアルバイトをしている。まだ子どもなので床《ゆか》そうじしかさせてもらえないし、いままでのように手っ取り早くはかせげないと思うけど、良い方向に向かっているのはまちがいない。

「アマリ、ごめん。きれいなシャツは、これしかなくて」

「いいよ、オッケー」

「言っとくけど、おれ、もうあいつらとつるんでないよ。距離《きょり》をおくようにしてるんだ」

「だからこそ来たの。ジェイデン、ついてきて」

どこへ行くの、ときかれると思ったのに、ジェイデンは素直に出てきて、ドアを閉《し》めた。

「アマリは、てっきり、おれのことなんか忘《わす》れちまったのかと思ってた。最近、ぜんぜん見かけないし」

「まあその、世界を救ったり、いろいろあって、ずっといそがしかったんだ」と答えたら、ジェイデンは声をあげて笑った。

「へーえ、そうなんだ……。あれ？　屋上に行くの？」

「うん。ジェイデン、約束して。ギャーとかワーとかわめかないって」

「おいおい、おれはなにがあったって、ギャアギャアわめいたりしないよ」

「さすが、タフだね！」

先にあたしが屋上に出て、あとから来るジェイデンのほうを向いて、見守った。ジェイデンは、屋上においてある物を見てぎょっとし、目を見ひらいた。あんまり大きく目をむくので、目玉が落ちるんじゃないかと思ったくらいだ。ジェイデンがあわてて階段《かいだん》にしゃがむのを見て、あたしはがまんできずにふきだした。

「おれ、そ、そこまで、寝《ね》ぼけてないんだけど……。あれって、船？」

「そうだよ。ジェイデン、来るの？　来ないの？」

「う、うん、行くよ。落ちつくまで、ちょっと待って」

ジェイデンは何度か深呼吸《しんこきゅう》をしてから、屋上に出てきた。あたしはジェイデンをジョリー・ロジャー号の中へ連れていった。

「アマリ、なにがなんだかわかんないけどさ。なんか、とんでもないことが起きてるよ。どうして船が屋上に？」

「まあ、家族から借りたってことだけ言っとくよ。そんなことより、ジェイデン、お楽しみはこれからだよ」

ジェイデンをジョリー・ロジャー号の甲板《かんぱん》に上がらせて、一通の封筒《ふうとう》をわたした。ジェイデンは封筒《ふうとう》を受けとると、そこに書いてある文字を読みあげた。

「超常現象局《ちょうじょうげんしょうきょく》への推薦状《すいせんじょう》……って、はあ？　なにかのいたずら？」

「ううん。いいから聞いて。ジェイデンは、お兄ちゃんの教育プログラムに通ってたよね。でもお兄ちゃんが行方不明になったあと、学校をやめちゃったんだよね。だから、これからあたしがジェイデンの教育プログラムを再開するよ」

「えっ、マジで？　アマリが再開してくれるの？」

「うん。あたしはお兄ちゃんじゃないけど、新しい教育プログラムは、お兄ちゃんのプログラムと同じくらい役に立つと思うよ。だって、ジェイデンは本当に頭がいいんだもん。あとは、お兄ちゃんがいつもあたしを支えてくれたように、ジェイデンにも支えてくれる人さえいればいい。その推薦状《すいせんじょう》はわけがわからないと思うけど、新しい教育プログラムに本気で挑戦《ちょうせん》する気になれば、きっと意味がわかるよ。今夜は、あたしの言っていることを、少し見せてあげようと思ってるんだ」

ジョリー・ロジャー号が屋根からうく程度に、あたしが軽く舵輪《だりん》にふれると、ジェイデンは口をあんぐりと開けた。そんなジェイデンに、あたしはにっこりと笑いかけた。

「ジェイデン、今夜は海底列車を見に行くよ！」

## 読者のみなさんへ

あのときぼくは勇敢《ゆうかん》だったと言えたら、どんなにいいだろう。この本の世界観を作りあげたとき、褐色《かっしょく》の肌《はだ》にアフロヘアのアマリが頭の中にパッとうかんでも、ぜんぜん動じなかったと言えたら、どんなにいいか。

大人になるまでに読んだ本で、ぼくみたいな黒人が主人公のファンタジー本は一冊《さつ》もなかった。だからぼくは、この物語をアマリの視点《してん》でつづることはできないと考えていた。そんな物語は、きっとだれも読みたがらないはず。出版しようなんて、だれも考えてくれるわけがないと思ったのだ。

だから頭の中のイメージにあらがい、かわりに皮肉屋の白人の子どもという、小学校高学年向けの作品にありがちな主人公を作りだした。当時はそれが現実的だと考えていた。黒人の子ども――しかも黒人の女の子――が主人公なんて、ありえなかった。残念ながら、三十数年生きるうちに、この世にはぼくのような黒人には味わえない冒険《ぼうけん》もあると、あきらめるようになっていた。

けれど白人の子どもを主人公にした原稿《げんこう》は、ほんの数章でいつも行きづまった。そのたびに、これはあたしの物語なんだってば、とアマリのいらついた声にしつこく注意された。その結果、さすがのぼくもついにおれて、アマリの声を受けいれた。

するとどうだろう。アマリの物語がひとりでにあふれてきた。それはぼくにとって人生初の、自分自身やいっしょに育ってきた人たちの物語でもあった。みなさんがアマリの物語を楽しんでくれたら、とてもうれしい。この本が不思議なことを経験したときの感覚を刺激《しげき》してくれることを、心から願っている。それこそ、ぼくがファンタジーで一番好きなことだからだ。

もし物の見方や感じ方が他人とちがう人がいるとしたら、理由はなんであれ、そのユニークさのせいで恐怖《きょうふ》を感じたり、自信を喪失《そうしつ》したりすることはないと、声を大にして言いたい。ありのままの自分を素直に受けいれ、素直に愛するだけで、きっと大きな力と喜びを得られるはずだ。

そうすれば、あなたはきっと無敵《むてき》になれる。

――B・B・オールストン

# 訳者《やくしゃ》あとがき

本書の魅力《みりょく》は、なんといっても主人公アマリのキャラクターと、著者《ちょしゃ》が創《つく》りだした超常界《ちょうじょうかい》と超常現象局《ちょうげんしょうきょく》という独特な世界と、波乱万丈《はらんばんじょう》のストーリー展開《てんかい》にあると言えるだろう。

まず、アマリ。十二歳《さい》の黒人の少女アマリは、半年前に行方不明になった兄を探《さが》しだすため、その存在《そんざい》すら知らなかった超常界《ちょうじょうかい》に足を踏《ふ》みいれ、自分がじつは魔術師《まじゅつし》だという、驚愕《きょうがく》の事実を知らされる。超常界《ちょうじょうかい》にとって、魔術師《まじゅつし》は最大の敵《てき》。いきなり局全体から敵視《てきし》され、アマリは混乱《こんらん》しつつ、「ここに居場所を見つけて残ってみせる」と心に誓《ちか》う。ひとえに兄を思うがゆえの、この負けん気の強さと孤軍奮闘《こぐんふんとう》ぶりは、思わず「がんばれ！」と声をかけたくなるくらい健気《けなげ》だ。本書はアマリの一人称《いちにんしょう》で描《えが》かれているので、アマリの迷いや不安や心の揺《ゆ》れが手に取るように伝わってくる。アマリはやや短気で、思ったことをポロッと口にしてしまう癖《くせ》があるのだが、そこも魔術師《まじゅつし》という負のイメージとはほど遠い、アマリの人間らしさを際立たせていて、とてもチャーミングに映《うつ》る。本書は、アマリという孤独《こどく》な少女の成長物語としても楽しめよう。

頑張《がんば》り屋のアマリを支える、ルームメイトで大親友のエルシーと、適性検査のパートナーとなるディランと、二名の捜査官《そうさかん》のキャラクターも、脇役《わきやく》として光っている。とくにアマリとディランの人間関係の変化は、いろいろな意味で、本書の読みどころの一つと言っていい。

そして、超常界《ちょうじょうかい》と超常現象局《ちょうじょうげんしょうきょく》。著者《ちょしゃ》が描《えが》く世界はとても緻密《ちみつ》で、じつにユニーク。そのおかげで、本書はこれまでにないファンタジーに仕上がっている。約七百年前に強大な魔術師《まじゅつし》ナイトブラザーズが超常界《ちょうじょうかい》に大規模《きぼ》な戦争をしかけ、それがきっかけで超常現象局《ちょうじょうげんしょうきょく》が誕生《たんじょう》した、という前提からして、独特で壮大《そうだい》だ。約七百年前の大戦で、ナイトブラザーズはエルフのマーリンが率いる超常界《ちょうじょうかい》の軍に敗れ、その後、ひとり生き残った魔術師《まじゅつし》モローも捕《つか》まり、局内の刑務所《けいむしょ》に収監《しゅうかん》された。それでもなお、モローは善人《ぜんにん》であろうとするアマリの前に立ちはだかり、悪のはびこる漆《しっ》黒《こく》の闇《やみ》の世界へ、アマリを引きずりこもうとする。そのモローに二度目に対面したとき、これまで翻弄《ほんろう》されてばかりだったアマリがとつぜん反撃《はんげき》に転じ、モローの大きな秘密《ひみつ》を暴くシーンは、まさに迫力《はくりょく》満点。そのきっかけが摩訶不思議《まかふしぎ》な予言だった、というひねりも効いている。

最後に、ストーリー展開《てんかい》。本書は、まさにどんでん返しのオンパレード。さまざまなどんでん返しの末に、最後の最後でアマリを待ちうける大どんでん返しを知ったときは、「えーっ！」と声を上げた読者がきっといるはずだ（ちなみに、訳者《やくしゃ》の私《わたし》は絶句した）。

二巻《かん》では、ディランのその後とともに、超常界《ちょうじょうかい》の大きな対立の波に巻《ま》きこまれるアマリが描《えが》かれる。これからも読者のみなさんとともに、アマリの成長と、著者《ちょしゃ》の描《えが》くユニークな世界と、さらなる怒涛《どとう》の展開《てんかい》を楽しめることを祈《いの》りつつ――。

二〇二三年八月　　橋本恵

## B・B・オールストン

アメリカのサウスカロライナ州レキシントン在住。中学生の頃から小説を書くようになり、本作品でデビュー。本作品と続編のAmari and the Great Gameは、ともに『ニューヨーク・タイムズ』紙のベストセラー入りを果たしている。本書は三十カ国以上で出版され、米大手書店バーンズ・アンド・ノーブルの児童書YA部門で最優秀賞に選ばれるなど、さまざまな賞を獲得。現在、ユニバーサルで映画化の話が進んでいる。

## 橋本恵

東京都生まれ。翻訳家。主な訳書に『ダレン・シャン』シリーズ、『クレプスリー伝説』シリーズ、『分解系女子マリー』(小学館)、『カーシア国三部作』(ほるぷ出版)、『ベサニーと屋根裏の秘密』シリーズ(静山社)、『クルックヘイブン:義賊の学園』(理論社)、『信念は社会を変えた!』シリーズ(あすなろ書房)などがある。


アマリとナイトブラザーズ 下巻

2023年10月23日　初版第1刷発行

作　B. B. オールストン
訳　橋本恵

発行者　野村敦司
発行所　株式会社小学館
〒101-8001 東京都千代田区一ツ橋2-3-1
電話　編集03-3230-5416
　　　販売03-5281-3555
DTP　株式会社昭和ブライト
印刷所　萩原印刷株式会社
製本所　株式会社若林製本工場




ISBN978-4-09-290671-6





装画/192　ブックデザイン/城所潤+大谷浩介(JUN KIDOKORO DESIGN)

制作/友原健太　資材/木戸礼　販売/飯田彩音　宣伝/鈴木里彩　編集/喜入今日子